아이즈 발렌슈타인
Lv.6을 자랑하는 오라리오 내
최강의 여성검사.
[로키 파밀리아]의 휴먼.

"

크!

"
다아......

레피야 비리디스
달라지고자 하는 엘프. 마도사.
[로키 파밀리아] 소속.

오모리 후지노
FUJINO OMORI

일러스트 하이무라 키요타카
KIYOTAKA HAIMURA

캐릭터 원안 야스다 스즈히토
SUZUHITO YASUDA

김민재 옮김

쇼드
오라토리아
15
Sword Oratoria

CONTENTS

던전에서 만남을 추구하면 안 되는 걸까 외전

소드 오라토리아 15

Sword Oratoria

오모리 후지노 지음 | 하이무라 키요타카 일러스트
야스다 스즈히토 캐릭터 원안 | 김민재 옮김

S-NOVEL

커버 그림, 본문 일러스트 | **하이무라 키요타카**

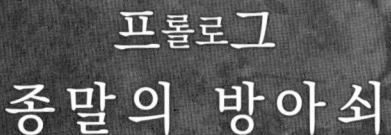

프롤로그
종말의 방아쇠

오래된 종이의 냄새가 풍기고 있었다.

책만이 아닌, 셀 수도 없는 양피지와 두루마리.

그런 것들이 후세에 기록을 남기기 위해, 밤으로 착각할 만큼 캄캄한 어둠 속에서 잠을 자고 있다.

그들의 침상은 까마득히 높은 책장이었으며, 2층 침대의 것보다도 훨씬 긴 사다리가 설치되어 있었다.

오래된 책과 오래된 종이가 풍기는 냄새는 시대의 축적과 같은 뜻이었으며, 그것은 곧 쌓여온 역사의 무게라 할 수 있다.

다만 『코』가 없는 그 마술사는 애석하게도 그 무게를 알 수 없었으며, 감회에 젖기도 어려웠다.

『펠즈.』

"왜 그래, 리드?"

검은 옷 속에 숨겨진 수정 구슬이 희미하게 빛을 발한다.

유창한 인간 언어를 구사하는 괴물의 목소리가 울렸다.

이곳에는 없는 상대와 통신하는 메이거스 펠즈는 『어떤 것』을 찾으며 목소리를 기다렸다.

『비네가 알아차린 대로, 크노소스 밑바닥에서 밖으로 빠져나간 흔적이 있었어.』

"……그래."

『아마, 제1차 공략 전투 이후였을 거야. 우리 눈이 닿지 않는 곳에서…… 그 위험한 마굴에서, 무언가가 엄마(미궁) 안으로 도망쳤어.』

심각한 목소리로 중얼거리는 동안에도, 칠흑색 글러브에 싸인 손을 움직였다.

늙어빠진 마녀의 손가락인지 나뭇가지인지 모를 가늘고 뾰족한 손가락 끝을 움직여, 책장에 담긴 낡은 종이를 한 장 한 장 막힘없이 조사해나갔다.

"어디로 갔는지, 흔적을 좇을 수 있겠어?"

『미안, 무리야. 시간이 너무 많이 지났고, 미궁 안에는 냄새가 너무 많아서. 쪼끔 남아 있던 흔적도 물속에 뛰어들었는지, 하층 언저리부터는 추적할 수 없게 됐어.』

"……."

『하지만 레트의 추척으로는, 동족이라면 한 마리…… 인간이라면 한 명 분량이라고 그러던데.』

그 말을 들은 펠즈는 알았다고 대답했다.

벌써 몇 번째인지 알 수 없는 다른 책장으로 이동하여 같은 작업을 반복했다.

"조사는 일단 마무리해줘. 우리의 예상으로는 곧【로키 파밀리아】가 곧 움직일 거야. 전에 공유했던『그 지시』가 내려질 때까지 쉬고 있어. 다음엔 오랜만에 중노동이 될 거야."

『다음에도라고 해야지. 변함없이 몬스터를 막 부려먹는다니깐. ……그럼 기다리고 있을게.』

농담을 남기고, 싹싹한 목소리의 주인은 통신을 끝냈다.

감사의 말을 수정구에 남기며, 펠즈는『어떤 것』을 계속 찾다가…… 문득 움직임을 멈췄다.

"찾았다……."

장소는 길드 본부, 지하 보관소.

길드 직원도 이용할 수 있는 지상의 자료실과는 달리, 상
층부 이상의 권한이 있어야만 출입할 수 있는 그곳에는 길드
창립 당시부터 쌓아놓은 『모험자』들의 정보가 모여 있었다.

역대 【파밀리아】의 명부는 물론, 효과가 판명된 『마법』이
며 『스킬』, 『발전 어빌리티』의 상세한 정보, 그 외에도 그러
한 것들의 습득 조건까지, 전부.

권속들에 관한 오라리오 천 년의 기억이 잠들어 있는 어
둠의 보관소에서, 펠즈가 꺼낸 것은 한 장의 양피지였다.

"우라노스가 알아차렸던 대로…… 정말, 존재했던 거야."

당장이라도 부스러져버릴 것처럼 낡아 세월이 느껴지는
그 양피지는, 모험자의 프로필.

펠즈가 오라리오에 오기도 전, 900년도 더 된 그 기록에
는 한 모험자의 정보가 적혀 있었다.

당시 그려진 초상화는 대부분 지워져, 전모는 명확하지
않았다.

그러나 눈빛만은 쇠하지 않은 것처럼, 날카로운 외눈이
펠즈를 응시하고 있었다.

떨리는 손으로, 그리고 목소리를 억누르며, 그 기록을
읽기 시작했다.

"소속 【알렉토 파밀리아】…… 『레비나스 다르다』. 종족
은…… 엘프."

1장

여기 모여라

Гэта казка іншага сям'і

Збярыце вакол
гэтага пальца

평소와 같이 검을 휘두른다.

"아이즈, 오늘도 일찍 왔네."

"리베리아, 좋은 아침."

평소와 같이 훈련을 한다.

"느리다고 그랬지! 잔챙이 학생 놈들하고 놀면서 으스대는 버릇이라도 들었냐!"

"크윽……! 한 번 더 부탁드립니다!"

평소와 같이 식사를 한다.

"베이홍가 영히 넘흐 싱해(베이트가 너무 심해)~. 저히 히오네에(저기 티오네)~ 레히야 다시 차자오자(레피야 다시 찾아오자)~."

"다 먹고 나서 말해. 뭔 소리 하는지 알 듯 말 듯해……."

"우물, 꼴깍− 안 먹을 거면 이 고기 내가 먹을게~!"

"아, 잠깐, 내뇨 바보 티오나!"

새벽의 안뜰에서는 검을 휘두르는 소리가 끊이지 않고 울려 퍼지며, 점심시간 전후에는 늑대와 요정이 무자비한 싸움을 벌이고, 밤에는 아마조네스 자매가 모두의 웃음을 사며 서로 음식을 가지고 옥신각신한다.

평소와 같은 생활을 보내고, 평소와 같은 날들을 보낸다.

확실한 연마와 휴식, 면밀한 『준비』를 섞어가며.

그리고.

"『원정』을 재개한다."

모든 단원이 모인 대식당에서 그 선언이 【로키 파밀리아】에 내려졌다.

"지금, 여기 있는 여러분 덕택에 준비가 모두 끝났어. 구체적으로는, 눈을 돌리고 싶을 정도로 새빨갛던 파벌의 장부가 완전히 흑자로 바뀌었지. 우선, 오늘까지 탐색과 퀘스트를 수행해준 여러분에게 감사의 인사를 전하고 싶어."

대식당의 상석에 선 핀의 발표.

리베리아와 가레스를 옆에 두고, 어깨를 으쓱이며 가볍게 너스레를 떠는 파룸 두령에게 단원들이 가벼운 웃음소리를 냈다.

아이즈와 레피야, 티오나, 티오네, 베이트, 라울과 아나키티를 비롯한 제1급 모험자 간부진을 비롯해 모든 단원이 모인 가운데, 그들의 시선은 진지했다.

마침내 이날이 왔다고, 모든 이들의 눈이 말하고 있었다.

"지난 『원정』으로부터 벌써 반년 이상이 지났고…… 많은 일이 있었지. 큰 전투를 몇 번이나 거치고, 희생도 치렀어."

입을 다문 채 침통한 표정을 짓는 이들이 속출했다.

아나키티는 눈을 감으며 묵념했고, 베이트는 핀을 노려보듯 핀을 향한 눈에 힘을 주었다.

아이즈와 티오나, 티오네 또한, 리이네라는 마음 착한 치료사 소녀, 그 외에도 하늘로 돌아간 동료들의 모습을 떠올렸다.

"그런 것들을 넘어서서, 우리는 크노소스에서의 전투를

제압하고, 도시를 지켜냈어. 하지만 『원흉』을 물리친 건 아니야."

주먹을 꽉 쥔 모든 이들은 핀에게서 무슨 말이 이어질지 이미 알고 있었다.

"59계층 밑에 숨어 있는 『더럽혀진 정령』의 본체── 모든 소동의 근원을, 이번에는 없애겠어."

지지난 번 『원정』으로부터 시작된 『극채색 몬스터』와 『더럽혀진 정령』에 관한 사건.

【로키 파밀리아】는 진정한 의미에서 이 사건에 종지부를 찍지 못했다.

그들이 토벌한 것은 어디까지나 정령의 분신, 『데미 스피리트』. 이블스의 잔당과 괴인 등 지하조직, 그리고 그들을 조종하던 도시의 파괴자 『에뉘오』를 섬멸한 것에 불과했다.

사람들의 입에 오르내릴 일이 없는 싸움, 『오르기아스 사가』를 일으킨 모든 원흉은 던전 깊은 곳에서 지금도 숨을 죽이고 있다.

"『더럽혀진 정령』의 본체를 쓰러뜨리지 않는 한, 제2, 제3의 『에뉘오』가 나타나고, 새로운 위기가 도시를 위협할 거야."

레피야는 핀을 바라보면서 다른 광경으로 의식을 돌렸다.

하얗게 흩날리는, 재와 빛의 고리를.

자신의 앞에서 사라진 미추의 소녀를.

그 평온한 미소를.

허리춤에 꽂힌 《재의 티어페인》을 살짝 어루만지며, 누구보다 강하게 두령의 말에 찬동한다.

"타락한 정령을 근절하고 모든 부정의 연쇄를 끊어버리자! ……그리고 겸사겸사, 미도달계층 갱신이라도 해보고 올까?"

"""— 오오오오오오오오오오오오오오오오오오오오오 오오오오오오오오오오오오오오오!!"""

미도달영역 제60계층 답파를 『겸사겸사』라고 천연덕스럽게 말하는 용자의 웃음에, 단원들도 일제히 일어나 환호성을 터뜨렸다.

기력도 사기도 충분했다.

새로운 『원정』을 주저하는 사람은 아무도 없었다.

팔을 치켜든 단원들의 얼굴을 둘러본 핀은 고개를 끄덕였다.

"『원정』 출발 예정일은 6일 후! 각자의 준비는 계속해서 라울을 중심으로 진행해줘. 그럼 해산!"

단원들이 의자 울리는 소리를 내며 속속 밖으로 나갔다.

기염을 토하는 그들과 함께, 아이즈나 레피야 일행도 자신이 해야 할 일을 하기 위해 홀을 떠나는 것이었다.

"단원들의 사기는 아주 좋군."

긴 복도를 걸으며 리베리아가 말했다.

대화의 연장선상에서 나온 그녀의 발언에, 곁에서 걷고 있던 가레스가 풍성한 턱수염을 쓰다듬으며 말했다.

"오늘 통달하기 전부터 준비하던 놈들도 있었지. 크루스나 아리시아 같은 친구들 말이야. 좋은 경향일세. 다들 같은 방향을 보고 있어. ……약간 기세등등한 것 같긴 하네만."

"마 니들도 Lv.7 됐으니 괜찮지 않겠나~? Lv.7이 셋 아이가~? 미개척 영역 따위 식은 죽 먹기데이!!"

"주신인 네가 방심하지 마라, 로키. 정신이 해이해질 수 있으니."

가레스가 쓴웃음 같은 미소를 머금었지만, 한 발짝 뒤에서 따라오던 로키는 자랑스럽게 헤실헤실 웃었다. 그야말로 광대처럼 두 사람 주위에서 촐랑거리기 시작하는 주신의 추태에, 리베리아는 당연하다는 듯이 주의를 주었다.

"바라, 리베리아땅 진짜 엄마 같데이~" 하고 놀림을 받자, 즉각 손에 들고 있던 호신용 지팡이로 주신의 정강이를 후려친다. 『쓰다듬기만 했다』고는 하지만 Lv.7의 번개 같은 기술에 "끄아아아아아아아아아아아아아악——?!" 하고 지저분한 절규가 터져 나왔다.

아무튼, 가레스도 리베리아도 파벌의 지금 상황에는 좋은 반응을 느끼고 있었다.

전의가 넘쳐나지만, 그렇다고 쓸데없이 힘이 들어가거나 냉정함을 잃을 정도는 아니다.

가레스가 말한 것처럼 모두가 같은 방향을 보며, 이번 『원정』에 임하려 한다. 붉게 타오르는 공방에서 달군 쇠를 묵묵히 두드리는 대장장이 같은 심경이었다. 이런 긴장과 열정의 중간점에서 도전하는 탐색은 언제나 더 좋은 결과를 낳는다. 간부진은 오랜 경험으로 그 사실을 잘 알고 있었다.

크노소스 공방전을 몇 차례나 넘어섰던 것도 자신감으로 이어지고 있었다.

Lv.7에 이른 세 명의 두령 외에도, 아나키티를 비롯한 많은 단원들이 Lv.을 올렸다.

【파밀리아】의 상태는 파벌 발족 이래 가장 좋다고 해도 과언이 아니었다.

"셋 다 잠깐만 조용히 해줘. 정말 새삼스러운 소리지만, 누가 이상하게 보기라도 하면 우리 체면이 깎인다고. 내 야망 때문에라도 좋지 않아."

그러는 가운데, 세 사람보다 한 걸음 앞서 걷고 있던 핀이 그렇게 못을 박았다.

얼굴만 돌린 채 웃음을 보이면서도, 기세를 탔을 때일수록 『귀찮은 일』이 닥치는 법이라고 말했다.

"기왕 이렇게 불러줬으니, 무슨 『무리난제』가 튀어나올지, 조금은 진지하게 경청해주자고."

그들이 걷는 긴 복도는 홈 『황혼관』이 아니었다.

웅장함과 엄숙함을 겸비한 『만신전』이었다.

중후한 떡갈나무 쌍여닫이문 앞에서 걸음을 멈춘 핀은 노크를 하고, 방 주인의 목소리가 들리자 이를 열었다.

"왔나, 문제아들."

장소는 길드 본부, 집무실.

호화로운 양탄자에 도자기며 회화, 벨벳으로 덮인 소파 며 설화석고로 만든 마석등에 이르기까지, 사치의 극에 달 한 물건들에 에워싸인 책상 앞에서, 핀 일행을 불러낸 장 본인은 의자에 깊이 몸을 묻고 있었다.

길드장 로이먼 마르딜이었다.

"니 무슨~ 거들먹거림시로 분위기 잡을라 카나, 로이만~? 우리 사이에~?"

"시, 신 로키, 당신은 이 자리에 부르지 않았을 텐데 요……!"

"에이, 오픈 머 클나나~? 아, 그라고 보니 『샤프트 계획』이라캤나? 니 재미난 거 할라칸다매~? 내도 함 끼워주라~."

"그 정보를 어디서……?! 아, 안 됩니다! 그럴 순 없습니다!"

로이먼은 거만한 태도로 기다리고 있었으나, 불쑥 다가 온 로키는 실내의 분위기를 2초 만에 박살 내버렸다.

문어처럼 의자 주위에 달라붙어선 살찐 배를 주물주물 주물럭거렸다가는 잡아당겼다. 로이먼은 필사적으로 저항 했지만, 신의 시비는 이 하계에서 가장 진저리나는 것이라 해도 과언이 아니어서 당장은 떨쳐낼 수 없었다.

『길드의 돼지』라고도 불리는 동족 남자의 처량한 모습에 리베리아는 한숨을 쉬고, 핀과 가레스는 못 말리겠다는 표정을 지었다.

"이봐, 로키, 그만두게. 이야기를 할 수가 없잖나."

"로이먼도 쓸데없는 탐색전은 관두자고. 왜 불러냈는지는 대충 상상이 가니까. 툭 까놓고 얘기하는 게 어때?"

"뻔뻔한 소릴……! 너희의 그 시건방진 태도는 제우스와 헤라가 있던 시절하고 전혀 달라지질 않았어! 핀, 리베리아, 가레스!"

"피차일반 아닌가. 그것조차 이미 새삼스러운 소리다, 로이먼."

가레스가 말리고 핀이 제안하자, 히히히~ 하며 징그럽게 어깨를 흔들어대는 로키에게서 겨우 풀려난 로이먼은 군살이 꽉 찬 턱밑의 땀을 닦으며 한껏 비아냥거렸다. 반면 리베리아는 표정을 바꾸지 않고 담담하게 대답했다.

신을 제외한 네 사람 사이에는 해묵은 인연이 있었다.

로이먼의 불평은 그야말로 루키 시절부터 모험자들을 알았으며 그들에게 골머리를 썩었던 길드 직원의 불평 그 자체였다. 모험자들 또한 길드의 억지스러운 요구에 대응해주었다는 관록과 일종의 유들유들함이 있다 보니, 옆에서 지켜보는 신은 느물거리는 웃음이 멈추질 않았다. 그리고 그런 그들이, 제우스와 헤라를 잃은 미궁도시를 급속도로 재건했다는 데에는 논란의 여지가 없다. 지난 『오르기

아스 사가』를 넘어섰던 것도 마찬가지다.

그렇기에 지금부터 시작될 논의도 필요한 것임을, 소환에 응한 그들은 잘 알고 있었다.

벌써부터 지쳐버린 길드장은 핀의 말에 따르는 것이 타당하다는 것을 알아차렸는지, 의자 위에서 자세를 고쳐 앉으며 탄식하듯 물었다.

"『원정』 신청을 확인했다. 그건 좋지만…… 어디까지 갈 생각이지?"

"60계층. 당연한 거 아냐? 미도달 영역을 답파하는 건 길드도 계속 채근했던 일이었잖아."

"그러니까 뻔뻔하게 얘기하지 말란 말이다! 내가 무슨 말을 하려는지 잘 알 텐데!"

"『원정』을 미루란 겐가?"

핀이 대답하자 로이먼은 즉각 목소리를 높였다.

가레스가 입을 열자, 길드장은 고개를 끄덕이는 대신 말을 쏟아냈다.

"『더럽혀진 정령』 본체의 본거지에 다가가려는 거겠지! 그렇다면 크노소스 전투와 동등하거나 그 이상의 위험이 기다리고 있을 거라고 쉽게 상상할 수 있지! 모험자가 아닌 나도 알 수 있는 일이다!"

로이먼의 추측은 옳다.

어디까지나 분신에 불과한 『데미 스피리트』와의 교전에서도 많은 피해가 발생했다.

소미미디어

『더럽혀진 정령』 본체를 상대할 거라면, 틀림없이 더욱 가혹한 전투가 펼쳐지리라.

게다가 이번에는 거리의 어려움도 더해진다.

그들이 목표로 삼은 장소는 크노소스 때와는 달리 도시의 발밑이 아닌, 지하 깊은 제60계층. 게다가 『더럽혀진 정령』 본체가 잠든 거점은 아직 확정되지 않아, 더 깊숙이 들어가야 할 가능성마저 있다.

도달하는 것만도 큰 고생을 해야 하며, 『정령』 토벌의 난이도는 그 어느 때보다 어려울 것이라고, 로이먼은 집요하게 역설했다.

"그럼 언제 허가를 내줄 생각인가?"

"으윽……?"

"우리 두령들이 셋 다 Lv.7이 된 지금이 절호의 타이밍 아이가. 아님 먼데~? 아이쭈랑 다른 얼라들도 Lv.7 될 때까지 기다려야 하나~? 아님 Lv.8? 진짜 로이먼~ 니 얼마나 애태울라 카는데~?"

"그, 그렇게까지 하라는 건 아닙니다! 저는 하다못해……!"

"하다못해 『샤프트 계획』이 성공해서…… 심층영역까지 오갈 수 있는 엘리베이터가 건설될 때까지 기다리라고?"

"꾸후울?!"

"우리의 성과까지 자네 공적의 일부로 삼고 싶다는…… 그런 소리로군."

"꾸후우욱……?!"

리베리아가 묻고, 로키가 늘어지는 목소리를 내고, 핀이 지적하고, 가레스는 어이없어했다.

전부 정곡을 꿰뚫어버리는 바람에, 로이먼은 연신 돼지 같은 소리를 내고는 식은땀과 함께 신음했다.

――로이먼은 물밑에서 『샤프트 계획이라는 대사업을 추진하고 있다.

어디서 정보를 입수한 로키의 입을 통해 핀 일행도 알게 된 사실이지만, 대량의 오리할콘을 소재로 거대한『말뚝』을 만들어 던전에 꽂아 넣겠다는 것이다.

『말뚝』내부에는 엘리베이터를 설치해, 번거로운 계층 이동의 수고를 줄인다.

다시 말해 『원정』을 비롯한 목표 계층으로의 대이동을 돕겠다는 것이다.

핀 일행의 개인적인 의견은 제쳐놓고 생각해봐도,『샤프트 계획』이 실현되면 미궁 탐색의 효율이 크게 향상될 것은 틀림없다.

정말로 실현된다면, 말이지만.

"그런 황당무계한 계획이 언제 실현될 수 있겠나? 우리가 노망 날 때쯤?"

"화, 황당무계한 계획이 아니다! 신 우라노스의 인가도 받았고, 소재인 오리할콘도 이제『학구』에서 징수해서……!"

"『세기의 대사업』에 대해 이 이상 토론할 생각은 없어. 우리의 대답은 하나야. 언제 완성될지도, 하물며 성공할지도 알 수 없는 계획을 기다릴 생각은 없어."

"크윽……!"

"부탁이니까 우리들을 방해하지 말아줘, 로이먼. ……
『파벌대전』 때도, 『빙원』의 정보를 흘렸던 건 너였잖아?"

핀이 그 『빙원』이라는 단어를 말한 순간, 로이먼은 헛숨
을 삼켰다.

그러자 리베리아가, 이제까지 이야기를 주도하던 가레
스와 핀보다 한 걸음 앞으로 나와, 기품 있는 눈썹을 곤두
세웠다.

"『탈리아의 빙원』에 대해서는 언젠가 모든 정보를 공개
해줘야겠다. 그것이 핀과 맺었던 밀약이었을 텐데."

로이먼은 이전에 【로키 파밀리아】에 어떤 교섭을 제의
했다.

그것은 【헤스티아 파밀리아】가 이끄는 『파벌연합』과 【프
레이야 파밀리아】가 자웅을 겨루는 『파벌대전』에서 손을
떼라는 것이었다.

【프레이야 파밀리아】와 【로키 파밀리아】가 진심으로 충
돌해 도시 전력이 저하될 것을 우려한 로이먼이 대신 제시
했던 조건은, 『탈리아의 빙원』이라고 불리는, 던전 심층영
역에 존재하는 『금단의 영역』에 대한 정보를 공개하는 것
이었다.

【로키 파밀리아】 내에서도 리베리아는 그 『탈리아의 빙
원』에 대해 강한 관심을 가지고 있었다. 언젠가 반드시

도달해야만 한다고 핀과 가레스, 로키와도 약속을 받아놓았다.

시치미를 떼면 태워 버리겠다는 듯한 비취색 안광에 로이먼의 입이 막혀버렸을 때—— 리베리아는 문득 눈을 감았다.

"그러나, 이번에는『탈리아의 빙원』을 목표로 할 생각은 없다."

"……『더럽혀진 정령』토벌이 우선이라고?"

"그래. 반대로『정령』을 쓰러뜨리지 않고서『빙원』을 제대로 조사할 수는 없을 거다. 60계층과 61계층의 사이에 있다고 한다면 더더욱."

리베리아는 개인적인 감정을 주장할 생각도, 우선순위를 뒤집을 생각도 없었다.

동시에 이렇게도 말하고 있다. 제60계층 진격을 허용하지 않으면,『탈리아의 빙원』진출도 고려하게 될 것이라고.

눈치 빠른 로이먼도 금세 그녀의 진의를 알아차렸다. 그는, 자신의 이익을 고려하지 않는다면, 【로키 파밀리아】를 위기에 몰아넣고 싶지 않다는 ——도시 전력의 손실을 피하고 싶다는—— 일관된 의도를 가지고 있었다.

교활한 심리전을 가하는 왕족 하이엘프에게, 로이먼은 자기도 모르게 "이 왈가닥이……!" 하고 자기도 모르게 내뱉었다. 다른 엘프들이 이 자리에 있었다면 당장 경을 쳤을 만한 폭언이었다.

그런 두 사람의 대화를 지켜보던 핀은 때가 됐다고 판단하고 입을 열었다.

"로이먼. 우리도 타산 없이 말하자면…… 지금, 『더럽혀진 정령』의 힘은 크게 약화된 상태야. 틀림없어."

그것은 【로키 파밀리아】가 지금 『원정』을 결정한 동기 중 하나이기도 했다.

"반년 이상 계속된 전투 속에서, 괴인은 쓰러지고, 몇 마리나 되는 『데미 스피리트』가 사라졌지. 아직 전력을 숨기고 있다고 쳐도, 확실히 손실을 입었어."

"……"

"여기서 시간을 준다는 건 『더럽혀진 정령』 측의 전력을 다시 강화시키는 거나 마찬가지야. 적이 『보옥 태아』를 만들어내고 성장시킬 수 있다는 것은 확실한 정보니까. 그렇기 때문에 거의 알몸에 가까운 상태인 지금이 절호의 기회라고…… 우리는 그렇게 생각해."

주신 로키와도 의논한 끝에, 그들은 이미 결론을 내렸다.

『더럽혀진 정령』이 『극채색 몬스터』와 『보옥 태아』──『데미 스피리트』의 새끼──의 발생원이라는 것도, 팬트리 같은 던전의 지형을 이용해야만 효율적으로 길러낼 수 있다는 것도 이미 판명되었다.

『오르기아스 사가』로부터 시간이 지나기는 했지만, 단원들의 심신도 완전히 치유되어 파벌의 상태가 만전이 된 현재, 적의 틈을 찌르기 위해서라도 당장 공세에 나서고 싶다는 것이 그들 수뇌진 세 사람과 로키의 본심이었다.

이번 『원정』이 『더럽혀진 정령』 본체의 완전한 공략이 될지, 아니면 적진의 위력정찰에서 그칠지의 여부는 둘째 치더라도.

"……………………좋아."

의자 등받이에 몸을 깊이 묻고, 배 위에서 손을 깍지낀 채 무겁게 눈꺼풀을 닫았던 로이먼은 오랜 침묵 끝에 그렇게 말했다.

이렇게 되리라는 것도 예견한 듯 ——아니, 이렇게 되리라고 체념한 듯—— 책상 서랍을 열더니, 편지 한 장을 꺼냈다.

"이건……."

"길드의 『소집영장』이다. 말하자면 미션과 마찬가지로…… 모든 【파밀리아】에 효력을 발휘하지."

대표로 받아든 핀의 푸른 눈을 바라보며, 로이먼은 힘주어 말했다.

"미도달 영역 『원정』은 허가하겠다. 단, 조건이 있어! 네 놈들이 원하는 역할이면 역할, 일손이면 일손! 모든 전력을 긁어모아! **파벌 안팎을 불문하고!**"

리베리아와 가레스는 눈을 슬쩍 크게 뜨고, 로키는 입꼬리를 틀어 올렸다.

핀도 웃음을 머금는 가운데, 로이먼은 절대 사항이라고 말하듯 그 이름을 선언했다.

"도시의 재산을 아낌없이 쏟아부어 공략에 임해라! 『파벌연합』이다!"

❧

"아미드~! 같이『원정』가자~!"

도시 북서쪽,【디안 케흐트 파밀리아】치료원.

모험자와 일반 시민으로 붐비는 오후, 카운터에 뛰어든 티오나의 큰 목소리에 깜짝 놀란 시선이 주위에서 몰려들었다.

"몇 번이나 『바보』 소릴 듣고 싶은 거야, 바보 천치 티오나! 『원정』은 기밀 취급이니까 이런 곳에서 소리 지르지 마!"

"에이~ 그치만 로키가 아미드는 꼭 잡아서 데려오라고 했는걸~."

"얘기할 장소 정도는 생각하라고! 이런 곳에서 얘기하면 아미드도 곤란하잖아!"

"괜찮습니다. 제안을 받아들이겠습니다."

"그것 봐, 아미드도── 엑, 괜찮아? 진짜로?"

"예. 전부터 핀 단장님께 타진은 받고 있었으니까요."

뒤에서 목에 한쪽 팔을 감고 티오나의 머리를 벅벅 헤집어대던 티오네는 선뜻 돌아온 아미드의 대답에 넋이 나가 버렸다.

아미드의 말에 따르면, 크노소스 공략전이 전부 끝난 후에 핀이 은근슬쩍 의뢰했다는 것이다.

충분한 보수를 약속받기는 했지만 그것은 사양하고, 자신의 의지로 【로키 파밀리아】의 『원정』에 동행하기로 약속했다나.

"그때와 같은 싸움을, 더 나아가 재앙을 초래해서는 안 됩니다. 한 명의 힐러로서, 여러분의 『원정』에 참가하겠습니다."

제복으로 감싸인 모양 좋은 가슴 위에 오른손을 얹고, 아미드는 자신의 심경을 밝혔다.

그것은 크노소스의 싸움을 넘어섰던 사람이기에 가질 수 있는 관점이었으며, 그녀 또한 티오네를 비롯한 【로키 파밀리아】와 같은 생각을 품고 있었던 것이다.

아미드의 뜻을 알고 기뻐하는 티오나와는 대조적으로, 멍한 표정을 짓고 있던 티오네는 어깨를 으쓱했다.

"뭐야. 그럼 이 영장도 필요 없겠네."

로키로부터 받은 길드의 『소집영장』을 손가락으로 집어 들고 팔랑팔랑 흔들었다.

그렇게 말하면서도 입술에는 미소를 머금고 있었으며, 친구와 함께 모험을 할 수 있는 기쁨, 그리고 도시 최고의 힐러에 대한 신뢰를 내비쳤다.

"저 말고도 동행을 지원하는 사람들이 있습니다. 부디 저희를 데려가 주십시오, 【로키 파밀리아】."

거의 용자의 의도대로, 아미드 테아사나레를 비롯해 【디안 케흐트 파밀리아】의 엄선된 힐러들의 참전이 결정되었다.

치료원, 그리고 주신 디안 케흐트에게서 비명이 솟아난 것은 당연한 일이었다.

"야, 스미스 여자. 다음 『원정』에──."

"가겠네!"

"······내 말 아직 안 끝났다고."

빠르고 단호하게 승낙한 하프드워프 대장장이를 보며, 베이트는 진저리난다는 목소리로 말했다.

도시 북동쪽, 【헤파이스토스 파밀리아】가 관할하는 공방 중 하나.

마침 휴식 중이었는지 모루 앞에 서서 손수건으로 얼굴을 닦고 있던 츠바키 콜브랜드는 께느른한 베이트가 찾아오자마자 멍멍이처럼 달려왔다. 늑대를 향해.

"그대가 오시다니 웬일인가, 【바나르간드】! 난 가레스가 부르러 올 거라고 생각했네만!"

"내가 묻고 싶은 소리다. 다른 일이 있다나 뭐라나 하면서 귀찮은 일을 떠넘기고 앉았어······."

"드디이이이어 무거운 엉덩이를 들었구먼, 【로키 파밀리아】! 기다리다 지쳐서 쇠와 함께 녹아버리는 줄 알았네! 자아, 언제인가? 몬스터 놈들의 소재를 뜯으러 가는 건!!"

"사람 말 좀 쳐들어라, 바보 여자."

크노소스 공략전 이후, 이제나저제나 고대하며 끙끙거렸다고 행간으로 말하는 츠바키의 눈빛.

안대를 하지 않은 오른쪽 눈은 이글이글, 그리고 반짝반짝 빛나고 있었다. 심층영역의 무기 소재를 간절히 바라는 스미스의 물욕과 의욕에, 베이트는 짜증을 내면서도 송곳니를 슬쩍 드러냈다.

이번 『원정』에서 가장 속물인 것은 이 녀석이라고, 흘겨보는 눈과 함께.

"……영감탱이가 전하래. 다음 『원정』은 이제까지 했던 것 중에서 제일 커. 무구 발주도——."

"기다리다 지쳤다고 하지 않나! 예비 무장에 산더미 같은 『마검』에 방어구도 포함해 전부 준비해놨다네!"

가레스에게 받은 주문서 메모를 바지 주머니에서 꺼내는 베이트에게, 지난 『원정』에도 참가해 사정을 잘 아는지, 츠바키는 말을 끊고 오른팔을 수평으로 척 펼쳤다.

그녀의 팔이 가리키는 곳, 벽가에는 선반에 쌓인 수많은 무기며 방어구가 참전을 기다리고 있었다.

보이는 것만 해도 상당한 숫자였지만 ——츠바키 혼자 만든 작품들이겠지만—— 이게 다일 리가 없다. 다른 스미스들이 만든 『마검』을 포함해, 홈에는 대량 발주를 예상한 무장이 갖추어져 있을 것이다.

『우리가 뭐라카기도 전에 단디 준비해놨을기라~. 무기

상 대사장님인 파이양이라믄 말이제.』

투덜거리며 출발할 때, 가레스의 옆에서 로키도 그런 말을 했더랬다.

츠바키의 주신 헤파이스토스도 물 들어올 때 노 젓겠다는 양, 【파밀리아】를 총동원해 준비시켰던 것이다.

'제대로 호구됐군.'

자기네 파벌의 일이지만, 베이트는 듣는 이도 없이 혼자 중얼거렸다.

"그리고 부탁했던 뒤랑달(불괴 속성) 무기도 개량해놓았네! 다른 이들의 도움도 받아서 최대한 양산해두었지!"

"헹…… 센스 있구만. 다시는 그 귀찮은 애벌레들한테 애먹고 싶지 않았는데."

마지막으로, 츠바키는 나무 상자에 들어 있던 백은색 단검을 칼집도 없이 획 던져주었다.

그것을 가볍게 잡은 베이트는 만족스러울 정도로 날카롭다는 것을 알아차리고, 이곳에 온 후 처음으로 목소리의 톤을 높였다. 잘 연마된 칼날의 표면에 늑대의 사나운 웃음이 반사되었다.

《롤랑》 시리즈.

부식액으로 무장을 녹이는 극채색 애벌레 몬스터의 대항책으로, 지난 『원정』 때부터 도입한 뒤랑달 속성의 무기다. 그 특성은 아이즈의 애검과 마찬가지로 『파손되지 않는다』는 것.

【로키 파밀리아】간부진에게서 맡았던 수페리오르즈를 개량해 양산까지 해냈다고 호언장담하며 츠바키는 씨익 웃었다.

"이 무구를 전부 팔아치우면, 우리 파벌은 홈을 두세 개는 거뜬히 살 만큼 주머니가 넉넉해질 거라네. 이거 또 금방 적자가 되겠구먼, 【로키 파밀리아】! 핫핫핫!"

"시꺼. 나도 알아."

깔깔 웃어젖히는 츠바키에게 베이트는 짜증스럽게 일그러진 표정을 숨길 수 없었다.

비용이 들지 않는 『원정』따위 존재하지 않는다.

이번에는 예전보다도 훨씬 막대한 자금이 들겠지만, 수뇌진도 그 정도는 알고 있다.

제60계층에 도달하고, 『더럽혀진 정령』본체를 토벌한다는 사명은 그만한 가치가 있는 내용이었다.

"네놈도 뒈질 때까지 일 시켜 먹을 거다."

"좋고말고! 실력 좋은 하이 스미스들도 데려감세. 맡겨 주시게나!"

전혀 농담이 아닌 베이트의 말에도 움츠러드는 기색이 없다.

지난번과 마찬가지로, 츠바키 콜브랜드가 이끄는 【헤파이스토스 파밀리아】의 참전도 결정되었다.

"힐러와 스미스도 충분히 확보…… 서포터가 이 정도로

모이면 마음이 푹 놓이는걸."

오라리오의 대로를 라울과 함께 걸으며 아나키티가 입을 열었다.

두 사람은 물건 구입을 겸해 『원정』의 협력자를 모집하고 있었다. 이미 참전이 결정된 사람들의 메모를 한 손에 들고 중얼거리는 아나키티의 옆에서, 라울은 두 팔에 든 종이 봉지, 원정용 식량을 영차 하는 기합성과 함께 고쳐 안았다.

"그렇지 말임다. 이러니저러니 해도 우린 전열직이 많으니까, 후열직인 리베리아 씨 같은 분들의 부담이 줄어드는 것만도 큰 도움이 되지 말임다."

다른 파벌과 비교해봐도 【로키 파밀리아】는 원래부터 스미스를 제외한 역직이 충실하게 갖춰져 있지만, 『원정』에서는 순수한 후열 마도사나 본업 힐러는 아무리 많아도 부족할 정도다. 하지만 여기에 【데아 세인트】 같은 이들이 더해진다면 범에게 날개를 달아준 것과 마찬가지일 것이다.

무기를 정비해주는 스미스의 중요성과 편리함은 지난 『원정』에서 절실히 느꼈다. 『가려운 곳에 손이 닿는』 것만으로도 훨씬 편해지는 것이 『원정』이다. 게다가 스미스들을 이끄는 것은 『Lv.5 스미스』라는 터무니없는 직함을 가진 츠바키다. 이보다 든든할 수가 없다.

그 밖에도 라울과 아나키티는 교류가 있으면서 신뢰할 만한 다른 파벌의 제2급 모험자들에게도 말을 걸어 몇 명의 『사치스러운 서포터』를 확보하고 있었다.

덧붙여서 여기에는 리빌라 마을의 보르스 일당도 포함되어 있었지만, "절대 안 가!"라고 딱 잘라 거절해버렸다. 제18계층은 길드의 치외법권이라는 양.

"서포터를 확보했으면, 이제 남은 건 순수한 전력을 모으는 것 아님까? 제일 먼저 떠오르는 건 【가네샤 파밀리아】임다만……."

"도시의 헌병을 동원하는 건 치안 때문에라도 내키질 않아……. 애초에 이런 종잇조각 들고 『우리 원정에 따라와. 거부권은 없어』라고 말하는 거, 정말 싫고 민망한걸……. 우리가 뭐 잘났다고? 하는 기분."

"완전 이해하지 말임다……. 로키는 『최강 파밀리아데이~!』라고 말할 것 같슴다만……."

친하게 지내는 파벌끼리라 해도, 원래 『파벌연합』은 성립될 수 없다.

그것을 길드의 강권 하나로 따르게 만들겠다는 수법에, 아나키티도 라울도 솔직히 말해 거부감이 있었다. 이쪽에게 악감정이 생긴 순간 이미 미궁 속에서 등을 맡길 수가 없게 된다.

그런 마찰이 생기지 않도록 고심하는 것도 포함해, 핀은 『잘 교섭해줘』라고 과제를 내준 것이겠지만.

"**그 파벌**은 단장님네한테 맡길 수밖에 없다 쳐도, 다른 후보는……."

"【하토르 파밀리아】 정도? 『파벌대전』에서도 은근히 활약했고, 【다크 샌드 걸】도 Lv.5가 됐다니까."

"하토르 님은 무사안일주의지만 상식인, 아니, 상식신이시니까…… 교섭해볼 가치는 있을 것 같슴다."

아나키티와 대화를 이어나가던 라울은 문득 걸음을 멈췄다.

그가 하고 싶은 것을 얼른 눈치챘는지, 아나키티가 짐을 맡아주는 동안, 라울은 한쪽 무릎을 꿇고 그것을 집어 들었다.

그것은 희한한 【파밀리아】가 도시 내에서 발행하는 정보지의 일부였다.

언제나 소문 같은 것을 과장해서 재미나게 쓴 기사에는, 조금 전 아나키티가 언급한 『파벌대전』이 1면을 장식하고 있었다.

그 중에서도 가장 커다랗게 그려져 있는 것은, 데포르메를 거치기는 했지만 송곳니가 돋아났으며 커다란 주둥이에서 침을 질질 흘리는, 귀엽고도 흉악한 『한 마리의 토끼』.

지금 오라리오를 가장 떠들썩하게 만드는 모험자의 상징이었다.

"동행을 제안할만한 유력 파벌…… 아니, 바로 떠오르는 『굉장한 전력』이라고 하면——."

"【헤스티아 파밀리아】겠지."

단원들이 다른 파벌과의 연합 협상에 매진하는 가운데, 목조 건물 술집의 한 자리에서 리베리아는 그 이름을 언급했다.

　"땅꼬마한테 고개 숙이는 거 싫데이 싫데이 싫데이~!! 얼마 전까지만 해도 구성원 0명따리 허접 파벌이었는데 막 기세등등해갖고는~! 이래 『권속 쫌만 빌려도~』 했다간 썩은 슴가 들이댐시로 자랑질할기라!"

　"가슴은 상관없지 않을까."

　리베리아의 대각선 맞은편 자리에서 술이 가득 찬 잔을 휘둘러대는 로키를 보며, 옆에 앉은 핀이 쓴웃음을 지었다.

　투덜대며 소란을 피우는 로키는 그렇다 치고, 핀과 가레스를 포함해 Lv.7인 3대 두령의 모습에, 술집 손님들은 흥분하며 술렁거리고 흘끔흘끔 시선을 보냈다. 술집 종업원에게서는 주로 시끄러운 로키를 향해 민폐라는 듯한 시선이 쇄도했다.

　주목받고 있다는 것을 자각하면서도, 이쯤 되면 ——티오나 같은 단원들이 소란을 떨고 있을 테니—— 어차피 금방 들통날 거라는 양, 그들은 목소리를 낮추지 않고 『원정』 회의를 이어나갔다.

　"로키에게는 미안하지만, 제1급 모험자가 두 명이나 속한 【파밀리아】를 무시할 수는 없어. 파벌 외부에서 정예를 모집한다면 말이야."

　"그 병아리…… 벨 크라넬도 마침내 Lv.5가 되지 않았

나. 『파벌대전』에서 싸우는 모습을 잘 봤네만, 여전히 발은 빠르고 기개도 좋더구먼. 경험이 부족한 거야 부정할 수 없더라도 오탈을 날려버리는 『대포』도 가지고 있네. 아키에게는 미안하지만…… 지금의 Lv.5 중에서는 단연 돋보이는 존재라네."

"으기기기기긱……! 그야 그 소년은 막 성장하고 있고, 한 바퀴 돌아뻔 바보인 데다 보른서 잼나다 싶긴 하지만서도오……!"

원형 테이블에 펼쳐놓은 양피지에 참전이 결정된 아미드나 츠바키 등의 이름을 적어넣으며 핀과 가레스가 객관적인 의견을 말했다. 로키는 떼쟁이 아이처럼 이를 갈았다.

"그치만! 가레스도 말했데이?! 경험이 부족한 건 부정할 수 엄짜꼬! 땅꼬마네 얼라가 느닷없이 60계층 가는 건 당연히 무리데이~! 글마들 도달계층, 하층 정도 아이가? 발목 잡을 기 뻔하제~~!"

"그건…… 확실히 부정할 수 없군. 【파밀리아】 전원이 동행하기란 어렵겠어."

"그제?! 그리고 내 영혼의 반쪽이 베이트가 소년이랑 탐색하는 거 분명 싫어할기라~! 레피야도!"

"누구 맘대로 베이트가 영혼의 파트너란 말인가."

느긋한 태도로 리베리아가 인정하고, 가레스는 한숨을 쉬며 웨어울프 청년을 동정하기는 했지만, 신의 말에도 일리는 있었다.

벨 크라넬의 엄청난 성장에 시선이 쏠리기 쉽지만, 【헤스티아 파밀리아】를 하나의 【파밀리아】로 본다면 결코 완성된 파벌이 아니라는 것을 알 수 있다.

우선 구성원 수가 6명이라 지나치게 적고, 파벌 내의 실력 차이가 너무 심하다.

미도달 영역인 제60계층은 고사하고 『심층』으로 데려가기도 어려울 것이다.

끼어들지 않고 듣기만 하는 부대 총지휘자의 입장에서는, 【로키 파밀리아】의 하급 단원처럼 몇 번 『심층』의 공기를 맛본 후라면 문제는 없으리라 생각하지만, 역시 첫 경험이 최대의 장애물이라고 생각했다 ──크노소스 공략전에서도 활약했던 용감한 동포 릴리루카 아데에게 【헤스티아 파밀리아】의 지휘를 전부 떠넘기면 될지도? 라는 생각은 들지만, 아무리 그래도 당사자가 절망할 만한 부조리였으므로 말로는 하지 않고──.

그리고 연계의 측면에서 보더라도, 아이즈나 티오나 티오네는 그렇다 치고, 베이트나 레피야와 벨 크라넬은 상성이 나쁠 것 같았다. 후자는 요즘 들어 어린아이 같은 면모가 줄어 자숙해줄지도 모르지만, 아이즈를 사이에 두고 마찰이 생기면 무슨 일이 일어날지 모른다. 제18계층의 폭살 미수 사건 때처럼.

심지어 전자인 베이트는 8개월여 전, 벨을 모욕했던 장본인이다.

그런 상대와, 모든 면에서 눈을 감고 협력하라는 것은 벨의 입장에서 보더라도 부담스럽고 무리한 요구일 것이다.

『파벌연합』이라고 말하면 듣기는 좋지만, 모험자들 사이의 문제는 항상 따라다닌다.

　오랫동안 함께 싸워 온 친한 파벌 사람이라면 몰라도, 그 외에는 참가하는 인원이나 역량에 비례해 족쇄가 되기 쉬운 것이 보통이다.

　"확실히 길드의 지령이라고는 해도, 적대까지 했던 【파밀리아】에 가서 우리의 사정이 있으니까 이번만 사이좋게 참가해라, 라고 하는 건 오만이겠지. 로키 말대로 연계 면에서의 문제도 있다. 극단적으로 말해, 핀의 눈이 닿지 않는 곳에서는 위험이 도사리고 있을 거다. ……하지만."

　도리와 안전성과 거리가 멀다는 것을 인정하면서도, 리베리아는 잠시 말을 끊었다.

　"【질풍】만이라면 어떻겠나? 오라리오에서도 몇 안 되는 Lv.6이니, 가능하다면 그 동포만이라도 힘을 빌리고 싶다는 것이 개인적인 생각이다."

　"그렇게 따지면 난 산죠노 하루히메가 좋겠는걸. 멜렌 때부터 눈여겨보고 있었는데, 그 레벨 부스트의 은총은 헤아릴 수도 없어. 설명할 필요도 없을 정도로. 부대를 맡은 입장에서 꼭 협조를 청하고 싶어."

　리베리아를 따라 핀도 솔직하게 희망 사항을 말했다.

　하지만.

"아스트레아네 탱글탱글 싱그러운 몸매의 류땅에다가, 『파벌대전』에서도 대활약했던 초절 치트에 슴가도 큰 요술여우 하루히메땅…… 망할, 와 땅꼬마한테 그런 레어 캐릭터가 잔뜩 있는데!"

결국 로키는 어린 여신에 대한 불만을 폭발시켜, 푹 엎어진 채 두 주먹으로 테이블을 쳐댔다. 주위에서 종업원들의 시선이 더욱 험악해져, 가레스는 사과 대신 금화를 던져주었다.

내 그나마 프레이야네라면 이해한데이~ 하고 투덜거리던 여신은…… 이윽고, 부스스 하고.

갑자기 조용해지더니 고개를 들어선, 부자연스럽게 돌아갈 채비를 시작했다.

"…………마, 땅꼬마네는 내가 어케든 해볼란다. 내한테 맡기그래이~."

세 사람에게 등을 돌리고, 파닥파닥 손을 흔들며 술집을 떠난다.

남겨진 권속들은 제각각 말했다.

"보아하니 교섭도 안 하겠네."

"음. 술도 겨우 다섯 잔밖에 안 마셨는데 자리를 뜨지 않았나. 저 술고래가."

"어지간히 신 헤스티아에게 빚을 지는 게 싫었나 보군. 평소라면 유야무야할 테지만…… 이번에는 어떨는지.

주신이 권속들을 꿰뚫어 보듯, 최고참 권속들 또한 주신을 꿰뚫어 보고 있었다. 장탄식, 어이없음, 쓴웃음까지 세 사람은 각기 다른 반응을 보였다.

"일단은 권속의 목숨이 걸린 일이기도 하니, 마지막에는 마지못해 가줄 것도 같은데?"

"어디, 오랜만에 내기라도 해볼텐가? 로키가 갈지 안 갈지."

"하하, 좋지. 콜."

"그만두지 못하겠나, 바보들. 20년 전 같은 짓은 집어치 워라."

이내 처음 막 만났을 때처럼 장난을 시작하려는 파룸과 드 워프에게 하이엘프 왕녀는 두 눈을 감으며 주의를 주었다. 부하들이 없으면 금방 이렇게 된다고 행간으로 말하면서.

핀은 어깨를 으쓱하며 "일단은"이라고 말해 대화를 끊고 화제를 원상복귀시켰다.

"로키에게는 맡기지 말고, 벨 크라넬 측과의 교섭도 우 리가 담당하는 게 좋을 것 같은데…… 지금은 역시 『이쪽 의 협상』을 우선시하는 게 좋겠어."

파룸 두령은 등받이에 몸을 기대며, 주인이 직접 만든 과실주를 들이켰다.

"【헤스티아 파밀리아】보다 훨씬 더 성가신 파벌과 말이야."

이것만은 부하들에게 맡길 수 없다며 입가를 틀어 올렸다.

엘프도 드워프도 이의를 제기하지 않고, 어느샌가 어두 워진 창밖을 보았다.

"날도 저물었구먼. 꽤 오래 기다리게 하는데……."

가레스가 그렇게 중얼거리고 있으려니.

"죄송합니다~! 오래 기다리셨죠~!"

그들이 『기다리던 사람』이 도착했다.

가게 밖에서가 아니라, 안쪽에서.

지금 그들이 있던 주점의 이름은——『풍요의 여주인』.

주변에서 민폐스럽다는 듯 시선을 보내던 것은 떡잎색 제복을 입은 캣 피플과 휴먼.

그리고 같은 제복을 입은 다양한 종족의 미녀 미소녀.

『파벌대전』에서 패배한 대가로 술집에서 강제노동을 하고 있는, **어떤 미신의 권속들**이다.

분홍색 머리를 두 갈래로 묶은 힐러는, 자기는 상관없다는 양 눈길도 주지 않는다.

마녀의 제자를 연상케 하는 회색머리 시종장은, 거만한 태도를 나무라듯 날카로운 시선으로 노려보고 있다.

다른 권속들도 태도는 제각각. 하지만 하나같이 호의적이라고는 할 수 없었다.

라울이라면 식은땀을 뻘뻘 흘리고 아리시아 같은 단원들이라면 일촉즉발의 분위기를 풍겼을 텐데, 그 와중에도 핀 일행은 기다리던 『그녀』를 태연히 맞이했다.

"바쁘신데 송구스럽습니다. 시간을 내주셔서 감사합니다……라는 말 정도는 하는 게 좋을까?"

"됐어요~. 저는 이제 그저 『마을 아가씨』일 뿐이니까요!"

자리에 다가온 것은 회색 머리카락의 소녀.

핀의 정중한 말투를 차단하며, 무해한 미소를 짓는 주점의 간판 아가씨.

"그러면 시르 플로버. 이미 전했듯, 누구의 지시도 따르지 않는 『에인헤랴르』들에게 중개를 부탁할 수 있을까?"

소녀의 이름은 시르 플로버.

【로키 파밀리아】의 숙적이며 도시의 쌍두라고도 불리는 최강 파벌 【프레이야 파밀리아】에 대한 정보라면 모두 알고 있는, 그저 평범한 마을 아가씨다.

"오탈. 우리 『원정』에 협력해 주지 않겠어?"

"거절한다."

단호했다.

말도 붙여볼 수 없는 바위 같은 그 뒷모습에 핀은 쓴웃음을 지었다.

던전 『상층』의 깊은 곳.

사방의 벽이 모조리 파괴되어 몬스터는 태어나지 않고, 피부가 떨릴 정도의 바람 가르는 소리에 모험자들조차 접근하지 않는 룸에서, 그 무인은 묵묵히 대검을 휘두르고 있었다.

이곳에는 없는 적과 목숨을 걸고 싸우듯.

기억 속에 잠든 최강의 환영과 하염없이 검을 맞부딪치듯.

　오라리오 최강의 모험자 오탈은, 어느 【검희】와 마찬가지로 검을 휘두르는 데 몰두하고 있었다.

　"시르 플로버한테 얘기는 들었어?"

　"전언은 받았다."

　"그래도 대답은 변함없어?"

　"그렇다."

　거구에서 땀이 흐르고, 수증기 같은 열기가 발산되었다.

　마을 아가씨의 정보에 따라 이곳까지 찾아와 교섭을 시도하는 핀에게, 하염없이 무기만 휘두르던 오탈은 아무 관심도 보이지 않았다.

　『파벌대전』의 패배를 받아들여 홈『폴크방』이 길드에 압류된 지금, 이런 던전에까지 찾아온 무인 사내는 그저 단련에만 몰두하고 있었다.

　"나는 여신을 위해서만 싸운다. 너희의 검과 방패가 될 수는 없다."

　오탈의 대답은 단순하고도 한결같았다.

　주신이 명령하면, 그도 따를 것이다.

　그러나 오탈은 이번 『원정』이 『여신이 진정으로 원하는 싸움』이 아니며, 『여신의 오명을 씻을 전장』 또한 아님을 알고 있다.

　요약하자면, 『너희와 함께 싸우는 것 따위 관심 없다』고,

그렇게 말하는 것이다.

"핀. 지금 와서 우리가 무리를 짓는 것은 불가능하다."

"나도 알아. 15년 전, 경쟁하고 서로를 먹어 치우자고 결정했던 건 바로 우리였잖아."

"그렇다면 왜 타진 같은 걸 하러 왔나?"

"로이먼이 너희 에인헤랴르를 최소한 하나는 데려가지 않으면 『원정』을 허가할 수 없다고 해서이기도 하지만……
나 자신도 생각한 바가 있거든."

여전히 이쪽을 보지 않고 무기를 휘두르는 오탈을 앞에 두고, 핀은 자신의 오른손을 내려다보았다.

정확하게는, 미세하게 움직이는 엄지손가락을.

보어즈 무인은 그제야 처음으로 움직임을 멈추고 뒤를 돌아보았다.

"욱신거리나?"

"그래. 그렇다고 해도 크노소스의 『제1차 공격』이나 『제2차 공격』 때만큼은 아니지만…… 로키가 말하는 『타락한 정령의 끝판왕』에게 도전하는 거잖아. 분명 고난인지 뭔지가 기다리고 있지 않겠어?"

그리고 그 고난은 미룬다고 사라지는 것이 아니다.

오히려 시간을 들인 만큼 『더럽혀진 정령』의 전력이 강화될 뿐이다.

느긋하게 굴었다간, 이 직감과도 같은 『욱신거림』이 더 심해질지도 모른다.

아이즈를 비롯한 단원들에게도 말했듯, 『더럽혀진 정령』 측의 힘이 확실히 약해진 지금이야말로 공략에 착수해야 할 때다. 그것이 최선이다.

『원정』에 나서기로 결정한 핀은, 이를 전제로 말했다.

"그러니까 부대를 맡은 몸으로서 모든 대책, 혹은 『보험』 을 챙겨놓고 싶어서."

그렇게 말하고, 핀은 본론으로 들어가는 듯, 주머니에서 양피지를 꺼냈다.

"오탈, 『원정』에 참가하라고는 하지 않을게. 대신, 내가 주는 퀘스트를 받아줄 수 있을까?"

"퀘스트?"

"의뢰 내용은…… 49계층의 몬스터렉스, 『발로르』의 토벌."

"!!"

녹슨 색깔의 눈동자가 처음으로 크게 뜨였다.

"『발로르』의 인터벌은 약 9개월…… 지난번 토벌 시기에서 역산해보면, 이번 우리의 『원정』 중에, 혹은 탐색을 마치고 돌아올 때쯤 출현할 가능성이 높아."

"……그걸 나더러 쓰러뜨리란 건가?"

"너는 솔로 격파에 집착하고 있었잖아? 그 절호의 기회를 줄까 했던 거야."

지난번에 『발로르』를 토벌했던 것은 다름 아닌【프레이야 파밀리아】.

지지난번【로키 파밀리아】의 원정 전에 이루어졌던 그

토벌에서, 오탈은 염원하던 『발로르』 토벌에 도전하고자 했다.

하지만 파벌 내의 제1급 모험자들 사이에서 먹이 쟁탈전이 발생했던 것이다.

같은 파벌임에도 불구하고 서로 으르렁대는 에인헤랴르들이, 계층 터주의 상위 【엑세리아】를 오탈 혼자 독차지하게 놔두지 않았던 것이다.

우레가 터지고 전차가 질주했으며, 무한의 연계가 얽히는가 하면 살육의 검이 솟아나는 처절하기 그지없는 전장에서 『발로르』는 격파되었다. 물론 오탈이 원하던 솔로 격파는 이루어질 수 없었다. 오탈은 보기 드물게 다른 단원들에게 삐쳤다나── 참고로 그 후 『용의 항아리』에서 에인헤랴르 사이의 **살육전**이 벌어졌다. 보기 좋게 『원정』을 망쳐버린, 여신 프레이야조차 깊은 한숨을 내쉬었을 정도의 대소동, 아니, 대참사였다──.

각설하고.

아무튼 『발로르』 솔로 격파라는 비상식적인 싸움을 바라는 이 무인에게, 핀의 이번 퀘스트는 무시할 수 있는 것이 아니었다.

"뭣하면 환경은 우리가 조성해줄게. 모이투라 대황야에서 끝없이 솟아나는 포모르 잡졸들은 우리 【파밀리아】에서 치워놓지."

"……퇴로를 확보하는 게 노림수인가?"

"응, 비상사태에 대비해서. 말했잖아?『보험』을 챙겨놓고 싶다고."

핀이 말하는 비상사태란, 본래의 목표인『더럽혀진 정령』과의 전투에서 부대가 큰 피해를 입은 상태로『발로르』에까지 대처해야만 하는 상황에 몰리는 것을 말한다.

만일 패배하여 도망칠 상황이 된다 해도, 오탈이『발로르』를 격파해놓으면 제49계층을 빠르게 통과해 지상으로 갈 수 있다. 이번『원정』에서 계층 터주가 등장하는 것은 핀의 우려사항 중 하나였던 것이다.

"오탈. 넌 모험자인 동시에 구도자이기도 하지. 오직 신 프레이아만을 위해 힘을 추구하는. 그렇다면 우리하고 친해질 순 없더라도, 자신을 초월할 기회에 **편승하는 것**까지 꺼리진 않을 텐데."

핀은 처음부터 오탈이『원정』참가를 거부하리라 확신했다.

『무인』의 본질을 잘 아는【브레이버】는 이를 전제로 교섭해,『보험』이라는 조건을 끌어내려고 하는 것이다.

오탈도 핀의 흉중을 꿰뚫어보았기에, 한동안 침묵을 고수했다.

"네가 받아들이지 않는다면, 유감스럽지만『발로르』는 우리가 쓰러뜨릴게.『원정』에 지장이 생길지도 모르지만, 이것만은 어쩔 수 없지."

"……."

"우리도 Lv.7이 됐으니까. 가레스의 괴력과 리베리아의 포격을 선보이기에는 딱 좋은 상대일 거야."

손끝으로 집은 퀘스트 양피지를 팔랑팔랑 흔들며, 교묘한 말재주로 오탈의 마음을 흔드는 핀.

오탈의 강철 같은 마음은 그 정도로 흔들리지 않지만, 그의 말은 모두 사실이다.

이 기회를 놓치면, 오탈은 『발로르』의 솔로 격파——나아가서는 무인 스스로가 정한 『Lv.8 랭크 업』이 멀어져버린다.

【맹자】 오탈은 과거 **혼자 원정을 떠나 『발로르』와 교전하여 몰아붙이는 데까지는 성공했으나**, 쓰러뜨리지는 못했다.

미처 죽이지 못한 최강의 괴물을, 이번에야말로 타도하는 것이 그가 스스로에게 부여한 『시련』.

——그 손으로 『발로르』를 쓰러뜨리면, 넌 Lv.8에 도달할 거야.

——지금의 너와 『외눈의 왕』 사이에는 그만한 그 정도의 인연이 생기고 있어.

오탈은 주인인 여신으로부터 그런 신탁을 받았다.

핀은 그 정보를 마을 아가씨에게서 들었던 것이다.

"…………좋다."

이윽고, 오랜 침묵 끝에 무인 사내는 고개를 끄덕였다.

"부대에는 동행하지 않는다. 나는 혼자 49계층으로 가겠다."

핀이 들고 있던 양피지를 홱 빼앗은 오탈은 단련을 재개했다.

더 이상은 할 말이 없다는 듯.

"보수 얘기는 안 해도 돼?"

"필요 없다. 쓰러뜨릴 기회가 주어진 것만으로도 차고도 남지."

그저 무욕.

목숨을 위협하는 사투의 무대야말로 충분한 대가라고 장담하는 무인의 뒷모습에, 핀은 어깨를 떨며 웃었다.

"넌 정말 한결같구나."

웃음과 함께, 더할 나위 없는 찬사를 덧붙여서.

"설마 고귀하신 당신께서 말을 걸어주실 줄은 꿈에도 생각지 못했습니다."

말과는 달리 조금도 낯빛을 바꾸지 않는 금발의 화이트 엘프, 헤딘 셀랜드를 보며 리베리아는 어이없어해야 할지 미소를 지어야 할지 조금 망설였다.

장소는 도시 남서쪽에 오도카니 세워진 찻집 『위셰』.

레피야가 가르쳐준 숨은 명당이며, 맞은편에 앉은 헤딘도 애용한다는, 엘프와 인연이 깊은 장소였다.

레피야의 동향이라는 요정 주인이 위셰 산 찻잎으로 만든 홍차 세 잔을 테이블에 내려놓는 동안, 여성으로 오해받아도 이상하지 않을 미모를 가진 헤딘은 역시 눈썹 하나

까딱하지 않고 말을 이었다.

"하오나 영광을 곱씹고 이를 전제로 말씀드리겠습니다. ——우리【프레이야 파밀리아】와, 고귀하신 분께서 몸 담은【로키 파밀리아】의 협력은 불가능합니다."

안경 너머로 산호색 눈동자가 고귀한 비취색 눈동자만을 응시하며 단언했다.

그야 그럴 거라고, 리베리아는 마음속으로 중얼거렸다.

처음부터 오탈의 참전을 믿지 않았던 핀과 마찬가지로.

"일부 단원만을 파견하는 형태라 해도 어렵겠나?"

"불가능하리라 봅니다. 우리의 충성은 프레이야 님의 것입니다. 간부부터 하급 단원에 이르기까지, 적대 파벌인【로키 파밀리아】의 **사역**을 인내할 수 있는 자는 아무도 없을 것입니다. 여신의 위광을 실추시키는 행위로도 이어질 수 있지요."

일부러 사역이라는 단어를 꺼낸 헤딘을 나무랄 생각은 없었다.

아무리『협력』이라고 말을 꾸며도,【로키 파밀리아】가 주도하는『원정』인 이상, 다른 파벌의 단원들은 동등하다고 말할 수 없다. 최소한 외부에서 보는 제3자의 눈에는 그렇다. 주신을 최애로 삼은【프레이야 파밀리아】에게 그것은 오로지 굴욕일 뿐이며, 받아들이기 힘든 사태임은 명백했다.

『원정』협력을 타진하기 위해 헤딘 일행과 접촉한 리베

리아는, 지금쯤 핀도 오탈에게 비슷한 말을 듣고 있으리라고 달관한 듯이 생각했다.

"길드, 그리고 그『돼지』는 참으로 무지하다고밖에 말할 수 없겠군요. 우리가 손을 잡고 연계를 취할 수 있는 광경을 정말로 상상할 수 있는지, 썩어 문드러진 두개골을 쪼개놓고 힐문해주고 싶을 정도입니다. 낮게 잡아야 가는 길에 분위기가 험악해져 살육전을 벌이는 것이 고작이겠지요."

"농담이라 웃어넘길 수 없다는 점에서 웃을 수 없군."

"황송하오나 그렇습니다. 그 파룸과 제가 지휘권을 놓고 충돌하는 광경마저 눈에 선합니다."

사태의 경위를 설명하기 위해 테이블 위에 꺼내놓은 길드의『소집영장』을 일별한 헤딘은 이를 진심으로 경멸했다. 아무리 길드가 강권을 발휘한들, 스펙을 넘어선 용자의 긍지만은 붙잡을 수 없었다.

다만 헤딘은 이렇게나 길드를 혐오하면서도, 리베리아에게는 조금도 그런 감정을 내비치지 않았다.

테이블에 준비된 향기로운 홍차도, 리베리아가 다 마실 때까지 결코 먼저 손을 대려 하지 않았다. 정중한 태도를 유지한 채 경의를 아끼지 않았다. 그런 한편 왕족인 하이엘프의 바람이라 해도 결코 양보하지는 않았다.

이건 이거대로, 무조건적으로 추종하는 동포들보다는 낫겠다고, 리베리아는 뜬금없는 생각을 해버렸다.

'암흑기 대책회의 같은 때를 제외하면, 헤딘과 이렇게 이야기를 나눈 적은 손에 꼽을 정도밖에 없었지.'

소속 파벌이 다른 것은 말할 나위도 없고, 두 파벌의 사이가 험악한 것은 대전제.

오히려 헤딘은 프레이야를 선택하고 왕족을 적대하는 위치로 돌아선 만큼, 리베리아와의 교류를 거절하는 분위기가 있었다. 그것이 헤딘 나름의 결의였으며, 유일하게 왕족에게 보일 수 있는 존중의 표현이었을 것이다.

"이 자리만 해도, 만약 그 파룸이 왔더라면 저는 눈앞의 홍차를 내던지고 즉시 자리를 떠났을 겁니다."

"핀도 그걸 알기에 나를 보냈겠지."

"그런 만큼 그 교활한 파룸에 대한 살의가 쌓여갑니다. 고귀한 왕족을 턱짓으로 부려먹는 그 행위에도, 억에 하나 회유할 수 있으면 횡재한 거라고 생각하고 있을 그 타산에도."

진지한 표정으로 한 점의 거짓 없이 말하는 동포의 모습에, 리베리아는 마침내 입가에 조그만 웃음을 머금고 말았다.

"【로키 파밀리아】, 그리고 그 파룸을 위해 제 몸을 바치는 것은 사양하겠습니다."

다시 한 번 의사표명을 하는 헤딘에게, 리베리아는 고개를 끄덕였다.

"무리한 요구라는 자각은 있었다. 이제까지 서로 으르렁거린 주제에 뻔뻔한 요구라는 것도 이해한다. 공연히 시간을 빼앗았구나."

이렇게 될 줄 알았다.

리베리아의 입장에서 보자면, 크노소스 최종전 당시 【프레이야 파밀리아】가 달려와준 것 자체가 기적이었다. 그들에게는 충분히 감사하고 있으며, 이 이상의 기적을 바라는 것은 지나친 오만이리라.

이로써 길드에 대한 의무는 다했다.

이 정도로 단호하게 거절당하면, 로이먼도 한바탕 끙끙거린 후 체념하겠지.

임무를 완수한 리베리아는 자리에서 일어나기 전에 하얀 찻잔에 손을 뻗었다.

정성스럽게 내린 홍차를 다 마시기 위해 손가락으로 찻잔을 들고, 품위 있게 입에 대었다.

"하지만, 불손한 자들을 위해서가 아니라 『고귀하신 분의 호위』라면 이야기가 다르지요."

하지만 찻잔은 왕녀의 입술에 닿지 않았다.

우뚝 손을 멈춘 리베리아의 비취색 눈동자가 정면의 엘프를 향했다.

"저희조차 애를 먹었던 요사스러운 정령이 잠든 미도달 영역. 리베리아 님의 옥체에도 위험이 닥칠지 모른다면, 일족의 일원으로서 방관하는 것은 도리에 어긋납니다."

"……그래서?"

"【로키 파밀리아】가 아닌, 당신을 위해서라면…… 저희 엘프들만은, 검을 들겠습니다."

움직임을 멈추었던 리베리아는 천천히 찻잔을 테이블 위에 내려놓았다.

"……번잡하게 구는군."

무례한 놈이라는 말도 미소 속에 숨겼다.

크노소스 공방전에 참전했던 헤딘도, 이번 『원정』에는 생각하는 바가 있었을 것이다.

『돼지』라고 조롱하면서도 로이먼의 우려 또한 이해하고 있을 것이다.

무엇보다, 엘프로서 일족의 왕녀를 근심하고 있다.

이를 전제로, 헤딘은 자신들을 납득시킬 만한 명분을 원했던 것이다.

원정대의 일원이 아닌, 『리베리아의 호위』라는 명목을.

"만약 신변 경호를 허락해 주신다면, 던전 어디까지라도 당신과 운명을 함께하겠습니다."

"……좋다. 그렇다면 누가 『나의 호위』로 동행할 텐가?"

"우선 제가 【파밀리아】 내에서 지원자를 모집하겠습니다 만…… 여기 회그니는 반드시 데려가겠다고 약속드립니다."

"후앗?!"

그때.

이제까지는 헤딘 옆에서 한껏 몸을 웅크린 채 눈앞의 무릎만을 빤히 바라보던 다크엘프가 고개를 획 들었다.

갈색 피부, 연보라색으로도 보이는 은빛 머리카락, 그리고 떡잎색 눈동자.

그의 이름은 회그니 라그날.

신들이 『중2병 즐』이라고 칭송할 정도로 대인 교류에 문제가 있는 궁극의 낯가림쟁이이며, 【프레이야 파밀리아】가 자랑하는 제1급 모험자다.

"아시다시피 이 바보는 Lv.6입니다. 보기 흉하게 갈팡질팡하는 점만 눈감아 주신다면, 리베리아 님의 신변 경호에는 문제가 없을 겁니다."

"잠까, 기다, 뭐뭐뭐뭐뭐뭘 네 맘대로 결정하는 거야 헤디이이이이인?!"

"네놈이 입도 벙긋하지 않으니 내가 천거해드린 거다, 굼벵이. 아니면 뭐냐. 네놈은 왕족의 호위라는 임무를 거절할 셈이냐?"

"거, 거절하지 않을 거지만! 거절 못하지마안!! 다크라도 리베리아 님한테는 경의를 품고 있지마아아안?!"

"그렇다면 소란 떨지 말고 그냥 고개나 끄덕여라. 그림자에서 경호할 거라면 네가 적임자다."

"내내내내, 내가 낯가림하는 거 잘 알면서어어어?! 반 같은 단원들한테도 힘든데, 다른 【파밀리아】는 무리무리무리! 분명 숨도 제대로 못 쉴 거야!"

"다른 어중이떠중이들 따위 의사소통을 시도할 필요도 없다. 말을 바꿔주지. 리베리아 님의 그림자가 되어라. 숨소리도 기척도 죽인 채, 왕녀 전하께 접근하는 존재는 하나도 남김없이 섬멸해라."

"으그그그극……?!"

식은땀을 뻘뻘 흘리면서 눈을 이리저리 굴리고는 비명을 흘리는 회그니에게 헤딘은 담담히 말했다.

갑자기 떠들썩해진 동포들을 내버려 둔 채, 여유 시간이 생긴 리베리아는 식기 전에 차를 마시기로 했다.

"헤, 헤딘은 갈 거야? 갈 거지?! 같이 가자 와줘 부탁이니까! 하다못해 아는 사람 하나라도 없으면 저저저정서가 박살 날 거야!"

"나는 못 간다."

"왜에에에에에에에————?!"

"프레이야 님의 경호를 소홀히 해서 어쩌자는 거냐, 얼간이. 유사시에 본래의 주인을 지키지 못해선 본말전도지. ……더 자세하게 말하자면, 『계곡』이 소란스럽다는 정보도 들어왔다."

움찔.

리베리아의 눈썹이 미세하게 움직였다.

그 모습에 헤딘은 시선을 그녀에게로 되돌렸다.

"『용의 계곡』 말인가?"

"예. 『용의 코골이』가 한 번 울렸다는 확실한 정보가 있습니다."

『용의 계곡』.

그리고 『용의 코골이』.

두 단어만 듣고도 리베리아는 헤딘의 우려를 정확하게 이해했다.

고대의 『흑룡』이 잠들어 있는 『계곡』에서 용의 코골이가 울릴 때, 하계에는 강대한 용종이 풀려나와 재해를 일으킨다. 전승 따위가 아닌, 엄연한 사실이다.

어떤 웨어울프 백성——『평원의 수민(獸民)』이 단 한 명을 제외하고 전멸해버렸던 것처럼.

『학구』에서는 『방룡문제』라고도 한다.

그리고 이것은 교사와 학생을 불문하고, 『학구』가 전력을 다해 대책에 나설 만큼 화급한 안건이기도 했다.

이블스가 횡행하던 『암흑기』가 종식되기 전에는, 질서의 붕괴가 오라리오 이외의 지역에까지 파급되어, 각 공동체의 구출 및 방위에 『학구』가 동분서주하던 배경도 있다 보니, 용에 대한 대처가 한 수 늦어지는 일도 많았다—— 그야말로 『평원의 수민』을 유린한 용이 『한 마리의 늑대』에게 토벌되기 전까지 방치할 수밖에 없었을 정도로——. 이러한 피해의 상흔은 뿌리가 깊어, 오라리오나 『학구』 이외의 『세계세력』조차 최대급으로 경계하고 있다.

헤딘의 말은, 그런 재해의 전조가 관측되었다는 것이다.

"이번에도 『학구』가 대책을 강구하겠지만…… 당신과 【로키 파밀리아】가 던전으로 떠난다면, 만일의 경우에 대비해 저는 프레이야 님을 지킬 수 있는 곳에 대기하고 싶습니다. 당신과 저울질하는 짓은 무례의 극치이오나⋯⋯."

"아니, 네 말이 타당하다. 마음에 둘 필요는 없다."

이 오라리오에서 핀 디무나와 어깨를 나란히 하는 지휘관은 헤딘 셀랜드 외에는 없다. 극단적으로 말해, 다른 제1급 모험자라면 그나마 대체할 사람도 있지만, 『지휘관』은 그럴 수 없다.

따라서 회그니에게는 미안하지만, 도시 전력의 관점에서 보자면, 분명 핀과 헤딘이 한곳에 뭉쳐 있는 것은 불리하다.

"저기, 어, 그럼 나는⋯⋯?"

"프레이야 님을 지키고, 고귀한 분의 신변도 경호하는 거다. 그러려면 나와 네놈이 분담할 수밖에."

"아부부부부⋯⋯?!"

헤딘과 회그니는, 본인들은 마음에 들지 않겠지만, 합쳐서 『흑백의 기사』라 칭송받는 존재다.

기사라는 이름의 수호자가 둘로 갈라져 있는 것이 편리한 것은 사실이고, 무엇보다 든든하다.

정론에 두들겨 맞은 회그니는 결국 괴상한 소리를 내기 시작했지만.

"던전도 그렇습니다만, 요즘 『계곡』은 아무래도 수상합니다. 저는 여신의 곁에서 만전을 기하겠습니다. 리베리아 님의 무운을 빕니다."

레피야가 『학구』에서 목격했다고 하는 학생들의 약진과

『조바심』.

그것도 활발해지고 있는『방룡문제』에 기인한 것이 틀림없다. 하계를 위협하는 재해에 직면해, 학생들은 Lv.3에 도달할 정도로 조바심을 내는 것이다. 헤딘은『움직이려는 시대』의 조짐을 정확하게 감지하고 있었다.

이 이상 원정을 연기하는 것은 악수지만, 자신들도『용의 계곡』의 동향을 가늠한 후 진퇴를 결정하는 것이 좋지 않을지, 리베리아는 잠시 생각했다. 하지만 이내 마음속으로 고개를 저었다.

『계곡』에 얽힌 사항과 아이즈를 접촉시키고 싶지 않았다.

"회그니. 멍청한 낯짝 집어치우고 지금만큼은 리베리아 님께 충성을 맹세해라."

"부탁해도 되겠나, 회그니 라그날?"

"히, 히힉…… 흐힉……."

헤딘이 노려보고, 리베리아가 바라보았다.

후자에는 양심의 가책도 담겨 있는 가운데, 연신 눈을 좌우로 움직이던 회그니는 피리 같은 소리를 내더니…… 요정의 사명감에서 겨우 도망치지 않은 채, 실룩거리는 입술을 열었다.

"바…………받아들이겠슴다……."

얼굴 전체를 뻣뻣이 굳히며, 눈물을 머금고.

어째서인지 좌우 양손 두 개의 손가락을 파들파들 구부려 드는 꼬락서니.

간신히 웃는 얼굴이라 해줄 수 있는 그 표정은, 신들이 보면 『흐헤가오 더블피스』라고 칭송할 만한 것이었다.

혼란이 극에 달한 나머지 추한 몰골을 보이는 동족에게, 화이트엘프가 번개 같은 수도를 날려준 것은 말할 필요도 없으리라.

"가레스, 『원정』에 벨 크라넬을 데려가는 것은 좀 기다려 줄 수 없을까?"

핀이나 리베리아와 마찬가지로【프레이야 파밀리아】와의 연계에 관한 물밑 작업에 나서려 했을 때.

자신을 찾아온 『동포』의 모습에, 가레스는 입을 열자마자 한숨을 내쉬었다.

"『파벌연합』에 대해서는 아직 발표도 하지 않았는데……『학구』에 몸담은 자네가 어디서 얘기를 들은 겐가, 레온."

【로키 파밀리아】홈의 응접실.

쓸데없는 소문이 나지 않도록 뒷문으로 몰래 들어온 사람은 키가 180C가 넘는 『교사』였으며, 너무나도 자세가 반듯한 『기사』였다.

레온 바덴베르크.

『학구』의 교사 필두, 혹은 『학구』의 최강전력이라 불리는 절대강자.

동시에, 가레스나 핀 같은 이들과는 『해묵은 인연』을 맺고 있는 자이기도 했다.

"어떤 흑의의 메이거스에게 정보를 얻었지."

"뭔고, 펠즈와 교류가 있었나?"

"너희도 알고 있었군. 그러면 이야기가 쉽겠어. 마법대국 알테나 관련으로 빚이 생긴 이후로, 이런저런 사안을 등가교환하는 사이지."

그를 데려온 단원들이 다소 긴장감을 띤 가운데, 레온은 가레스가 권하는 대로 의자에 앉았다. 가레스와 달리 휴먼처럼 다리를 꼬고 앉을 수 있음에도 불구하고, 예의 바르게 허리를 펴고 있다. 언제 봐도 팔다리가 길구먼, 하고 가레스는 약간 부러워했다.

"이번에는 세계 각지에서 모은 희귀한 소재와 맞바꾸어, 원래의 대가에 더해 이런저런 다양한 정보를 얻었지. 어떤 『영웅의 알』이나, 너희들의 『원정』에 대해서도."

"그랬구먼. 그러면 왜 벨 크라넬을 찾아가는 걸 자네가 말리는 겐가?"

"얼마 전 『용의 코골이』가 관측되었다. 그래서 그를 데리고 『계곡』으로 갈까 해."

펠즈와의 관계가 자신들보다 더 오래되었으리라는 데에 내심 놀라면서 질문하자, 레온은 주저하지 않고 대답했다.

『교사』와 『기사』의 모습이 반씩 섞인 듯한 표정을 지으면서.

"교육인가?"

눈을 가늘게 뜬 가레스는 레온의 진의를 즉시 깨달았다.

레온 바덴베르크는 『교육자』다.

그가 『학구』에 속해 교사가 된 이유는, 많은 『희망의 빛』을 찾아내 후진을 육성하기 위해. 가레스는 그 사실을 잘 안다. 한 명이라도 많은 『영웅』을 낳아, 검은 종말을 넘어서기 위해서다.

『제우스와 헤라』가 있던 가혹한 시대에서 함께 싸웠던 사이이기에 이해할 수 있었다.

"이번에는 거의 부조리한 시련이 될지도 모르지. 나는 『잔광』을 전수하고 싶으니까."

레피야를 비롯한 제자들 앞에서는 교사로서 공손한 말투를 쓰는 레온도, 가레스 앞에서는 기사처럼 당당한 말투를 썼다.

그것은 교사가 아닌 자신을 아는 이에게 보이는 자연스러운 흐름이었으며, 그와 동시에 레온도 가레스를 『전우』로 본다는 증거이기도 했다.

숨김없이 말하는 레온에게, 가레스는 나직하게 중얼거리며 턱수염을 만지작거렸다.

"『잔광』…… 제우스와 헤라의 기술 말인가. 제대로 면식도 없을 텐데, 그 병아리를 꽤나 높이 평가하는구먼?"

"반대로 묻겠다만, 너는 높이 평가하지 않는 건가? 제우스와 헤라 시대에서도 볼 수 없었던 성장을 보이며 달려 올라가고 있는 레코드 홀더를."

"……흐음. 이거 한 방 먹었구먼."

문답은 짧았다.

그것만으로도, 오랜 지인인 두 사람은 웃음을 나누었다.

대기 중인 있던 단원들이 저도 모르게 당황할 정도였다.

"세계의 진실을 접하게 한단 말이지……. 하지만, 그래, 그 병아리도 이미 영웅후보. 틀림없이 필요한 일이기는 하지."

슬쩍 고개를 끄덕이던 가레스는 얼굴을 들고 레온의 제안을 받아들였다.

"그 편이 그 친구에게도 좋겠구먼. 나란히 어깨를 나란히 하고 싸우고 싶었네만, 이번에는 포기하겠네. 동료들에게는 내가 그리 전함세."

"미안하다, 가레스. 이 빚은 언젠가 반드시 갚지."

"벨 크라넬은 우리 단원도 뭣도 아닐세. 취급을 결정할 권리 따위는 없으니 마음에 두지 말게."

물밑 교섭을 위해 일부러 『황혼관』까지 찾아온 레온은 감사를 전한 후 금세 일어났다.

쌓인 이야기를 구구절절 늘어놓을 생각까지는 없었지만, 잡담 한 마디 없이 금세 돌아가려는 그에게, 가레스는 한쪽 눈썹을 찡그렸다.

"벌써 가나?"

"그래. 서둘러서 미안하지만……『계곡』외에도 대응해야 할 일이 있거든."

얼굴을 돌린 레온은, 가레스도 별로 보지 못했던 어른스러운 표정으로 쓴웃음을 지었다.

"『학구』쪽도, 약간 바쁘게 돌아가게 되어서."

·•·

"레피야~.『학구』학생들에게는 얘기 안 할 거야~?"

홈의 창고에서, 나무상자를 안은 엘피가 늘어지는 목소리로 말했다.

『원정』에 필요한 물자며 예비 무장이며 아이템을 보충하고 수량을 확인하는 작업을 룸메이트와 맡고 있었던 레피야는 한 손에 들고 있던 리스트에서 고개를 들었다.

"『학구』학생들은 우수하고, 레피야가 가르친『제7소대』에는 Lv.3도 있잖아? 나랑 똑같네! 사실은『학구』에 들어가고 싶었던 엘피는 내심 복잡해서 분함에 베갯잇을 눈물로 적시지만 레피야의 파트너는 양보할게에~ 흐흐흑~!"

"1인극은 관두세요……. 분하지도 않았으면서. 엘피는 그냥 편하고 싶은 것뿐이잖아요."

"아하하, 티났어? 그치만~ 실제로는 어때? Lv.만 보면 후열직까진 아니어도 서포터로 와 주면 엄청 도움 될 것 같은데?"

흐늘흐늘~ 하고 지금이라도 춤을 출 듯한 걸음걸이로 나무상자를 옮기며 정리하는 엘피에게, 레피야는 으음 신음하며 창고의 천장을 슬쩍 올려다보았다.

"본인들은『원정』에 따라오고 싶다고 했지만요……."

얼마 전의 일이다.

연락을 받은 레피야에게 루크를 비롯한 『제7소대』가 몰려와, 『원정』에 동행하고 싶다고 간절히 말했다. 주신 발두르와 담임 레온에게 인턴(파벌 체험) 허가증까지 발급받아서, 인턴으로 따라오고 싶다며.

세계의 실정을 피부로 느끼며 힘을 키우고 싶다, 혹은 견문을 넓히고 싶다는 뜻을 가진 『제7소대』 다운 말이었다. 그렇기에 레피야는,

"제가 거절했어요."

"에에~, 왜~?"

"이유는 많지만, 경험이 부족한 게 제일 문제예요. 【스테이터스】는 뛰어나도, 저나 엘피와 비교하면 압도적으로 던전에 대한 면역이 부족해요."

"아, 인스트럭터 레피야 납셨다! 리크루트 갔다 온 후로 분위기가 바뀌었달까~ 『제7소대』 얘기만 나오면 어쩐지 선생님 같은 얼굴이 된다니까~."

"놀리지 마세요. 아무튼, 사전에 심층영역을 경험했다면 그나마 생각해볼 여지가 있을지도 모르지만…… 50계층이 첫 경험이라는 건 안 돼요."

"아아~ 뭐 그건 그렇지."

"그리고 단장님네에게도 부담이 될 것 같아서요."

아무리 우수해도 『제7소대』는 학생이다. 이미 4년 이상 던전을 공략하고 있는 그녀들조차 지금도 식은땀을 흘리

고 죽음을 각오하는 순간을 경험하고 있다. 던전의 심층영역이라면 말할 것도 없다.

레피야의 일방적인 결정으로 인턴을 받아들이는 월권행위를 저지를 수 없기도 하고, 현재의【로키 파밀리아】는 안 그래도『파벌연합』때문에 부대 관리의 규모가 크게 부풀어 올랐다. 여기에 소대 하나라고는 해도 쓸데없는 인원이 추가되면, 진형의 미세조정과 후열 부대의 재설정이 필요할 것이다.

그것은 핀이나 리베리아의 부담이 된다. 레피야는 그렇게 판단했다.

"명확히 전력이 된다거나, 혹은 역할이 있다면 환영해야 하겠지만……『수학여행』기분으로 따라오는 거라면, 이번에는 받아들일 수 없다고, 그렇게 전했어요."

이번『원정』에는 학생들을 호위할 인원을 할당할 수 있을 만한 여유가 없다.

왜냐하면『더럽혀진 정령』이라는 토벌 목표가 있기에.

레피야는 그렇게 생각하고 있었다.

그녀의 설명을 듣고 납득한 듯, 한 차례 나무상자를 옮긴 엘피는 두 팔을 빙글빙글 돌렸다.

"뭐, 레피야의 말이 맞을지도~. 우리하고 연계도 잘 안 될 거고, 짐이 될 거라고까진 안 하겠지만, 이상 사태가 일어나면 압도당해버릴 테니까. 그치만 그치만, 레피야 선배한테 거절당해서 걔들 지금쯤 속상하지 않을까?"

"네, 완전히 풀이 죽어버렸어요. 다만…… 오늘 아침에 편지가 왔는데……."

"뭐? 그 얘기 아직 남은 거였어?"

너스레를 떨던 엘피가 자기도 모르게 뒤를 돌아보았다.

하던 일도 잊고 떨떠름한 표정을 짓고 있던 레피야는 주머니에서 문제의 편지를 꺼냈다.

보낸 사람은 『제7소대』의 엘프 소녀 밀리리아.

유려한 필체의 길고 긴 문장은, 의역하자면.

【원정에 데려가 달라고 부탁드린 직후였지만 불초 저희의 각오를 전하기 위해 펜을 들었습니다. 저희는 『학구』의 일원으로서 싸워야 합니다! 하지만 안심하세요. 레피야 선배에게 폐를 끼칠 일은 없을 테니까요. 다만 아무것도 하지 않고 부디 지켜보기만 해주실 수는 없을까요? 경애하는 선배와는 싸우고 싶지 않아요. 우리는 오라리오를 저어어얼대 용서할 수 없어요실망했어요저질쓰레기길드돼지자식!!! 일개학생으로서검을들어긍지와각오를가슴에전쟁이다아아아아아!!】

그런 내용이 적혀 있었다.

요동치는 듯한 분노가 담긴 편지에, 옆에서 들여다본 엘피가 "으아아……" 하고 질겁하는 가운데, 레피야는 눈살을 찌푸렸다.

"뭔가 불길한 예감이 들어요……."

얼마 지나지 않아, 그 말은 적중했다.

요란한 발소리와 함께 창고 문이 활짝 열리더니, 매퍼(지도 작성자)로서 뛰어난 실력을 평가받는 홈 바니 라크타가 낯빛을 바꾼 채 뛰어 들어왔다.

　"레, 레피야! 길드가 수많은 학생에게 포위당했어! 다들 『학생투쟁』이라고 하는데······ 그게 뭐야아?!"

　놀란 엘피의 곁에서, 레피야는 눈을 감고 하늘을 우러러보았다.

　　　　　　　　　　🐾

　길드에 의한 『오리할콘 강제 징수』.

　그것이 방아쇠가 되어 발발한 『학생투쟁』.

　『학구』의 재산인 대량의 오리할콘을 길드에 빼앗겨, 『학구』 관계자들은 분노의 목소리를 높였다.

　까놓고 말해, 학생들은 빡쳤던 것이다.

　『길드의 횡포를, 용납하지 마라아아아아아아아아아아아아아아아아————!!!!』

　『『『『용납하지 마라아아아아아아아아아아아아아아아아아아아아아!!』』』』

　도시가 황혼에 잠긴 가운데, 학생들은 길드 본부에 쇄도해 이를 포위.

데모하듯 함성과 노성을 퍼부어 길드 직원들과 모험자들을 놀라게 했다. 참고로 신들은 좋아했다.

『우리가 요구하는 것은 오리할콘 징수 철회!! 우리의 요구에 응하지 않을 경우, 리크루트 및 인턴을 무기한 중지하고! 오라리오와의 단교 또한 고려할 것이다————!!』

길드의 부조리한 처우에 머리끝까지 화가 난 학생들의 요구는 그러한 전례 없는 것.

학생들의 선두에 서서, 마석제품 확성기로 끊임없이 호소하는 친구 아리사의 모습을 본 순간, 그 자리에 도착한 레피야는 졸도할 뻔했다.

"밀리가 그런 편지를 보낼만했어……."

오리할콘이라고 하면 가장 강한 금속.

뒤랑달 속성을 가진 무기에도 쓰이는 이 금속은 말할 것도 없이 가치가 매우 높고, 연금학과가 연금에 성공한 후로『학구』가 계속해서 축적해 온 거대한 재산이다. 막대한 비용과 시간을 들여 생산했는데, 그것을 강제로 빼앗긴다면『학구』관계자들이 가만있을 리가 없다.

학생들뿐만 아니라 교사들도 이번『투쟁』에 동참했고, 결국 아리사의 선언대로 오라리오와『학구』의 교류는 단절되었다. 그렇게나 매일같이 도시 곳곳에서 보이던 학생들이 모조리 자취를 감춘 것이다.

학생들을 고객으로 하던 가게는 파리만 날렸고, 도시를 풍요롭게 할『학구 특수』는 완전히 끊겨버렸다. 돈벌이의 기회라 보았던 상업계【파밀리아】의 입장에서는 그야말로 겨울이 온 것이라, 미궁도시에서는 매일 비명이 터져 나왔다. 멜렌에 틀어박힌 『학구』는 요구를 받아들이지 않는 한 어떠한 협상에도 응하지 않겠다는 강철 같은 자세를 보였다.

정작 길드는 대응에 내쫓겨 그저 혼란의 도가니.

장사를 접게 된 시민과 상인들은 분노하고, 학생들의 입단으로 전력이 강화될 것을 기대했던 신과 권속들도 분노해, 모든 비난의 화살은 길드와 책임자 로이먼에게 향하게 되었다.

도저히 다른 일에 눈을 돌릴 여유가 전혀 없는 길드의 모습에,

"""『원정』이 있는데 이거 어쩔 거야……."""

【로키 파밀리아】의 단원들은 진저리가 난다는 표정을 짓고 있었다.

이러니저러니 해도 길드의 지원은 『원정』에 필수다. 파벌의 랭크가 높으면 원정 비용의 일부를 부담해주고 물자를 제공하는 등 여러모로 대우가 좋아져, 【로키 파밀리아】도 막대한 혜택을 받고 있다.

그 사실을 잘 아는 만큼, 『원정』의 연기를 바라는 사람은 아무도 없었다.

제50계층 도달 예정일, 즉 『원정』 중반에 심신의 컨디션이 최고조에 오도록 모두 세밀한 조정을 하고 있었다. 이

랬는데 길드가 "『원정』을 좀 미뤄줄 수 없을까?"라고 한다면, 【로키 파밀리아】도 학생들과 함께 길드 본부로 쳐들어 갈 것이다.

오라리오의 일원이라면 그 누구도 무관할 수 없는 『학생 투쟁』은 곳곳에서 파문을 일으켰다.

——그러나 무관하지는 않더라도, 마이페이스를 관철하는 자들은 항상 어느 정도 있다.

"끝났다."

"고맙습니다……"

【고브뉴 파밀리아】의 홈, 『세망치 대장간』.

대장장이 신 고브뉴의 손에서 애검 《데스퍼러트》를 직접 건네받은 아이즈는 새것과 다름없이 빛나는 검신을 가만히 바라본 후, 호오 한숨을 내쉬었다.

"원래대로, 됐어요……?"

크노소스 최종전에서, 괴인 레비스와의 격렬한 검투—— 【검은 바람】의 행사——에서 균열이 생겨 파손된 애검의 수리를 맡겨놓았다.

그것을 마침내 오늘, 받은 것이다.

뒤랑달 속성의 무장인데도 『균열』이 생겼다는 모순에 직면한 고브뉴는 짧게 대꾸했다.

"거의 새로 만들었다. 수리하는 게 더 힘들어서."

말하자면, 《데스퍼러트 개량형》.

거의 처음부터 다시 만들어, 기존의 《데스퍼러트》보다도 날카로워진 【고브뉴 파밀리아】의 최신작. 애벌레형 몬스터의 부식액을 몇 번씩 뒤집어써도 위력이 떨어지지 않는다는 덤도 있었다.

쓰는 사람의 입장에서는 기쁜 정보였지만, 아이즈는 이제부터 설교를 들을 것을 생각하며 자기도 모르게 어린아이처럼 몸을 움츠리고 말았다.

"……**지금 단계에서**, 하계 주민이 뒤랑달을 파괴 직전까지 몰아넣지 말거라."

무뚝뚝한 신은 조용히 말했다.

이건 절대 화난 것이 아니다. 아이즈도 고브뉴와 오랜 친분이 있으니 그 정도쯤은 알지만, 그래도 무기를 부숴 먹은 것에 대한 죄책감은 있다.

"다음에는 너도 말려들어서 부서질 게야."

고브뉴의 말은 조금 알아듣기 어려운 부분이 있다.

그래도 아이즈는 그가 무슨 말을 하려는지는 알았다.

크노소스 공방전 이후, 아이즈는 한동안 **싸울 수 없었다**.

【검은 바람】의 반동이었다.

온몸의 뼈에 무수한 금이 가고, 장기도 일부 손상되었다.

몸속의 마력은 역류 혹은 『폭주』라고밖에는 할 수 있는 현상을 일으켜, 마법이나 아이템으로 회복시키자마자 안쪽부터 아이즈의 육체를 잇달아 상처입혔다.

심지어 아미드조차, 진단을 내린 후 아미드가 표정을 지우더니,

"당신이 제일 중상이에요, 아이즈 씨."

그렇게 말했을 정도였다.

그리고 다짜고짜 치료소에 수용되었다.

꼬박 사흘 동안 고통과 열이 가시지 않아 잠을 이룰 수 없었다. 이러한 경험이 사실 처음은 아니었지만, 이렇게 끔찍한 것은 기억에 없었다.

열에 시달리며, 오랜만에 눈가에 눈물을 머금었을 정도였다.

한동안 강도 높은 운동은 금지되어, 아미드의 감시를 받기도 했다.

『파벌대전』이나 『학구』 귀항 같은 사건이 지나간 이제야 겨우 후유증이 완전히 사라져, 만전이라 부를 만한 상태로 돌아왔을 정도였다.

모든 것을 꿰뚫어 보는 신의 두 눈으로부터, 아이즈는 시선을 돌리지 않았다.

"⋯⋯고맙, 습니다⋯⋯."

잠시 후.

민망함이며 깊은 감사 등등이 모두 담긴 똑같은 말밖에 할 수 없는 아이즈는, 꾸버~~억 하고 깊이깊이 고개를 숙였다.

고브뉴는 말없이 소녀의 금발 정수리를 바라본 후, 아무 일도 없었다는 듯이 등을 돌렸다.

"『원정』 준비는 다 끝났느냐?"

작업장으로 돌아가려던 대장장이 신은 마지막으로 그 질문을 건넸다.

"……으음."

"뭘 고민해."

"……아직, 안 끝났는데요……."

검을 든 채 복잡한 심정이 담긴 목소리를 내는 천연산 얼빵이에게, 오랜 친분이 있는 고브뉴는 시간낭비임을 깨달았는지 대답을 기다리지 않고 그 자리를 떠났다.

그 반응에 다소 풀이 죽기는 했지만, 아이즈는 고브뉴의 공방을 나왔다.

눈부신 햇살이 소녀에게 쏟아져 내렸다.

'내 준비는, 이제 끝. 파벌의 준비는, 안 끝났지만…… 돕고 싶어도, 단원들이 거부해.'

허리에 찬 《데스퍼러트》의 무게를 느끼며, 아이즈는 고브뉴에게 털어놓지 못했던 고민을 곱씹었다.

아이즈도 물자 준비 같은 일을 돕고 싶었지만, 파벌 간부들이 그런 일을 시켜주지 않았고, 여느 때처럼 하급 단원들이 일을 빼앗아버린 것이다. 『원정』에 영향을 미칠 수 있는 『학구』의 항의운동이 일어난다는 것도 알고 있지만, 그건 아이즈 개인이 어떻게 할 수 없는 일이었다.

다시 말해, 파벌 내의 준비는 아직 갖춰지지 않았지만, 아이즈 발렌슈타인은 지금 심심했다.

할 일이 없는 것이다.

"그럼…… 괜찮겠지?"

완전히 쌀쌀해진 겨울바람, 그리고 다른 계절보다도 투명한 겨울 햇살에 눈을 가늘게 뜨며, 아이즈는 중얼거렸다.

조그만 결심을 품고.

"벨, 만나러 가자."

2장

래빗맨

Гэта казка іншага сям'і.

Чалавек-трус вяртаецца

『이 대립은 우리 신들이 맡겠다아아아아아아아아아아
아아아아아아아아아아아아아아!!』

전개가 빠르네…….

오종종 길을 걷던 아이즈는 푸른 하늘을 올려다보며 멍
하니 생각했다.

【고브뉴 파밀리아】의 홈에서 도시 남서쪽을 향해 걷던
도중, 어느새 설치됐는지, 오라리오 전역에 확성기를 통한
목소리가 울려 퍼졌던 것이다.

귀에 익은 이 목소리는 틀림없이, 여리여리한 남신 헤르
메스.

그의 말로는, 길드와 『학구』 양측이 대립하는 이 상황을
근심하고 있다나.

그렇게 되어 ──뭐가 그렇게 됐다는 건지 잘 모르겠지
만── 오라리오 VS 『학구』의 대표시합을 하자는 말을 꺼
낸 것이다.

거리를 걷는 아이즈의 주위에서도, 사람들의 당혹감과
진저리가 뒤섞인 술렁임이 퍼져가는 가운데, 『축제』의 시
작이 선언되었다.

『【오라리오피아드】 시작이다아아아아아아아아아아아
아아아아아아아아아아아아!』

굉장해~.

그렇게 남의 일처럼 생각한 아이즈는, 『여긴 오라리오니까』라는 한 마디로 납득했다.

신들이 빚어내는 이런 소동에는 이미 7살 때부터 익숙했다는 반동도 있었으므로, 웅성거리는 주위를 뒤로 하고 갈 길을 갔다.

목적지는 소년이 사는 저택, 【헤스티아 파밀리아】의 홈.

"……기, 긴장되니까, 감자돌이 조금만……."

『제노스』소동 이후, 강해지고 싶다고 선언한 소년과 훈련을 하기로 약속했다.

하지만, 꽤 시간이 흘러버렸다.

에뉘오에 얽힌 사건이 정리된 후로 전부 미뤄두었는데, 사건이 수습된 후에도 곧바로는 갈 수 없었다. 그 이유의 절반은 【검은 바람】의 반동 때문이었다.

크게 떨어졌던 아이즈의 컨디션은 『파벌대전』전의 『여신제』무렵에는 거의 회복되었지만, 그래도 만전의 상태는 아니었다.

그리고 만전의 상태가 아니라면, 각오를 다지고 훈련을 부탁하는 벨에게 실례일 거라고, 아이즈는 그렇게 생각했다.

그리고 그리고, 만전의 컨디션을 되찾은 지금, 드디어 『훈련할까?』라고 말을 꺼낼 수 있게 된 것이다!

"벨…… 기억하고 있을까?"

하지만 시간이 너무 오래 지나서, 조금 미안하달까 민망하달까, 벨의 반응이 조금 걱정되었다.

너무 오래 기다리게 해서 이상한 표정을 짓지 않을까, 아니면 잊고 있는 건 아닐까. 만약 그렇다면 자신은 흐아~하고 충격을 받거나 창피해하지 않을 수 있을까, 아이즈는 뇌내 시뮬레이션을 돌리지 않을 수 없었다.

따라서 아이즈는 기력을 보충하기로 했다.

감자돌이 세트를 사서, 벤치에 앉아 맛있게 먹었다.

평소에는 잘 가지 않는 찻집, 이 아니라 단골인 풍요의 여주인에 들러, 리베리아가 좋아한다던 홍차를 마셔 보았다. 맛은 잘 모르겠다. 후우.

한숨을 돌린 아이즈에게, "뭐지 뭐지", "왜 대낮부터 【검희】가 각오를 다지고 있는 거야?"라고 주점 직원들이 수군거렸다.

『파벌대전』에서 패배해 해체된 【프레이야 파밀리아】의 멤버들도, 어째서인지 이곳에서 일하고 있었으며, 전투능력이 지나치게 높은 여성 점원들 사이에서 낯익은 시종장──오탈과의 특훈 때 이것저것 편의를 봐주었던 시녀 회른──을 발견해, 꾸벅 인사를 나누기도 했다.

회색머리 시녀는 무언가 불길한 예감이 드는 듯한, 토끼와 관련한 견제를 해야 하나 말아야 하나 싶은 표정을 지었지만, "멍청히 서 있지 말고 일해!"라는 주인의 강권발동으로 점원들과 함께 강제소집당해, 시야에서 사라져버렸다. 아이즈는 고개를 갸웃했다.

"좋아…… 말할 수 있어."

각오를 다진 아이즈는, 만반의 준비를 갖추어 『화덕관』으로 출발했다.

도착한 홈 앞에서 심호흡을 하고, 초인종을 누른다!

"썩 돌아가거라아아아아아아아아아아아아아아아아아! 발렌 아무개 구우————————운!!"

그리고 등장한 어린 여신에게 제대로 쫓겨났다.

"잊을 만하면 훌쩍 나타나선 벨을 유혹하지 말거라아앗——!! 너와 특훈 데이트라니 내가 용서할 것 같으냐아아아! 게다가 비밀 특훈이라면서 당당히 나한테 허가를 구하지 말란 말이다 이 천연산 얼빵아! 귀엽잖아! 아무튼 돌아가앗————!! 지금은 벨도 볼일이 있어서 나갔다!"

철컹! 쾅! 찰칵!!

저택 현관이 열렸다가, 다시 닫히고, 힘차게 잠겼다.

사정을 들은 헤스티아의 속사포 보이스를 뒤집어쓰기를 약 10여 초.

노도의 기세에 몸을 젖혀버렸던 아이즈는, 단단히 닫힌 문에 손을 뻗으려다, 히잉 어깨를 늘어뜨렸다. 아무래도 벨은 없는 모양이고, 애초에 그의 주신인 헤스티아는 허락해 주지 않을 모양이었다.

금발을 흐늘흐늘 흔들며, 아이즈는【헤스티아 파밀리아】
의 부지에서 철수해야만 했다.

　고개를 숙인 채, 도시의 제6구역을 터덜터덜 걸어나갔다.

　"터덜터덜⋯⋯."

　우울한 기분을 그대로 입에 담으며 풀이 죽어 있으려니,

　"아이즈 씨이?!"

　하늘에서 떨어진 유성에 직격당한 토끼가 내버린 듯한,
그런 음정이 엇나간 목소리가 들렸다.

　"아."

　발을 멈추고 돌아본 아이즈는, 눈을 살짝 크게 떴다.

　하얀 머리카락에 루벨라이트색 눈동자. 처음 보는 가방
을 들고 있긴 했지만, 못 알아볼 리가 없었다.

　아이즈가 찾고 있던 소년, 벨이었다.

　"벨."

　"아, 안녕하세요! 좋은 아침입니다?!"

　"응, 좋은 아침⋯⋯은 아니고, 오후?"

　"그, 그러네요, 좋은 오후!"

　슈파파팟! 하고 제1급 모험자의 발로 눈앞까지 달려갔다.

　벨이 조금 전의 아이즈처럼 몸을 벌렁 젖히고는, 어째서
인지 얼굴을 연분홍색으로 물들였다.

　아이즈가 의아해하고 있으려니, 벨은 고개를 좌우로 붕
붕 흔들더니, 한 박자를 두고 물었다.

　"무, 무슨 일이세요, 이런 곳에서? 뭔가 볼일이라도 있

으셨나요?"

"응. 너희 홈에 갔다가……."

"……네?!"

놀란 벨을 앞에 두고, 이번에는 아이즈가 살짝 뺨을 붉혔다.

"목도 나았고, 레피야도 괜찮아졌으니까, 지금이라면 만나러 갈 수 있지 않을까 해서……."

『파벌대전』 당시.

벨이 【프레이야 파밀리아】와 격전을 펼치는 것을 보며, 아이즈는 보기 드물게 목소리를 높여 응원했다. 그리고 티오나조차 놀랄 만큼 소리를 지른 결과, 아이즈 자신이 부끄러울 만큼 목이 쉬어버렸던 것이다. 【검은 바람】의 후유증도 있었는지, 제1급 모험자의 치유력으로도 회복이 상당히 느렸다. 몸이 만전의 상태로 돌아오지 않았던 것과 함께, 벨을 만나러 오는 것이 늦어진 원인 중 하나였다.

눈을 연신 깜빡이며 이쪽을 바라보는 시선에 부끄러움을 느끼고 몸을 슬쩍 꼬고 말았다.

이윽고 벨은 조금 안절부절못하는 분위기로 질문을 했다.

"누, 누굴 만나러 가셨어요?"

"너."

"너?"

"벨을."

"벨?"

아이즈는 질문에 대답했다.

되묻는 벨은 어리둥절했다.

흐에~? 하고 눈을 동그랗게 뜬 새끼 토끼처럼 보이기도 했다. 귀엽다.

"너는 없다고, 헤스티아 님이 그러셔서, 쫓겨나서…… 터덜터덜하고 있었는데…… 다행이야. 만나서."

말을 하는 사이에, 아이즈는 입가에 미소를 짓고 있었다.

준비하고, 긴장하고, 에잇 각오를 다지고, 생각보다 자신이 그를 보고 싶어했던 것을 깨달아, 하얀 꽃 같은 조그만 웃음이 새나왔다.

벨은 이쪽에 시선을 고정한 채 얼굴을 새빨갛게 물들이고 있었다.

"있지, 벨."

"……네, 네에."

애석하게도 아이즈는 그 모습을 보지 못했다.

시야에는 들어왔지만, 말해야지, 말해야지 하고 혀 위에서 굴리는 말에만 집중하고 있었던 것이다.

잠시 후, 오래 미뤄지고 말았던 약속을 입에 올렸다.

"훈련, 할래?"

눈을 동그랗게 뜬 소년은, 아이즈가 안도하고 기뻐할 만큼, 몇 번이나 과장되게 고개를 끄덕였다.

도시 북서쪽, 거대 시벽 위.

　약속을 나누었던 날을 마지막으로 찾아오지 않았던 두 사람의 훈련장으로, 아이즈는 벨을 데리고 발걸음을 옮겼다.

　"많이, 이런저런 일이 생겨서, 늦어져버렸지만……."

　"어, 어쩔 수 없죠. 【로키 파밀리아】는 힘들었다고 들었고, 게다가 저희도 여러 가지 일이 있었으니까요……."

　미안해, 라는 사과의 말을, 벨은 부드럽게 받아주었다.

　오히려 자신에게도 잘못이 있다고 말해주는 상냥함에 아이즈는 마음이 따뜻해지는 기분이었다.

　'벨…… 뭔가, 달라졌나?'

　아이즈는 막연히 그렇게 생각했다.

　분위기랄까 태도랄까, 표정이랄까.

　든든해졌다, 까지는 아닐지도 모르지만, 동생처럼 손이 많이 가는 느낌은 예전보다 덜해진…… 그런 기분이 안 드는 것도 아니다. 아이즈는 아이즈대로 타인의 감정 변화에 둔하니, 기분 탓일지도 모르지만.

　하지만 그런 소소한 변화가 흐뭇하게도 서운하게도 여겨져서, 아이즈는 자기 자신에 대해 의문을 품게 되었다.

　벨도 이제 Lv.5…… 제1급 모험자가 되었기 때문일지도 모른다고, 아이즈는 그렇게 생각하기로 했다.

"전처럼, 대련이면 돼?"

"……! 네!"

"난 칼집 쓸 건데, 넌 나이프 써도 돼."

약간의 긴장—— 아니, 고양감 때문일까. 안절부절못하던 벨은 아이즈의 제안에 금세 『모험자의 얼굴』이 되었다.

아이즈는 《데스퍼러트》를 흙벽 밑에 세워놓고 칼집을 들었다.

이미 짐을 내려놓은 벨은 칠흑색 나이프를 역수로 들었다.

통로 한가운데에 서서, 그 자세로 대치한 순간, 아이즈는 소년의 성장을 느꼈다.

"……."

"……."

시선을 얽었다.

그러는 동안에도 루벨라이트색 눈은 아이즈의 자세에 허점은 없는지, 어떤 공격을 가할 생각인지 탐색하고 있었다.

역시 성장하고 있다. 모험자로서 빈틈이 사라지고 있다.

자세를 취하기 전부터 이쪽을 살피던 벨의 눈에 가벼운 박수를 보내고 싶은 기분이 들었지만, 아이즈는 먼저 공세에 나설 마음은 없었다.

'이건, 알아차릴까?'

그 대신 자신의 왼쪽, 다시 말해 벨이 보기에『오른쪽』에
『빈틈』을 드러냈다.

상급 모험자라도 함부로 파고들 수 없는, 그런 자세 속
에 숨겨놓은 구멍.

정말정말 사소한 것이며, 숙련된 제1급 모험자 사이의
싸움에서는 치명적인 것.

그것을, 일부러 내민다.

'이건『함정』……. 하지만 지금의 벨이라면, 알아차릴 거야.'

아이즈는 벨을 시험할 생각이었다.

자신이 직접 검을 맞부딪친 지 오랜 시간이 지난 벨의
심기(心技)가 얼마나 성장했는지. 자신의 감각만으로 추측
하는 데서 그치지 않고,『기술』과『허허실실』그 자체를 확
인하고 싶었다.

벨은 이미 알아차렸을 것이다. 아이즈의 의도를. 이쪽의
『허허실실』을.

루벨라이트색 시선이 슬쩍『오른쪽』을 보더니, 금세 금
색 눈동자에게로 돌아온다.

'함정인 걸 알아차리고, 어떻게 나올지, 보고 싶어.'

이제까지 엄청난 비약을 이루었던 벨과, 소년의 스승을
자처하는 아이즈의 통과의례.

아이즈는 이미 과제를 발표했다.

남은 것은 소년이 어떤 선택과 답을 내놓는가를 기다
릴 뿐.

'어떻게 할래?'

모범 답안은 『오른쪽』의 미끼에 낚인 척하며 왼쪽으로 가는 것. 약간 뻔하기는 하지만 일단은 합격점.

과감하게 나온다면 정면으로 찌르고 들어와야 한다. 이쪽은 아이즈가 좋아하는 답.

지면을 스치듯 나아가는 초저공자세에서 오는 하단공격. 이것도 재미있다.

이판사판으로 허를 찌르는 머리 위 공격. 이것은 자세를 바꾸기가 어렵기 때문에 조금 아쉬운 실책.

혹은 파이어볼트. 이건 말도 안 된다. 아이즈라면 포구를 조준한 순간 팔을 잘라버릴 수 있다.

순식간에 나열되는 선택지.

그러나 그 모든 것이 아이즈의 예상 범주 내.

'넌, 나를 넘어설 거야?'

기대마저 담긴 순수한 물음.

그 대답은, 한순간 후.

속공과 함께 찾아왔다.

『오른쪽』으로.

"————?!?!"

질주했다.

아이즈의 왼쪽, 다시 말해 소년에게는 『오른쪽』으로, 혼신의 강습이 왔다.

지금, 소년이 해방할 수 있는 전심전력.

미끼에 달려드는 정도가 아니라 씹어 부술 듯한 기세로 『오른쪽』을 향해 날아든 수평 일섬 참격에, 허를 찔린 아이즈의 눈이 크게 뜨였다.

"흡!!"

뒤늦게 터져나오는 소년의 기합성.

최속의 육박과 함께 짓쳐드는 칠흑색 나이프.

아이즈는 이에 신속하게 대응했다.

까앙!!

불꽃은 솟지 않는 둔중한 충격.

벨의 일격을 방어한 아이즈의 칼집이 떨리고, 가느다란 손은 통렬하게 저려왔다.

얼른 반격으로 전환할 수 없었다. 수비 측에 생긴 완전한 공백.

아이즈는 인정했다.

벨이, 내 예상을 넘어섰어——!!

"하아아아아아아아아!"

한순간의 경악을 덧칠해버릴 만한 노도의 연속 참격.

찰나의 정체조차 용납하지 않고, 기세가 붙은 소년은 아이즈가 가장 주특기로 삼는『정면에서의 응수』에 나섰다.

"——음!!"

아이즈도 정면에서 이에 응했다.

짧은 숨소리와 함께 참격의 궤적을 남기고 사라지는 초연속요격.

벨의 맹공을 모두 튕겨내는, 【검희】라는 이름에 걸맞는 절기.

그럼에도 공세로 나설 수는 없다. 소년의 약동 앞에, 아무리 해도 반격에 나설 수가 없다.

공격공격공격공격!

수비라곤 한 점도 없어! 탐색전도 없어! 【검희】인 자신을 계속 위협하고 있어!!

'대단해!'

시야를 교차하는 자남색 검광 속에, 가슴속으로 갈채를 보냈다.

'대단해!!'

그 미숙했던, 모험자조차 아니었던 Lv.1의 남자아이가!

이 짧은 기간 동안, Lv.6에 이른 제1급 모험자에게 『호각』을 강요하고 있어!

무시무시한 일이다. 믿을 수 없는 일이다. 그것은 아이즈에게는 『미지』였다.

무엇보다도, 『지금의 모든 것』을 쏟아붓고 있다.

자신의 성장을 스승에게 보여주려는 제자처럼, 온몸을 다 던져, 오늘까지 쌓아온 모든 것을 아이즈에게 부딪치고 있다.

무기를 옆에서 쳐 공격을 흘린다. 그것은 아이즈가 가르쳤던 『기술』.

순간순간 허점을 섞어가며 마무리 일격을 유도한다. 그

것은 아이즈가 전한 『허허실실』.

그것이 무엇보다도——.

'——기뻐!'

소년의 눈에도 들어오지 않을 만큼 조그만 웃음이, 가공할 공방 속에서 가려져 사라졌다.

소년의 눈에는 『경악』으로 비쳤을 소녀의 두 눈 움직임은, 사실은 『기쁨』이었다.

"우우웃!!"

"우우웃!!"

약간 거칠어진 소년의 참격을 나무라며 나이프를 옆으로 튕겨낸 순간—— 회전.

축발은 왼쪽. 나이프를 쥔 오른손을 회전력의 가속장치로 바꾸어, 소년이 소용돌이를 일으킨다.

일격을 튕겨낸 아이즈도 마치 거울처럼, 긴 머리카락을 휘감은 금색 회오리바람을 그렸다.

두 사람이 서로, 상단 돌려차기.

"웃?!"

부츠의 두꺼운 발뒤꿈치 부분끼리 충돌해, 밀어낸 것은—— **벨!**

공세에 쏟아부었던 만큼 속도가 올라갔던 것은 사실이다. 그러나 결정적이었던 것은 순수한 【어빌리티】의 차이.

Lv.6인 아이즈보다, Lv.5인 벨의 『힘』이 더 강했다!!

밀려난 한쪽 발이 크게 허공을 가로지르는 동안, 입술에서 경이의 감탄을 흘린 아이즈는 곡예하듯 후방으로 도약해 거대 시벽의 흉벽에 착지했다. 등 뒤에 펼쳐진 것은 떨어지면 곤두박질치게 될 도시의 전경. 마치 단애절벽에 몰린 것과도 같은 모습.

크게 벌어진 간격.

그제야 떠올랐다는 것처럼 시벽 위에서 바람이 울었다.

아이즈는 놀라움을 감추지 못하는 눈으로 벨을 빤히 쳐다보았다.

'발꿈치에서 전해져서………… 가슴이, 징징 울려.'

충돌하고 밀려났던 부츠의 발꿈치 부분으로부터, 벨에게서 전해진 충격이 왼쪽 가슴까지 치고 올라와 두근두근 고동을 울리고 있었다.

그야말로 충격적이었다.

이것은 아이즈가 상정했던 상황이 아니었다. 생각지도 못했던 소년의『성장』이었다.

『오른쪽』이라는 불의의 공격을 당한 탓, 이라고 말한다면 꼴사나운 변명이 되리라.

원래 쓰던 무기가 아닌 칼집이었다는 핸디캡도 사소한 문제일 뿐이다.

소년의 손은 이미 자신의 등에 닿을 정도로 가까워졌다.

원래 같으면 위기감과 초조함을 느껴야 한다.

그러나 지금은 몸 구석구석까지 전해지는 심장의 충격——고양의 선율이 채근하는 대로, 아이즈는 다시 떠오른 그 말을, 이번에는 직접 입에 올려 중얼거렸다.

"……대단해."

입술도 웃음의 형태를 그리고 있었다.

하지만, 그렇다면.

다음에는 다른 『추가시험』에 대해서도 생각해보고 싶어지는 것 또한, 모험자의 본성이다.

'내 마법…… 써볼까?'

──그건 안 돼.

마음속의 꼬마 아이즈가 『폭력반대』라는 플래카드를 두 손에 들고 항의해댄다.

【에어리얼】은 낮잡아 말해도 흉악하다. 아이즈의 【스테이터스】를 한 단계 정도 끌어올린다고 해도 과언이 아니며, 바람의 힘으로 참격의 위력과 속도까지 상승시킨다.

그토록 가공할 ── 바로 최근까지 후유증이 있었던 것처럼 아이즈의 몸까지 갉아 먹는 출력의── 인챈트를 Lv.5인 벨에게 부딪치다니. 조금 잔인한, 정도가 아니다. 리베리아 같은 행동을 해서는 안 된다고 이성(꼬마 아이즈)이 외치는 것도 지극당연한 일이다.

그치만 그치만, 제자의 성장을 보는 것은 스승의 책임이니까~ 하고 갈등이라는 이름의 욕망과 싸운다.

무릎을 구부린 착지자세에서 다리를 편 채, 제3자가 보기에는 흉벽 위에서 멍하니 서 있는 모습으로, 겨울 하늘을 올려다보며 음─ 하고 고민했다.

갑자기 산들바람이 불어왔다.

차가운 겨울의 한숨에 긴 금발이 흔들렸다. 이에 맞춰 스커트도.

웅, 하고 아이즈는 마음속으로 살짝 고개를 끄덕였다.

바람의 속삭임에 등을 떠밀린 것처럼, 마법을 사용하기로 결심했다.

시선을 상공에서 되돌려보니, 벨은 어째서인지 아이즈에게서 눈을 필사적으로 돌리고 있었다.

아직 스커트 자락을 바람에 살랑거리던 아이즈는 이상하다고 생각했지만, 이내 말을 걸었다.

"벨. 조금만,『진심』으로 해도 돼?"

"네?"

이쪽을 돌아본 벨은 잠시 멍한 표정이었으나.

"아, 네………… 괘, 괜찮아요!"

당장이라도 몸을 앞으로 내밀 듯한 기세로 고개를 끄덕였다.

소년도 의욕이 있다는 것을 알고 안도한 것과 동시에, 흐뭇한 모습이라고, 그리고 귀엽다고 생각했다.

살짝 입꼬리를 올린 아이즈는, 이내 눈을 감았다.

의식을 자신의 내면으로 향하고, 마인드에 불을 지펴, 마력을 조종해—— 부른다.

"【눈을 뜨라, 폭풍】."

소년 앞에서는 한 번도 사용한 적이 없었던, 유일한 마법이자 히든카드.

"【에어리얼】."

"!!"

이제까지도 그랬듯, 바람이 생겨났다.

성벽 위를 흐르던 겨울바람을 휩쓸어버릴 만한 대기의 물결이.

천천히 눈을 떴다.

루벨라이트색 눈이 크게 뜨여 있었다. 하얀 앞머리가 뒤로 젖혀졌다.

풍압, 그리고 마력에 밀려나려는 몸을, 소년은 열심히 지탱해냈다.

'잘 느끼고 있어——.'

아이즈의 『바람』을 최상급의 위협으로 설정한 벨에게, 참 잘했어요 도장을 주었다.

경계를 확실히 하지 않았다면, 제1급 모험자인 지금의 벨 크라넬이라도 전투는 순식간에 끝나버렸을 테니까.

그것은 오만도 허세도 아닌, 단순한 사실.

얼굴에서 고양감도 기쁨도 날아가 버린 소년을 바라보며, 선언한다.

"갈게."

토옹.

발바닥으로 흉벽을 가볍게 찬다.

티엉!

폭풍처럼 대기를 찢어버린다.

"_____."

역시 몸에 착 감기는 『바람』의 흐름을 피부로 느끼며, 말문이 막혀버린 소년의 뒤로 뛰어나왔다.

"──으윽?!"

극한까지 늘어난 두 사람의 체감시간 속에서, 벨은 멋진 반응을 보였다.

뒤로 돌며 나이프를 번뜩여, 이미 휘두르고 있던 아이즈의 칼집을 튕겨낸다.

──좋아!

의식도 시선도 잘 따라온 소년에게, 다시 마음속으로 칭찬을 보내며, 추가타.

『바람』의 여파로 크게 비틀거리는 소년에게, 아까와는 비교할 수도 없는 연타를 가한다.

"으으윽?!"

"아직."

마음속의 박수와는 달리 밋밋한 지적을 날리며 밀어붙인다, 밀어붙인다, 밀어붙인다.

바람의 난기류에 벨이 제대로 대항할 수 있었던 것은 처음의 3격뿐.

방어는 순식간에 무너지고, 어깨와 다리, 옆구리와 팔의 표면이 깎여나갔다.

──그래도, 좋아!

힘조절은 하고 있지만, 【에어리얼】이다.

몬스터는 물론 제1급 모험자조차 공포에 떨게 만드는 아이즈의 『바람』이다.

그것을 방어에 내몰리면서도, 결코 직격당하지 않는다. 치명상만은 계속 거부하고 있다. 마치 모험자의 본능이라고도 할 수 있는 움직임. 순식간에 땀으로 젖은 소년의 괴로워하는 얼굴.

스스로에게 실망하지 않아도 된다고, 아이즈는 호소한다.

그것이 감이나 기적이라 해도, 그것은 소년이 이제까지 쌓아온 『경험』을 무의식적으로 도출해 최적의 답을 더듬어 나가고 있는 결과다. 『우연』을 『필연』으로 만들려 한다는 증거다. 그리고 그것이 바로 『미지』에 도전해야만 하는 모험자에게 필요한 능력이다.

하지만 벨의 성장을 마냥 기뻐하던 아이즈는, 그때 문득 깨달았다.

소년의 표정 변화……라기보다, 마음의 움직임을.

지금의 아이즈에게 『다른 누군가』…… 구체적으로는 아이즈도 싸워본 적이 있는 질풍이라고 해야 하는 요정……과 비교되고 있는 듯한 예감을.

『류 씨보다도 빨라!!』

그런 마음의 목소리 그 자체를.

근거는 없다. 그냥 모험자의 감이다. 하지만 알아버렸다.

'……에잇.'

속으로 아무렇게나 중얼거리며, 엉성한 내려치기를 감행한다.

나이프로 받아내, 코등이싸움 비슷한 자세로 벨의 움직임을 멈춘 아이즈는, 칼집 너머로 빠안~히, 제 딴에는 무섭게 노려보았다.

"다른 사람, 생각해?"

"네?! 아뇨, 저기, 왜, 왜요?!"

"그냥, 그런 거 같아서. 집중 안 하면…… 못써."

떽! 하고 꾸짖자 『바람』도 말처럼 크게 울부짖었다.

식은땀을 뻘뻘 흘리면서 끄덕끄덕끄덕! 하고 고개를 끄덕이는 벨.

그 반응에 만족하면서, 이번에는 좀 선생님다웠다고 만족스러워한 아이즈는, 곧바로 태세를 바꾸었다.

무기를 서로 튕겨낸 뒤로 물러난 다음, 재충돌.

이번에는 만전의 태세로 응수했지만, 따라가는 과정은 같았다.

이 『바람』을 보고도 정면에서 응전한다는 선택은, 선생님으로서는 야단을 칠 부분이기는 했지만, 【검희】의 취향에 맞는 전술이기는 했으므로, 아이즈는 조금 판단이 난감해졌다.

"윽, 크으으으으윽?!"

미숙한 선생님이 평가를 내리기 난감해하고 있었던 탓인지, 벨의 방어가 마침내 풀려버렸다.

【에어리얼】의 풍압에 밀려난 소년의 다리가 돌 블록 바닥에서 떨어졌던 것이다.

흉벽 너머, 거대 시벽 바깥으로 날아가 버리는 벨을 보고 아이즈가 취한 행동은 하나였다.

"위험해."

"엑?!"

당연하다는 듯이 가속해, 날아가 버렸던 벨을 따라잡아, 손을 뻗었다.

언뜻 보면 소녀처럼 가녀린 손목을 잡고는, 아이즈의 몸과 자리를 바꾸듯, 시벽 위로.

던져진 벨은 눈을 크게 떴다.

보이지 않게 될 때까지 루벨라이트색 눈과 시선을 교차하던 아이즈는, 금세 시벽 바깥으로 떨어졌다.

'나도 집중해야 하는데……'

벨에게 말해놓고는, 이래서야 선생님 실격이다.

반성하면서 시벽 표면에 칼집을 꽂아, 정지.

칼집을 든 왼손과 왼팔에 반동이 몰렸지만, 제1급 모험자라면 아픔도 없다.

관성을 완전히 상쇄하지 못한 상태였음에도, 『바람』을 조작해 벽면을 찬 것과 동시에 수직 도약.

여기까지 겨우 몇 초도 걸리지 않았다.

칼집을 들고, 소년이 기다리는 시벽 위까지 문자 그대로 날아오르려 했을 때.

"아, 아이즈 씨이?!"

당황한 소년의 얼굴이 나타났다.

아이즈의 시야에.

'아.'

그렇게 생각했을 때, 이미 아이즈의 몸은 움직이고 있었다.

역시 제1급 모험자라고 칭송할 만한 반사신경을 발휘해, 아슬아슬하게 부딪힐 뻔한 소년의 머리에 칼집 일격을 가했다.

"아."

"아?"

소년의 정수리에서 전해져온 반동에, 마음의 목소리가 입에서 새어 나왔다.

보기 좋은 클린 히트였다.

추락한 아이즈를 걱정해 흉벽에서 몸을 내밀었던 소년은, 걱정한 장본인의 손에 의해, 스쳐 지나가며 기절하고 말았던 것이다.

높이 날아올라, 사뿐, 시벽 위에 착지하는 아이즈.

난간에 널린 이불처럼 흉벽 위에 추욱 늘어지는 벨.

"………미, 미안해, 벨……!"

황급히 달려가 사과하지만, 소용없었다.

소년의 의식은 이미 바람 저편으로 떠나가 버렸다.

손을 내민 자세로 멈춰 선 아이즈는…… 추욱 어깨를 늘어뜨렸다.

그래서 내가 뭐랬어~! 하고 마음속의 꼬마 아이즈에게 혼나면서.

"미안해……."

누구에게 사과하는 것인지 본인도 알 수 없었지만, 두 손으로 벨의 몸을 안아 흉벽에서 내려, 널어놓은 이불 꼬락서니에서 기절한 모험자로 되돌렸다.

당장이라도 훌쩍훌쩍 눈물을 흘릴 것 같은 얼굴로 기절한 소년을 바닥에 눕혔어도, 아이즈의 죄책감은 사라지지 않았지만,

"아!"

문득, 아이즈의 어깨가 크게 흔들렸다.

드러누워 있는 소년, 그 옆에서 무릎을 끌어안고 있는 아이즈.

기묘한 기시감.

이 상황은…… 절호의『무릎베개』상황이 아닌지?

"…………하자."

리베리아에게 배운 보은 & 자신의 기분전환 방법.

그 방정식은 천연산 얼빵이 제1급 모험자의 마음속에서는 아직도 단단히 성립되고 있었다.

그렇게나 마음속에서 야단을 치던 꼬마 아이즈도 폭력 반대 플래카드를 내팽개치고 와아~! 하며 신나했다. 심지

어 아이즈보다도 빠르게, 경련하는 흰토끼를 무릎에 눕혀 놓고 복슬복슬한 감촉을 탐닉하기 시작했다.

이제는 익숙해진 동작으로 물 흐르듯 움직인 아이즈는, 소년의 머리를 허벅지로 받치고, 오랜만의 무릎베개를 만끽했던 것이었다. 프로의 손길로 백발을 쓰다듬고, 얼굴은 하늘을 우러러 따뜻한 햇살을 맞으며, 눈을 감은 채 몽실몽실 힐링을 받았다.

눈을 뜬 소년이 괴성을 지르며 음속으로 무릎베개에서 이탈을 시도했다는 것은 말할 필요도 없는 일이었다.

◆

토끼의 경계를 풀려는 것처럼, 자신의 옆을 퐁퐁 두드려, 슬금슬금 다가온 소년을 옆에 앉힌 후.

아이즈는 휴식 대신 일광욕을 즐기기로 했다.

흉벽에 등을 기대는 위치에서, 두 사람의 어깨가 닿을 듯한 거리감으로.

그렇다 해도 아이즈는 일광욕은 내팽개쳐둔 채, 바로 곁에 있는 벨의 옆얼굴을 바라보고 말았지만.

크노소스의 결전이 끝난 후에도, 그들은 이렇게 옆에 나란히 누워 잠을 잤다.

중상 때문에 곧바로 떨어지고 말았지만, 이 창공의 시간은 그때의 연장선처럼 느껴져, 아이즈는 이상한 기분이 들었다. 그녀에게서는 보기 드문 웃음까지 내비치고 말 정도였다.

조용히 바라보고 있으려니, 벨은 불편해졌는지 뺨을 붉히며, 갈라진 목소리로 화제를 돌렸다.

"그, 그러고 보니!『오라리오피아드』가 시작된다고 하던데요! 아이즈 씨랑【로키 파밀리아】도 역시 출전하나요?!"

정말로, 그러고 보니 그랬다.

벨과 훈련하기 전에 결정된 도시의 큰 움직임을 떠올리며, 아이즈는 선뜻 대답했다.

"놀라긴 했지만…… 우린 무리, 일지도."

"네?"

"『원정』기간하고, 아마 겹칠 거 같아서."

"……!【로키 파밀리아】는『원정』을 가나요?"

"응. 준비는 꽤 오래전부터 했으니까……."

자신들의 예정을 돌이켜보며 말하자, 벨은 깜짝 놀랐다.

'어라, 아직 말하면 안 되는 거였나?'

그렇게 일단은 파벌의 미공개 정보였음을 떠올리고 가슴이 철렁했지만,

'그치만, 벨이라면, 괜찮겠지?'

이내 생각을 바꾸었다.

이곳에 후배 엘프가 있었다면 그 괴상한 신뢰감에 이의를 제기했을지도 모른다.

【프레이야 파밀리아】가 사실상 소멸한 지금, 아이즈네

【로키 파밀리아】도 참전하지 못하게 된다면, 『오라리오피아드』에는 먹구름이 드리워질지도 모르지만…… 아이즈는 오라리오의 정치에도, 『학구』와의 역학관계에도 별로 관심이 없었다.

그래서 털어놓기로 했다.

조금 긴장하면서도, 『이 시간을 더 오래 갖고 싶다』고 생각하는 자신의 솔직한 심정을.

"그래서…… 원정 전이지만, 내 준비는 이미, 끝나서…….
그러니까, 시간은 조금뿐이지만, 낼 수 있을 거 같아서……."

"……?"

말재간이 없는 입술을 필사적으로 움직여, 열심히 단어를 골라가며, 소년을 쭈뼛쭈뼛 바라보았다.

"……앞으로 이틀은, 훈련, 할 수 있는……데?"

"!!"

소년의 눈이 크게 뜨였다.

"할래?"

"──해주세요!!"

그리고 이쪽의 불안감 따위 다 날려버리려는 듯 큰 목소리로 즉답했다.

아이즈는 깜짝 놀랐지만, 이내 가슴이 따뜻한 것으로 꽉 차올랐다.

아이즈는 눈을 가늘게 떴다.

"알았어…… 잘 부탁해?"

확 밝아진 소년의 얼굴은 꽃봉오리가 피어난 꽃처럼 귀여웠다.

🔥

그날 밤.

"아이즈, 기분이 좋은 것 같아?"

"그런, 가……?"

『황혼관』의 대식당에서, 감정이 희박한 얼굴로, 그러나 오랫동안 알고 지낸 티오네 같은 동료들에게는 간파당할 정도로는 들뜬 기분으로, 아이즈는 저녁을 맛있게 먹고 있었다.

뜯어먹던 빵을 내려놓고, 자신의 뺨을 조물조물 만져보았다.

결국 자신도 잘 모르겠지만, 뭔가가 스며 나왔는지도 모른다. 꼬마 아이즈도 마음속에서 눈이 뱅글뱅글 돌아가는 토끼를 두 손으로 들고 "와~!" 하며 대회전 중이었으니 어쩔 수 없다.

아이즈는 올라가려는 입꼬리를 필사적으로 억누르며 ──사실은 올라갈 기미조차 없었지만── 얼버무리기 위해서 식사를 계속하기로 했다.

"뭐 좋은 일이라도 있었어~?"

"응…… 있었을지도."

"뭔데, 나도 가르쳐줘."

"아, 안 될……지도?"

티오나도 기뻤는지 깔깔 웃으며 물었다. 티오네도 친언니처럼 놀려대는 가운데, 아이즈는 어쨌거나 비밀이라는 태도를 관철했다.

새삼스러운 말이지만 벨은 다른 파벌의 단장이고, 아이즈는 자기 파벌의 간부다. 주신끼리는 사이가 나빠 교류는 거의 없다. 그런 관계인 두 사람이 함께 훈련을 하다니, 원래 있어서는 안 될 일이다. 리베리아 같은 이들에게 들켰다간 꾸지람을 듣고 중단당할 정도로.

티오나나 티오네에게는 말해도 괜찮을 것 같지만, 정말 오랜만의 훈련이라 둘이서 하고 싶기도 했던 아이즈는 미안함을 느끼면서도 입을 다물기로 했다.

영양보급이라는 이름의 식사를 빠르게 마치고, 동료들 사이에서도 제일 먼저 자리를 떴다.

"아이즈한테 무슨 일 있었던 거겠지~?"

"【스테이터스】가 생각보다 많이 올라간 거 아닐까?"

티오나와 티오네는 그렇게 느긋하게 웃고 있었지만,

"…………"

그들 옆에서 식사를 하던 선황색 머리의 엘프가 빠~히, 살금살금 떠나는 아이즈의 뒷모습을 바라보고 있었다.

그리고—— 움직였다.

"아이즈 씨."

"아, 레피야………."

저택의 여성 목욕탕 탈의실.

다른 사람의 모습은 없어, 거의 대절 상태.

일과처럼 로키가 침입하지 않는 것을 미리 확인한 레피야는 옷을 벗기 시작하던 아이즈의 곁에 아주 자연스럽게 섰다.

"정말 기분이 좋아 보이세요."

"펴, 평소랑…… 같은걸?"

"감자돌이 신상이라도 나왔어요?"

"……? 아니."

"좋은 무기라도 찾으셨어요?"

"아니."

"다른 파벌인 주제에 후안무치하고 염치도 모르는 저질 파렴치 백발남이 훈련이라도 해달라고 그랬어요?"

"———으우우우우?!"

주섬주섬 옷을 벗던 아이즈는 꾸웅!!! 하고 눈앞의 선반에 이마를 작렬시켰다.

아파아, 하고 눈물을 찔끔거리면서도 이마를 선반에서 떼어낼 수 없었다.

심장이 벌렁거려 옆을 볼 수 없었다.

엘프 후배는 아이즈 쪽을 쳐다보지도 않은 채, 벗은 겉옷을 담담히 탈의용 바구니에 넣고 있었다.

"지금 반응으로 대충 알았어요."

"레, 레피야…… 어떻게……?!"

"지난번 훈련도 원정 전이었고, 아이즈 씨의 몸도 목도 완전히 회복됐으니까, 그 휴먼하고 접촉하려면 지금이 딱 좋다고 생각했거든요."

"으읏……?!"

탐정 뺨치는 추리를 선보인 것도 놀랍지만, 아이즈의 컨디션을 세세하게 파악하고 있다는 것도 왠지 모를 공포가!

소용돌이치는 온갖 감정이 혼선을 일으켜 식은땀을 삐질삐질 흘린 아이즈는 탈의 바구니가 담긴 선반의 어둠을 바라보고 있을 수밖에 없었다.

"『파벌대전』 끝난 후에도 보고 싶어 하시는 것 같았고…… 그리고 평소에 좋아하시는 모습과도 달랐던 것 같아서, 그 휴먼과 관련이 있는 것이 아닐까 생각했죠. ……맞지 않기를 바랐지만요."

감이, 지나치게, 좋아!

옛날에는 "아이즈 씨, 아이즈 씨!" 하며 뒤를 졸졸 따라다니던 천진난만한 후배였는데!

지금은 바로 옆에 서서 리베리아처럼 지적이라는 이름의 날카로운 나이프를 푹푹 찔러대고 있어!

아이즈가 궁지에 몰린 새끼사슴처럼 파들파들 떠는 반면, 레피야는 망설임 없이 가터벨트를 떼고는 양말을 벗어, 새하얀 스커트를 바닥에 툭 떨어뜨렸다.

"저 같은 사람이 이런 잔소리를 하는 건 저어되지만, 좀 더 파벌 간부로서 자각을 가지시는 게 좋지 않을까요."

으윽! 하고 아이즈는 눈을 꾹 감은 채 가슴을 붙들며 몸을 꺾었다.

아이즈에게 200만의 정신 대미지!

"단장님네가 아시면 말리실걸요."

그 말을 듣고서야 흠칫! 했다.

몸을 벌떡 일으키고 튀어오르듯 돌아보며 레피야에게 애원하려 했다.

"레피야! 리베리아랑 핀한테는 말하, 지⋯⋯⋯⋯⋯
마⋯⋯⋯⋯⋯⋯⋯⋯⋯⋯⋯."

애원하려 했으나.

바로 옆으로 고개를 돌렸다가, 시야에 들어온 광경에, 움직임을 멈췄다.

목에 감은 스카프를 풀고 흰 셔츠 한 벌만 걸친 차림이었던 레피야는, 제일 위에서부터 단추를 하나하나 풀어내리던 참이었다.

그래서, 마침, 가슴골이 보이고 있었다.

아직 셔츠와 속옷에 감싸인, 이제까지 마법이라도 썼던 건가 싶어질 만큼 옷 너머로는 알아볼 수 없었던 가슴의 윗부분이, 고개를 드러내고 있었다.

눈을 동그랗게 뜬 아이즈는 아연실색해 그 용기를 응시해버렸다.

"⋯⋯⋯⋯⋯⋯⋯⋯⋯⋯⋯⋯⋯⋯⋯⋯⋯⋯⋯크!"

"크?"

다아…………

어디라고는 말하지 않겠지만, 아이즈의 감상은 그랬다.

레피야가 겨우 이쪽을 보며 의아한 표정을 지었지만, 아이즈는 석상처럼 굳은 채였다.

——지난 몇 달, 아이즈는 예전처럼 레피야와 함께 목욕을 하지 않았다.

레피야가 『학구』에 가 있기도 했고, 『바람』의 반동 때문에 주로 휴양을 했던 아이즈와는 대조적으로, 이른 아침부터 밤늦게까지 훈련과 학습에 매진했던 그녀와, 생활시간대가 맞지 않았기 때문이기도 했다. 아무튼 아이즈는 옷에 갇혀 있던 레피야의 전신을 오랫동안 보지 못했던 것이다.

따라서 지금, 커져 버린 요정의 신비를 앞에 두고, 말을 잃어버렸다.

딱히 비교하면서 경쟁할 마음 따위 전혀 없었지만, 아이즈보다도 명확히 풍만해진 것 아닐까……?

어디라고는 말하지 않겠지만——.

"아이즈 씨?"

"레피, 야…… 커진 거, 아냐……?"

이유 모를 충격을 받아, 간신히 말을 쥐어 짜낸 아이즈에게, 엘프 후배는 이해한 듯 "아아" 하고 중얼거렸다.

"훈련에 내몰린 탓인지, 한때 체중이 줄었거든요. 그래서 식사를 근본적으로 바꿨는데…… 의도치 않게 『마법검사』의 몸에 가까워졌는지도 모르겠네요. 키도 조금 자랐어요."

싱그러운 팔을 쭉 뻗어 상박 언저리를 바라보는 레피야.

그녀는 몸이 커졌다고 말하려는 것 같지만…… 아니야, 그게 아니야, 레피야.

아닌 건 아니지만, 분명 티오나가 새파랗게 질려 슬퍼할 말은 하면 못써…….

혼란의 극치에 빠져 마음속으로 그런 말을 내뱉어버린 아이즈.

행동거지에서 오는 풍격도, 시각적인 인상도 자신보다 커진(것 같은) 후배에게 떨리는 시선을 보내고 말았다.

잠깐 보지 않은 사이에 이렇게나 성장하다니!

레피야…… 무서운 아이!

"아이즈 씨, 아까부터 왜 그러세요? 왠지 태도가……."

"……앗, 그게……! 그러니까, 벨에 대한 거, 리베리아한테, 비밀로 해줬으면 해서……! 그러니까, 어……!"

이제는 곤혹스러워하는 레피야에게, 아이즈는 어깨를 흠칫 떨면서 동요하는 마음을 가라앉히지 못한 채 말을 이었다.

레피야의 온갖 관록, 아니, 성장에 압도당하며, 약간 자기비하하듯 그렇게 말해버렸다.

"대, 대신…… 레피야도, 훈련할래?"

지난번 『원정』 때와 같은 교환조건.

부탁할 생각으로 그렇게 제안하자, 레피야 역시 리베리아처럼 어이없어하는 눈초리를 했다.

약간, 실망한 것처럼 보이지 않는 것도 아니었다.

"저를 매수하지 마세요."

"웃!"

"그리고 저는 지금 베이트 씨한테 배우고 있으니까요."

"우웃?!"

"걱정하지 마세요. 저는 단장님이나 리베리아 님께 보고하지 않을 테니까. 하시고 싶은 대로 하세요."

지난번 『원정』 때는 진짜로 폴짝폴짝 뛰면서 좋아했는데!

이제는 선배와 후배가 역전된 듯한 구도!

그리고 여기에서도 치명타를 가하는 베이트 씨!!

이중의 의미에서 대충격을 받은 아이즈.

멍하니 선 그녀를 내버려 둔 채, 속옷까지 벗고 태어난 그대로의 모습이 된 레피야는,

"먼저 들어갈게요."

그렇게 말하더니, 타올로 앞을 가리며 목욕탕으로 들어가는 것이었다.

"너무, 못되게 굴었나……."

몸을 씻고, 안쪽의 석조 욕조에 어깨까지 잠긴 레피야는 탈의실 쪽을 흘끔 보았다.

아이즈는 아직도 디딩— 하고 충격에서 벗어나지 못했

는지, 들어오지 않는다.

어쩌면 이대로 레피야가 목욕을 마칠 때까지 들어오지 않을지도 모른다.

아직 어중간하게 옷을 걸친 상태라고는 하지만 벌써 겨울이다. 몸이 차가워지지 않을까 걱정된다.

'하지만, 내 말이 틀린 건 아니고………… 아이즈 씨, 나한테는 훈련 같이하자고 말도 안해줬고…….'

베이트와 훈련을 하기로 결심했던 것은 자신이고, 아이즈나 티오나 티오네가 훈련을 제안하기 어려운 상황을 만들었던 것도 자신이다. 자기 때문에 그들이 말을 걸지 못했다는 것도 잘 안다.

그럼에도 못되게 굴어버렸던 것은, 아이즈가 너무나도 기뻐 보였기 때문이다.

그 표정을 알아볼 수 있을 만큼 레피야는 아이즈와 친했으며, 동경하는 존재에게 좀 더 다가가고 싶다는 생각이 마음속의 소중한 부분에 자리 잡고 있었기 때문이다.

'나도 아이즈 씨랑 훈련하고 싶은데…….'

그렇게 생떼를 부리지 못할 만큼 레피야는 성장했고, 그것이 이런 번잡한 결과를 초래했는지도 모른다.

예의 바른 행동과는 거리가 멀지만, 물에 입을 담그고 뽀골뽀골 거품을 만들어냈다.

'조금은 어른이 된 줄 알았는데…… 나, 못된 엘프가 돼버린 걸까.'

소형 욕조는 좁아서 다리를 펴면 다른 사람이 들어오기 어렵다.

마치 자신의 좁은 마음을 나타내는 것만 같았다.

그런 생각을 하며 자기혐오에 빠진 레피야는, 알아차리지 못했다.

아이즈가 『선배 같다』고 평가했던 늠름한 엘프의 옆모습이, 지금은 언니를 빼앗긴 여동생처럼 바뀌고 말았다는 것을.

까놓고 말하자면, 그녀의 입술이 삐진 모양을 하고 있었음을.

친구의 상실을 넘어 강하게 성장했으면서도, 소중한 자기 자신을 잃어버리지는 않았다는 사실을, 소녀는 깨닫지 못하고 있었을 뿐이다.

"……아니에요, 아무리 생각해도 이건 그 휴먼 잘못이에요!!"

촤아악! 하고.

이내 욕조에서 힘차게 일어나며 그렇게 소리쳤다.

가증스러운 소년에 대한 통렬한 매도가 욕탕 전체에 울려 퍼져, 밖에 있던 아이즈가 깜짝! 놀라는 것을 알 수 있었다.

◫

레피야와의 쇼킹한 사건을 거쳐 ──다행히 레피야가

© Kiyotaka Haimura

비밀을 지켜준—— 다음 날 아침.

풀이 죽어 흐물흐물하게 처졌던 아이즈도, 시벽 위에서 소년과 훈련을 시작할 무렵에는 마음을 바꿔 먹었다.

훈련용 나이프를 가져온 벨과, 칼집으로 날카로운 부딪치는 소리를 내고 있었다.

"크으윽?!"

고통스러운 목소리는 소년의 것.

벨의 자세나 습관, 『기술』과 『허허실실』을 파악한 아이즈는 이미 **공격**일변도였다.

이런 면에서는 역시 모험자로서의 연륜이 드러났다. 『미지』를 『기지』로 바꾼 【검희】는 첫째 날처럼 벨의 기습에 현혹되지 않고, 공격을 모조리 봉쇄해냈다.

벨은 이제 막 Lv.5가 되었을 뿐.

아이즈와 비교하면 미숙한 부분이 많았다.

이를 전제로, 아이즈는 벨을 높이 평가하며 문제를 제시했다.

"『시야』, 넓어졌네."

"큭?!"

"넌, 공격할 때가 제일 강해……. 그래서, 수비로 바뀌어버리면…… 이렇게."

"아으악?!"

"수비, 서툴진 않은데…… 공격할 때와 차이가 확, 나니까…… 적은 받아치기만 해도, 압박감이 줄어. 무섭지 않게 돼."

아이즈가 교란하는 움직임으로 측면이나 뒤를 노려도, 벨은 확실하게 포착했다.

설령 시야 밖으로 사라져도 기척을 정확히 추적해, 즉시 사각지대에 대응했다.

그것을 칭찬하며, 아이즈는 현재의 과제를 명확히 보여주었다. 후수로 밀려나 빠져나갈 수 없는 소년의 다리를 칼집으로 치며, 말로도 행동으로도 지적하도록 노력했다.

'벨은 정말 강해졌어……. 나도 선생님이니까, 잘해야지.'

공수의 부조화에 대해 언급하면서도, 아이즈는 반년 전과는 몰라보게 달라진 벨을 인정했다.

그러니 자신도 그를 제대로 이끌어야만 한다고, 마음을 새로이 다졌다.

잘 가르칠 수 없으니까 대련을 한다, 는 것이 아니라.

잘 가르칠 수 있도록 말을 골라, 최선을 다하고, 싸움 속에서 전달하고자 노력한다.

그것이 벨을 가르치는 아이즈의 책임이며 사명이다. 아이즈는 벨의 기대에 부응해야만 한다.

'레피야도, 『학구』에서 선생님을 하면서, 뭔가 달라졌어. 그러니까 나도…….'

그리고 『학구』에서 돌아온 레피야를 보고, 아이즈도 생각한 바가 있었다.

리베리아만 해도, 아이즈나 단원들에게 여러 가지를 가

르쳐왔기에 지금의 실력을 갖추었던 것인지도 모른다. 지금의 아이즈는 무턱대고 싸우기만 하던 옛날과는 달리, 그렇게 생각할 수 있게 되었다.

그러니 이는 벨만이 아니라 아이즈를 위한 것이기도 하다.

적어도 아이즈는 그렇게 믿었다.

『인형공주』라 불리던 시절부터, 오로지 자신의 강함만을 바랐던 아이즈 발렌슈타인에게『변화』가 찾아왔던 것이다.

이『변화』만으로도 이미 성장한 것임을, 아이즈는 깨닫지 못했다.

지금은 그저 소년을 위해 보답하고 싶다는 생각에, 그녀 나름대로 필사적이었다.

'응, 선생님이니까, 잘해야…… 하는데…….'

반면, 마음에 걸리는 것도 있었다.

구체적으로는, 눈앞에서 열심히 싸우고 있는 소년의 모습이.

왠지 뭐랄까, 아이즈가 가르치지 않은『자세』나『기술』이 보이는 것이다.

까놓고 말하자면, 아이즈 이외에『다른 사람의 그림자』가 어른거렸다.

"……? 왜 그러세요, 아이즈 씨?"

싸움을 중단하고, 빤~히 바라보고 말았다.

의아하다는 표정을 짓는 벨을 보며, 아이즈는 조금 뾰족하게 내민 입술을 오물오물했다.

"벨이 싸우는 법에…… 나 말고……『다른 사람』이 보여."

"네?"

"다른 사람한테, 싸우는 법, 배웠어?"

아이즈의 날카로운 질문에, 어리둥절했던 벨은 '아아 그렇구나' 하고 말하듯.

아주 자연스럽게 대답했다.

"요즘 마스터…… 헤딘 씨랑 류 씨가, 아침마다 훈련을 시켜주고 계시거든요."

"!"

"두 분에게 싸우는 법을 배우고 있는 셈이니까, 아마 그래서일 거예요."

"!!"

밝혀진 진상에 2단 충격을 받았다.

정작 당사자는 자신이 무슨 말을 했는지 자각이 없는지, 태평하게 웃음까지 머금고!

마음속의 꼬마 아이즈도 양쪽 볼에 두 손을 가져다 댄 채 비명을 지르고 있었다. 베이트에게 레피야를 빼앗겼을 때와 같은 모습으로!

——전부 다 베이트 씨!!

——벨이 동경하는 것도 역시 베이트 씨!!

——시대는 베이트 씨!! 너무해!!

야 그건 아니지?! 하고 전심전력으로 딴죽을 거는 피해자 웨어울프의 환청이 들려올 정도로 절망해, 아이즈의 얼굴이 파란색을 넘어 하얗게 질려버릴 무렵, 그제야 비로소 자신이 무슨 말을 했는지 깨달았는지, 벨은 흠칫하며 한손으로 입을 막았지만, 때는 이미 늦었다.

아이즈는 새파랗게 질린 소년에게 부들부들 떨리는 손끝을 향했다.

"나 아닌 사람하고, 훈련……? 난 이제, 볼짱 다 봤어……?"

"아니고요?! 아니아니아니거든요, 아니라고요오?!"

"벨…… 양다리? 세다리? 바람, 피웠어……?"

"아니라고요오오오 아이즈 씨이이이이이이이이이……!!"

꼴사나운 변명이 튀어나왔지만, 아이즈에게는 더 이상 들리지 않았다.

앞머리로 눈을 가리며 한 차례 고개를 숙였던 아이즈는…… 천천히 얼굴을 들더니, 마음속의 자신이 드러나 버린 것처럼, 부루퉁한 표정을 드러냈다.

"벨은 역시…… 불량한 애였어."

"저는 아렌 씨도 베이트 씨도 아니에요오?!

"안 돼. 벌줘야 해."

어렴풋이 느꼈던 소년의 불량성——특히 여성 관계의 문란함——을 확신으로 바꾸며, 아이즈는 칼집을 철컥 겨누었다.

난 좋은 선생님이 되려고 이렇게 열심히 하고 있는데!

벨은 이런저런 선생님한테서 좋은 것만 골라 배우고! 용서 못 해!!

자신도 핀이나 리베리아, 심지어 다른 파벌인 오탈에게까지 훈련을 받아놓았다는 것을 있는 힘껏 뒤로 미뤄놓고, 아이즈는 예쁜 눈썹을 곤두세웠다.

어린아이가 떼를 부리듯, 뺨을 살짝 발갛게 물들이며.

"벨의 선생님은, 나야."

벨은 어째서인지 얼굴을 붉혔지만, 아이즈는 더 이상 자비를 베풀지 않았다.

끼야악~ 하고 비명을 지르는 소년에게 아랑곳하지 않고 일방적으로 몰아붙여, 의식을 끊어버렸다.

그리고 도합 네 번의 무릎베개를 거쳐, 겨우 속이 후련해졌던 것이었다.

"그, 그러고 보니…… 핀 씨와 리베리아 씨, 가레스 씨의 【랭크 업】…… 축하드려요."

새벽 시간이 끝나, 아침 해가 동쪽 하늘에 나타났을 무렵.

흙벽 옆에 둘이 나란히 앉아 휴식을 취하고 있을 때, 벨이 아픈 몸을 문지르며 그런 『축하』의 말을 건넸다.

"응…… 고마워. 셋한테, 전해줄게."

길드에서 공식적으로 발표된 『Lv.7 도달』 정보를 벨도 들었던 것이리라.

【로키 파밀리아】에서도 얼마 전에 수뇌진의 축하 파티를 했던 아이즈도, 마치 자신의 일처럼 기뻐하며 벨을 돌아보

았다.

벨도 마주 웃어주는가 싶었지만, 문득 시선을 바닥으로 떨구며 조용한 표정을 지었다.

아이즈가 고개를 갸웃하려던 것과 벨이 입을 열었던 것은 동시였다.

"저기, 아이즈 씨는 『학구』의 레온 선생님…… 레온 바덴베르크 씨에 대해, 혹시 아세요?"

"레온……. 【나이트 오브 나이트】?"

"【나이트 오브 나이트】?"

머릿속에 떠오르는 것은 『중층』에서 조난당한 레피야와 학생들을 구출하러 갔던 날.

자신들보다 먼저 레피야 일행을 발견한 백은색 갑옷의 뒷모습을 떠올린 아이즈는 그 정보를 입술에 실었다.

"【나이트 오브 나이트】는, 핀이랑 리베리아, 가레스랑 같은…… Lv.7이야."

"네?!"

사실이다.

수뇌진도 일행도 말했고, 인정했다.

【맹자】와 【나이트 오브 나이트】.

그 두 사람은 현재 하계에 군림하는 최상의 레벨 랭커라고.

"전에, 싸우는 거 봤는데…… 엄청, 강해. 아마, 지금의 나보다도."

레피야 일행의 조난 사건보다도 전에, 아이즈도 목격한 적이 있다.

이전의 『학구』 귀항, 다시 말해 3년 전의 일이다.

학생들을 인솔하고 호위하는 『교사』가 아니라, 한 명의 『모험자』로서 솔로로 던전에 들어가, **심층영역**에서 무시무시한 전투를 펼치던 광경을.

리베리아의 장기 탐색에 동참했던 당시의 아이즈는 경악했다. 가레스가 레온에게 친근하게 말을 걸지 않았다면 혹시 【프레이야 파밀리아】?! 하고 의심했을지도 모른다. 그만큼 레온이라는 인물은 강하고 압도적이었다. 오탈과 비슷할 정도로.

오라리오에 돌아올 때마다 실력 테스트——라기보다는 상위의 【엑세리아】를 노린 『시련』의 반복——를 한다는 말을 듣고, 그가 어떻게 Lv.7에 도달할 수 있었는지 다소 납득했을 정도였다.

도시 밖에서도 『모험』을 하고 있겠지만, 【나이트 오브 나이트】는 3년 주기로 던전을 **헤집고 다니는** 것이다. 3년 동안 성장한 심신을 과시하듯.

확실한 실력이 뒷받침된 이가 아니고서는 용납되지 않는, 말하자면 기사가 아닌 『무사수행』이었다.

'그런 몸으로 **드워프**라니, 대단해…….'

하프드워프 부모를 가졌다는 것도 가레스에게 들었던 아이즈는, 종족의 신비를 절절히 느끼며, 지금도 경악하고 있는 벨에게 의식을 되돌렸다.

"지금, 하계가 평화로울 수 있는 건…… 【나이트 오브 나이트】 같은 사람 덕이라고, 핀이 그랬어."

"!"

"그러니까, 【나이트 오브 나이트】는…… 모두에게서, 『현대의 영웅』이라고 불려."

자신이 알고 있는 모든 지식을 가르쳐 주자, 벨은 숨을 삼켰다.

구체적으로는, 『영웅』이라는 단어를 들은 순간.

아이즈의 마음속 깊은 곳에도 시큰하는 어렴풋한 통증이 찾아오는 가운데, 무의식적이었는지 한 손을 가슴에 가져다 댔던 벨이 몸을 내밀었다.

"저, 저기, 그밖에 레온 선생님에 대해 아시는 게 있을까요?!"

"……나는 【나이트 오브 나이트】에 대해선 잘 몰라서……. 하지만, 제우스랑 헤라가 사라지기 전부터, 오라리오에 있었다고…… 리베리아가 그랬어."

『학구』의 기사에게 관심을 보이는 벨에게 조금 놀라면서도, 아이즈는 기억의 실을 따라갔다.

레온 또한 최고참 수뇌진과 마찬가지로, 제우스와 헤라의 시대에 싸워 살아남은 모험자였다는 것.

그리고…….

"리베리아 말로는…… 옛날 【나이트 오브 나이트】는, 베이트 씨 같았대."

"네?"

말해야 할지 말아야 할지 고민하던 정보도, 벨에게 전했다.

"베이트 씨."

"……불량한 베이트 씨?"

"응. 불량한 베이트 씨."

가레스를 비롯한 수뇌진의 옛날 이야기에서, 레온이라는 인물은 그야말로 손도 못 댈 사람이었다고 한다.

결코 무리지어 다니지 않고, 항상 시건방지고, 폭력적이며, 툭하면 소동을 일으킨다.

수뇌진과도 대립한 적이 있으며, 정론을 들이대는 리베리아에게는,

『나가 뒈져, 숫처녀 할망구!!』

라고 말했다나.

참고로 빡쳐버린 리베리아와 충돌하고, 핀과 가레스도 가세하고, 결과적으로 셋이서 두들겨 패버렸다고 한다. 로키는 폭소했고, 레온의 주신 발두르는 쓴웃음을 지었다고 한다.

『하지만 아무리 욕을 해도…… 종족이나 신체적 특징을 경멸하는 일은 없었다.』

리베리아는 과거를 그리워하듯, 그렇게도 말했다.

이제는 더 이상 아무 신경도 쓰지 않는 것처럼.

그 점만 보자면, 이러니저러니 해도 말만 험한 위악자 베이트와는 또 다른지도 모르겠다.

덧붙여서 수뇌진은 레온의 제자였던 레피야에게, 이런 이야기는 한 마디도 전하지 않았다. 레피야를 위해서라도, 레온을 위해서라도 숨기고 있는 것인지도 모른다.

"옛날 레온 선생님이………… 베이트 씨처럼 불량했다고요?"

무심결이었는지, 벨은 생각하는 것을 그대로 입 밖에 낸 것처럼 중얼거렸다.

『불량했다』는 말을 들은 소년은 눈을 깜빡거리며 크게 당황하고 있었다.

아니 뭐랄까, 숫제 혼란에 빠진 듯했다.

아이즈도 솔직히 그 기분을 십분 이해할 수 있었다.

"그래서 난, 【나이트 오브 나이트】는…… 난폭한 사람 아닐까 하고……."

"…………."

결론부터 말하자면, 벨은 마침내 두통까지 느끼는 듯했다.

아이즈가 미안해질 만큼 한 손으로 머리를 감싸쥐고 있는가 싶더니, 분위기를 바꾸려는 듯 다른 이야기를 꺼냈다.

"저기…… 그런 레온 선생님이, 『오라리오피아드』에 참가한다면…… 혹시, 오라리오는 큰일날까요?"

"【프레이야 파밀리아】랑, 우리가 안 나가니까…… 큰일일지도?"

갸웃, 하고 고개를 기울이며 대답했다.

벨의 뺨에는 땀이 흘러내렸다.

"역시 【로키 파밀리아】는 『오라리오피아드』에는……."

"응, 안 나가. 핀은 누가 이겨도 딱히 상관없다고 했어."

어제도 들었던 내용을 확인한 벨은 복잡한 표정을 지었다.

분명 『학구』와의 관계도 포함해서, 오라리오가 어떻게 될지 걱정하고 있겠지.

하지만 아이즈는 벨만큼 걱정이 되지는 않았다.

【프레이야 파밀리아】나, 자신들 【로키 파밀리아】가 축전에 나가지 못해도, 든든한 모험자가 있다는 것을 알기에.

"우리가 없으니까…… 다들, 벨을 의지할지도."

"네에?! 그, 그렇지는……!"

"『파벌대전』때, 다들 벨 응원했어…… 나도."

이 시벽 훈련을 통해 확신하게 된 것을—— 한층 더 강해진 제1급 모험자 소년을, 똑바로 바라보았다.

벨은 눈을 크게 뜨고 놀랐다.

"벨은, 모두를 기운 나게 해주는…… 그런 모험자라고, 생각해."

아이즈는 늘 생각했다.

벨은 자신들과는 다른, 정말로 하얀 빛과 같은 존재라고.

그렇지 않았다면 아이즈는 이렇게 몇 번이나 격려를 받

지도 않았을 테고, 이렇게 다시 그와 훈련을 하려고 생각
하지도 않았을 것이다.

벨 크라넬은 신비한 소년이며, 따뜻한 모험자다.

굳어버린 벨은 누구나 알아볼 정도로 부끄러워하기 시
작했으며, 아이즈의 웃음은 더욱 깊어졌다.

자신들이 『원정』을 나간 동안, 지상의 『오라리오피아드』
도 어떻게든 될 것이다.

그렇게 낙관적으로 생각하면서.

"지상에 남아다오 피이이이이인?! 너희가 없으면 『오라
리오피아드』는……!!"

『파벌연합』을 결성하라고 엄숙하게 말하던 모습은 어디
로 사라졌는지.

이번에는 혼자 길드 본부에 불려간 핀 앞에서, 길드장
로이먼은 당장이라도 울음을 터뜨릴 것 같은 표정으로 주
워섬거댔다.

"거절하겠어. 각 파벌의 준비와 조정, 그리고 단원들의
사기까지 고려해서 내일 출발은 미룰 수 없어."

"즉답하지 마, 이 멍청아아아아! 이대로 가단 『학구』에
게, 레온에게 패배할 거야아아……! 이곳에는 너희도 오탈
같은 놈들도 없다고오!"

즉각 거절해버린 핀에게, 로이먼은 필사적으로 애원하며 두 손으로 책상을 쾅쾅 두드려댔다.

그딴 건 알 바 아니고, 길드의 뒷수습을 해줄 생각도 없다.

원정 출발 직전이라 바쁜데도 불려나온 핀은 어이없어하며 내뱉었다.

"극동의 속담이었던가? 『자업자득』이라는 말 알아, 로이먼?"

"그, 그치마안……!"

"징그러우니까 귀여운 척하지 마……. 어떻게든 『학구』와의 경기를 피하고 싶다면 당장 오리할콘을 반납하면 되잖아?"

"그, 그건 안 돼! 그건 우리의 『샤프트 계획』을 완수하기 위한 절대조건이다! 세기의 대 사업을 성공시키고 내 이름을 역사에 남기기 전까지는……!"

"그런 소리를 지껄인 시점에서 동정의 여지가 없어. 명예에 집착하는 위정자의 하수인이 되고 싶진 않아. 예정대로 출발할게."

"으그그그그그으으윽~~?!"

놓을 수 없는 자신의 탐욕에 자각이 있기는 한지, 로이먼은 집무용 책상에 엎어져 양손으로 머리를 감쌌다.

핀은 한숨을 내쉬었다. 이번 일은 완전히 로이먼을 비롯한 길드 상층부의 잘못이고, 지금 말한 것처럼 동정의 여지가 없었다. 아무리 강권을 들먹이더라도 따를 의리도 의무도 없으며, 그쪽이 그렇게 나온다면 핀은 강행해서라도 『원정』에 나설 생각이었다.

그만큼 이번 소동은 형편없는 것이었다.

"참고로 【헤스티아 파밀리아】의 류 아스트레아와 산죠노 하루히메를 원정대에 불러오는 건……."

"다, 당연히 안 되지!! 【질풍】까지 없으면 오라리오피아드는 반드시 패배해……! 산죠노 하루히메도 대표시합의 연장전, 아니, 만일의 경우를 위한 보험으로 손에 쥐고 있어야 해! 안 그러면 밤에 잠도 못 잘 거야아아아……!"

"뭐, 그렇게 말할 줄 알았지."

오라리오피아드 개최 예고 시점에서 【헤스티아 파밀리아】의 소집은 저지되리라는 것을 어렴풋이 느끼고 있었다. 행여나 그들에게 긍정적인 대답을 받더라도 헛수고로 끝나리라고.

사실상 『파벌연합』의 스카우트가 중단된 이 상황에 대해, 핀은 어깨를 으쓱하는 것으로 그쳤다.

확인도 끝났으니 더 이상은 이곳에 있을 의미도 없었다.

"이제 돌아가도 될까?"

핀이 그렇게 말하자 로이먼은 벌떡! 하고 힘차게 몸을 일으켰다.

"에에잇! 오라리오피아드에 출전하지 않을 거라면, 그냥 【프레이야 파밀리아】도 전부 데리고 가버려!! 신회의 방침 때문에 어차피 그놈들도 출전할 수 없으니까!"

자포자기한 것처럼, 로이먼은 침을 튀기며 그렇게 말했다.

정말 전환이 빠르다.

오라리오피아드를 위한 전력 보충이 절망적이란 것을 깨닫자마자, 또 하나의 『중요한 일』인 【로키 파밀리아】의 『원정』만은 성공시키려고 하는 것이다. 어차피 양립할 수 없다면 그냥은 끝내지 않겠다는 양, 한쪽의 이익만이라도 추구하기 위해 온 힘을 다 쏟는다.

로이먼의 빈틈없는 면이기도 했으며, 길드장을 맡은 이유이기도 했다.

그런 엘프에게, 핀은 한숨을 감추며 말해주었다.

"『심층』에서 동료들과 목숨 걸고 싸웠던 에인헤랴르들을 말이야? 미도달영역에 도달하기 전에 우리가 궤멸당할지도?"

"으그윽?!"

"지금 단계에서 이미 원정대의 규모는 내 눈이 닿는 상한을 아슬아슬하게 건드리고 있어. 모르는 데에서 누가 문제를 일으켰다간 부대가 와해할걸. 폭탄을 가지고 갈 여유는 없어."

"그, 그럼 하다못해 아렌이나 걸리버 형제, 제1급 모험자들만이라도……!"

"베이트나 티오네 같은 녀석들이랑 충돌할걸. 내기해도

좋아."

원정대의 증원을 요구하는 로이먼의 요구는 정론이기는 했으나, 핀의 반론 또한 옳았다.

오탈이나 헤딘, 회그니에게만 찾아갔던 이유도 이와 관련이 있다.

신 프레이야가 전부이며, 협조성이 현저히 떨어지는【바나 프레이아】와【브링가르】를 데려갔다간, 상성이 최악인 베이트나 티오네와 마찰을 빚을 것이다. 아니,『심층』에 도달하기도 전에 소문난 살육전을 벌일 거라고, 핀의 직감이 말하고 있었다. 이제는 확신을 넘어선 절대사항이다.

내부 분열을 넘어선 아군공격이라니 논할 가치조차 없다고, 이것만은 딱 잘라 거부했다.

"제1급 모험자도 제대로 운용하지 못하면 그저 재앙일 뿐이야. 헤딘의 고생이 이해된다니까…… 포기해줘, 로이먼."

"비, 빌어먹을~~~~~~~~~~~~~~~~!!"

오라리오피아드에서 써먹을 수도 없고,『원정』에도 데려갈 수 없다.

【로키 파밀리아】와 비교해도 역시 다루기 너무 어려운 에인헤랴르들에게, 로이먼은 절규를 터뜨리고 있었다.

훈련 셋째 날, 마지막 아침.

——마지막이니까 『바람』을 써주세요.

벨의 간청을, 아이즈는 흔쾌히 수락했다.

아이즈의 진심을 조금이라도 느껴보고, 조금이라도 지금 자신과의 거리를 실감하고 싶다. 그렇게 생각한 애원이었으리라. 아이즈는 그 자세가 흐뭇하고도 기뻤다.

——예전의 나와 비슷해.

과거 핀이나 가레스의 훈련에서, 한사코 진심을 발휘하려고 떼를 썼던, 무턱대고 지지 않으려 했던 자신의 모습을 떠올리고 말았다.

——하지만 벨이 더 올곧아.

따뜻한 공감도 느끼며, 눈부시고 부럽기도 했다.

그 순백색이, 자신이 소년을 신경 쓰고 특별하게 느끼는 이유임을 재확인하며.

그리고—— 벨에게는 미안하지만, 끝까지 아이즈가 유리한 채, 마지막 대련은 막을 내렸다.

"괜찮아……?"

"느어, 에……!"

누더기처럼 너덜너덜해져 제대로 대답도 못 하는 소년의 모습에, 자꾸만 걱정이 들었다.

하지만 아이즈는 그와 동시에, 역시나 좋다는 생각이 들었다.

소년은 걸음을 멈추지 않는다. 무엇에 부딪혀도, 하염없이 달리고 또 달렸다.

위태로움이라고는 조금도 없이 그저 올곧은 벨이 좋았다. 아이즈는 그렇게 생각했다.

"정말, 강해졌구나……."

일어나려 하는 벨에게 손을 내밀며, 온갖 감정을 담아 말했다.

이쪽을 올려다보는 얼굴은, 아이즈가 등에 짊어진 역광 탓인지, 눈부신 듯 눈을 가늘게 뜨고 있었다.

그와 동시에, 지금 이 순간을 눈에 새겨놓으려는 듯한 기분도 들었다.

"잘 쓰는 기술, 잘 쓰는 자세가 늘어난 것 같으니까…… 그걸 계속 부딪치는 게 아니라…… 으응……."

선생님의 마지막 역할이니, 생각을 제대로 언어로 바꿔야 한다.

느낀 것을 곱씹고, 바꿔야 할 단어를 찾아, 골라서, 가르쳐주려 했다.

소년의 눈을 바라보며, 아이즈는 그것을 전했다.

"어떻게 하면, 자기가 잘하는 싸움에, 상대를 끌어들일지…… 그걸 생각해봐."

"――네!"

벨은 힘차게 고개를 끄덕였다.

자신의 손을 잡고 일어나며 감사의 말을 전했다.

"그동안 고마웠어요, 아이즈 씨. ……『원정』, 오늘부터죠?"

"응."

"저기, 조심하세요. 꼭 무사히…… 돌아오세요."

그리운 마음이 들었다.

이번에도 같은 말을 해줬다는 것을, 금방 알 수 있었다.

언젠가 제18계층의 언더 리조트에서, 소년은 지금과 똑같은 말을 아이즈에게 해주었다.

가슴속 깊은 곳, 마음속에서 또다시 부드러운 물결이 퍼져 나갔다.

"또, 싸울까."

"……!"

오다

"네, 네!"

"나도 벨이랑 훈련하면…… 이런저런 것들을 발견하니까."

온화한 눈빛으로 뒤돌아보던 아이즈는, 어느샌가 그런 『약속』을 입에 담고 있었다.

이번에는 자신이, 이 소중한 시간을 보내고 싶다고 말했다.

"네, 네엣!"

벨은 활짝 웃으며 약속해 주었다.

그 하얀 머리카락에 손을 뻗고 싶어졌지만, 그랬다간 분명 이 자리를 떠나기 괴로워질 것이다. 조금만 더 지상에 남고 싶어질 것이다.

아이즈는 그 사실을 알기에, 어린아이처럼 떼를 쓰는 손을 꼭 쥐었다.

"그럼…… 또 봐."

대신 손을 흔들어주고 등을 돌렸다.

눈부신 아침놀을 옆얼굴로 받으며, 시벽의 출입구로 향한다.

잠시 후, 소년도 이쪽에 등을 돌리는 것을 알았다.

서로 등을 보인 채, 두 사람이 나아갈, 서로 다른 곳으로 향한다.

가자.

아이즈는 중얼거렸다.

소년과 마찬가지로, 다음 『모험』의 무대를 향해.

"단장님! 준비 완료했습니다!"

라울의 목소리가 센트럴 파크에 울려 퍼졌다.

넓은 광장의 일각, 『바벨』의 문 앞에 바글바글 모여든 『파벌연합』.

구경하러 온 동종업자들과 민중이 소란을 피울 만큼 쟁쟁한 멤버들이 집결하고 있었다.

아이즈, 레피야, 티오나, 티오네, 베이트, 아나키티 등 광대의 파벌에 속한 단원들은 물론이고, 츠바키와 아미드,

【헤파이스토스 파밀리아】나 【디안 케흐트 파밀리아】에서 참전한 이들도 많았다. 특히 주목할 만한 것은 흑백의 개조 제복과 발키리의 엠블럼을 갖춘 세 명의 여성 엘프들, 다시 말해 【프레이야 파밀리아】였다.

파벌의 벽을 넘어, 왕족인 리베리아를 호위하겠노라 자원하고, 군사 헤딘의 추천도 받은 ──다른 파벌과 아슬아슬하게 문제를 일으키지 않을──『그나마 윤리를 갖춘 에인헤랴르』들이었다.

임시로 그들의 리더를 맡았으며, 다른 이들의 시선을 무서워해 덜덜 부들부들 떨며 오히려 주목을 받고 있는 것은 회그니. 최강의 무인은 이미 이곳에는 없다. 원정대와는 어울리지 않고 먼저 미궁으로 출발했다. 그밖에도 다른 파벌에서 파견된 2급 모험자들도 다수 보였다.

모험자, 마도사, 스미스, 힐러로 이루어진 대군단에, 어떤 이는 탄식했다.

오라리오피아드에 참가할 수 없겠다고.

어떤 모험자는 침을 뱉었다.

특별 대접받으며 맘대로 굴 수 있다니 팔자 늘어졌다고.

어떤 신은 음흉하게 입가를 틀어 올렸다.

최강에 일보 직전의 올스타 군단이라고.

한탄과 혐오는 소란에 묻혀 휩쓸리고, 신들의 흥분만이 남아 여러 사람에게 전염되었다. 『학구』와의 갈등이 얽힌 현재의 도시는 소란스럽지만, 그들은 누가 뭐래도 하계를 비추는 빛이었다.

이윽고, 멀찌감치 떨어져 구경하던 인파 속에서 한 어린 아이가 고개를 내밀고, 외쳤다.

"모험자니임——! 힘내세요—!"

대답하는 이는 없었다.

대신 천진난만한 아마조네스 소녀가 싱글벙글 웃으며 주먹을 쥔 오른손을 머리 위까지 들었다가 언니에게 팔꿈치로 얻어맞았다.

잠시 후, 수인 단원이 광대의 엠블럼이 그려진 단기를 높이 들었다.

도시와 민중, 그리고 이 푸른 하늘에 잠시 이별을 고한다.

"——원정대, 출발!!"

핀의 호령과 함께 아이즈는, 그들은 걸음을 내디뎠다.

도시 전체를 뒤흔드는 함성이 등을 밀어주는 가운데, 승리와 영광의 가호를 받으며, 【로키 파밀리아】가 주도하는 『파벌연합』은 미도달영역으로 출발했다.

♠

『——온다.』

지하의 심연에서, 그것이 중얼거렸다.

지상의 환희를 느끼며, 아직 손에 넣지 못한 푸른 하늘을 그리워하며, 웃었다.

열기를 띤 어깨를 끌어안고, 소녀처럼 달콤하게.

근질거리는 아랫배를 쓰다듬으며, 요부처럼 요염하게.

입술을 붉은 혀로 핥고, 입가를 찢고, 눈꺼풀이 갈라질 정도로 두 눈을 크게 뜬, 그야말로 괴물과도 같이.

꿈틀꿈틀 준동하는 사위스러운 꽃과 애벌레, 거미와 살덩어리.

공허한 눈으로 이쪽을 올려다보는 부서져 가는 고기인형에게는 눈길도 주지 않은 채.

쓸쓸한 입술을 달래듯, 마석을 갉아먹는 독꽃과 벌레의 여왕은 비웃음을 지었다.

『아리아아…… 빨리 먹고 싶어어어어어어어어어어어어.』

선언한다.

파멸은 피할 수 없으며.

하늘에 계신 신의 목소리를 앗아, 지금 이곳에, 진정한 신탁을 내리나니.

종말이 온다.

3장

마
계

Свет дэмана

© Kiyotaka Haimura

『원정』 출발로부터 활약한 것은 라울과 시앙스로프 크루스, 엘프 아리시아, 휴먼 나르비, 그리고 레피야를 포함한 【로키 파밀리아】 2군 멤버였다.

『오르기아스 사가』를 넘어 Lv.4에 도달해 2군 멤버에 들어온 사람도 많았다. 인원이 많아지는 데서 오는 혼잡함을 회피하기 위해 여러 분대가 되어 제18계층에서 재집결한 후, 【로키 파밀리아】가 주도하는 진격이 시작되었다.

핀을 비롯한 간부진, 제1급 모험자의 힘을 아껴두는 것이 목적이라고는 하지만, 이번 『원정』의 높은 사기를 말해주듯, 그들은 그야말로 파죽지세였다.

휴먼과 수인 청년들이 돌격하고, 엘프의 마법이 꽃을 피우고, 가레스가 훈련시킨 방어까지 완벽하게 기능했다. 여기에 막 Lv.5가 된 아나키티의 검격과 지휘가 더해지니, 이제는 수뇌진에게 업혀간다는 헛소리를 하는 다른 파벌 사람은 아무도 없었다. 그들은 간부진의 손을 빌리지 않고 『중층』, 『하층』, 『심층』까지 최고속도를 유지한 채 답파해나갔다.

게다가 지난번 『원정』에서도 행동을 함께 했던 【헤파이스토스 파밀리아】는 그렇다 처도, 【디안 케흐트 파밀리아】나, 단원들의 부탁을 흔쾌히 승낙한 다른 파벌의 상급 모험자들 또한 조금씩 연계를 확인해나가고 있었다. 유일한 예외는 기척까지 숨긴 채 벽 뒤나 어둠 속을 샥! 샥! 이동하는 회그니와, 리베리아가 최애인 친위대 엘프, 다시 말해 【프레이야 파밀리아】뿐.

"지루해~."

라고 티오나가 몸을 이리저리 흔들 만한 진행이었다.

"……저걸 어떻게 이겨."

"역시 로키 파밀리아야."

실제로 거의 할 일이 없었던 다른 파벌 사람들이, 【로키 파밀리아】 2군의 활약을 보고 그렇게 혀를 내두를 정도였다.

그리고 제40계층을 넘어선 후에는, 단숨에 가속했다.

핀의 지시에 따라, 베이트를 비롯한 간부진이 본격적으로 전선에 가담하며 근질거리던 몸을 해방시켰던 것이다.

제49계층 『모이투라 대황야』에 여기저기 흩어져 있는 것은 방대한 양의 재.

다시 말해 대형급 몬스터 『포모르』의 잔재.

이게 어떻게 된 일일까 하고 티오나와 제1급 모험자들은 고개를 갸웃했지만, 핀은 워밍업을 이미 마치고 모습을 보이지 않는 어느 【맹자】에게 웃음을 지었다.

난관으로 설정되어 있는 제49계층을 편하게 지나친 『파벌연합』은 목적지인 제50계층에 금세 도착했다.

"공략 멤버를 발표할게."

계층 내에서도 고지대—— 높이 10M은 되는 광대한 암반 위에 신속하게 야영지를 작성한 원정대는 내일모레로 다가온 공략의 브리핑을 시작했다.

야영지 중앙에 설치된 여러 개의 마석등이 캠프파이어 와도 같이 형형히 빛났다. 이를 등지고 혼자 선 것은 핀. 그를 에워싸듯 부채꼴이 된 모험자와 힐러들이 지면에 앉 고, 그 무리에서 벗어난 단원들이나 스미스들도 물자 운반 용 카고에 몸을 기대거나 그 위에 걸터앉아 파룸 두령의 말에 귀를 기울였다.

공략 멤버 중에서 가장 먼저 이름이 거론된 것은 핀, 리 베리아, 가레스, 그리고 아이즈를 비롯한 제1급 모험자 간 부진.

"중견 겸 무기 정비 담당으로 츠바키, 힐러는 아미드……."

"부르지 않아도 따라가겠네!"

"알겠습니다."

"리베리아의 호위……라는 명목으로 유격대 회그니."

"히끄윽?!"

"왜 괴물한테 습격당한 것 같은 소릴 내고 앉았어……."

"그 외 3명의 엘프…… 에인헤랴르도 따라와 줘. 아, 물 론 리베리아 옆에서 말이야. 그러니 노려보지 말라고."

핀이 이름을 부르자 츠바키는 쾌활하게 웃고, 아미드는 겸허히 받아들이고, 2군에게서 멀리 떨어진 카고의 그늘 에 혼자 동화되어 있었던 회그니는 비명을 질렀다. 베이트 가 어이없다는 목소리로 중얼거리는 한편, 핀은 어깨를 으 쓱하고, 【프레이야 파밀리아】의 엘프들은 당연하다는 양 거들먹거렸다.

헤딘의 스카우트를 받아들여 회그니와 마찬가지로 따라온 그녀들의 목적은 『원정』의 성공이 아니라, 어디까지나 왕족인 리베리아의 호위였다. 대단한 연계를 기대할 수는 없겠지만, 리베리아의 지시가 있으면 즉시 Lv.4의 포격과 결계가 전개될 것이다.

【헤파이스토스 파밀리아】의 다른 하이 스미스는 물론이고 【디안 케흐트 파밀리아】의 힐러들도 야영지에 남게 되었다. 아무리 힐러라곤 하지만 제51계층 이하에서 Lv.2 이하인 사람을 몇 명씩 데리고 있을 수는 없는 데다, 사실상 아미드만 있으면 회복력은 충분하고도 남는다는 것이 이유였다. 힐러들은 극채색 몬스터의 습격이 예상되는 제50계층의 거점을 지탱해주어야 한다. 이 베이스캠프가 함락당하면 제2차 공략은 고사하고 지상 귀환조차 어려워진다.

"서포터로는 라울, 크루스, 아리시아, 나르비…… 아키도 여기에 속하겠지만 회그니처럼 유격대로 행동해야 해. 준비해줘."

"……알겠습니다."

서포터는 이제까지의 컨디션도 고려해 핀이 엄선했다.

호명된 사람들은 주먹을 꽉 쥐고, 선택받지 못한 Lv.4 단원들은 분해하는 등 일희일비하기는 했지만, 그 밑바탕에는 강한 긴장감이 깔려 있었다. 옮길 짐을 적게 배분받은 아나키티도 마찬가지였다.

"그리고…… 레피야."

"네."

"지난번과 마찬가지로, 서포터도 겸해 철저히 후방에서 지원해줘."

마지막으로 호명된 것은 레피야.

오늘날까지 함양된 『마법검사』── 하이 밸런서가 아닌 순수한 후열직의 역할을 요구받은 엘프는, 이의를 제기하지 않고 고분고분 따랐다. 곁에 앉아있던 엘피가 눈을 감으며 연인처럼 꼬옥 끌어안았지만 "장난치지 마세요"라고 찰싹 얻어맞았다.

세부사항의 조정을 거친 파티의 인원은 총 19명.

엄선된 공략 멤버라고는 하지만, 중견 파벌의 원정대와 다를 바 없는 인원이다 보니 다른 파벌 멤버들은 외경심을 담아 휘파람을 불었다.

"캠프의 지휘는…… 샤론. 네게 맡길게."

"체엣~ 난 집 봐야 해? ……알겠습니다!"

베이스캠프의 지휘자는 가레스에게 훈련을 받은 전열수 비수 중 하나, Lv.4의 휴먼 격투가가 발탁되었다.

지난번 『원정』에서 거점방어를 맡았던 아나키티는 꼬리를 꿈질거리더니, 허리의 움직임만으로 바로 곁까지 다가와선 웃음으로 대답하는 샤론과 손뼉을 마주쳤다.

후진이 속속 성장하고 있는 광경에 가레스도 입가에 웃음을 머금었다.

"한나절 휴식을 취한 후, 공략 멤버는 이곳에서 출발한 다. 만전의 상태를 갖춰줘. 그러면—— 해산."

단원들이 일제히 일어나 식사를 준비하거나 순찰을 교 대하고, 혹은 스미스들에게 무기 정비를 부탁했다. 삼삼오 오 흩어지는 가운데, 책상다리를 하고 앉아있던 츠바키가 힘차게 일어났다.

"이번에도 드릴 걸 드려야겠구먼! 이번에도 뒤랑달 무구 를 준비했다네! 가져가시게나!"

공략 멤버들을 불러 세우고는, 흰 천에 싸인 온갖 무기 를 지면에 늘어놓았다.

사라시로도 다 감출 수 없는 가슴의 융기 앞에서 팔짱을 끼고, 하프드워프는 득의양양하게 웃음을 지었다.

"후열 사람들에게도 뒤랑달 나이프를 준비했지! 품에 하 나씩 챙겨두시게! 부적 대신일세, 핫핫핫!"

"무슨 오리할콘을 이리 낭비하나……."

흰 천 위에 놓인 것든 쌍검, 대검, 할버드, 기타 등등.

오리할콘으로 만든 연작《롤랑》시리즈였다.

베이트도 원정 전에 확인했던 것으로, 개량과 수리가 이 루어진 그것들은 말하자면《롤랑 2식》. 설마 레피야와 라 울을 비롯한 서포터들의 몫까지 만들어올 줄은 몰랐던 가 레스가 진저리난다는 목소리를 내는 ——부식액을 쏘는 애벌레 몬스터는 대형급이므로 나이프 한 자루로는 치명 상을 입히기 힘들었으므로 "정말 부적 대신이겠구먼"이라

고 탄식했다── 가운데, 멤버들은 각자 자기 무기를 손에
들었다.

"엣다, 회그니! 그대 것도 있다네!"

"후앗?! 에, 에유, 에으……! 어, 어떻게 준비해놓은 거
야, 무서워, 게다가 느닷없이 다른 무기를 쓰라니…… 무
무무무무리무리무리!"

"『시험해보게!』라고 사전에 연락을 해두었거늘 그대가
방구석 폐인마냥 나타나지 않아서가 아닌가! 애검을 잃어
버리고 싶지 않거든 어서 챙겨가시게!"

"으, 으아아……?! 내, 내 손의 모양에 착 달라붙는 것처
럼 사이즈가 딱이야……! 저, 저주의 검이다아……!"

"핫핫핫! 한번 검을 마주했던 자의 손 모양 정도야 잊지
않는다네!"

"무, 무서워, 징그러워! 역시 모르는 놈들하고 외박 합숙
같은 건 싫어어!"

그늘 속에서 끌려 나온 다크엘프와 하프드워프의 옥신
각신에, 주위에서는 어이없음 반 웃음 반의 반응이 솟아
났다.

《나이프 롤랑》을 받은 레피야는 이미 뒤랑달 속성의 검
《데스퍼러트》를 가진 아이즈와 마주보고 고개를 끄덕인
다음, 각자 준비를 이어나갔다.

✚

"큰일났슴다…… 큰일났슴다."

야영지에 설치된 대형 천막.

복수의 단원들에게 배정된 텐트 안에서, 라울은 강한 긴장감을 말로 드러내고 있었다.

천막 구석에서 책상다리를 하고 앉은 채 가늘게 몸을 떠는 청년에게 "또야?"라며 아나키티가 어이없다는 표정을 지었다.

"얘, 라울! 정신 똑바로 차려. 지난번 『원정』하고 다를 게 뭐 있다고."

"아, 아키……."

그녀의 말대로, 지난번과 똑같이 라이트 소드와 버클러를 점검하던 캣 피플은 작업을 마무리하고 다가왔다.

자세를 낮추며 말을 거는 아나키티에게, 라울은 처량한 표정을 지으며 고개를 들었다.

"51계층부터 공략하는 게 처음도 아니고…… 아니 그보다, 지난번에는 『용의 항아리』를 넘어서 59계층까지 도달했잖아? 이제 슬슬 자신감을 가지는 게 어때? 『난 59계층에서 살아서 돌아온 몸이라구~』하고 으스대는 정도는 괜찮잖아."

"그, 그건 그거대로 누군가 『착각하지 마라~』하면서 귀를 잡아당길 것 같슴다……."

"그야 그렇겠지. 그런 라울은 보고 싶지 않은걸."

"부조리함다……."

"말이 그렇다는 거야. ……사실은 나야말로 누가 챙겨줬으면 좋겠다구. 이제 막 Lv.5가 됐는데, 느닷없이 60계층으로 끌려간다니까?"

여전히 처량한 표정을 짓고 있던 라울은 "아" 하며 눈을 크게 떴다.

지난번에 아나키티는 야영지에 남아, 제51계층 이하의 공략에는 참가하지 않았다. 하지만 이번에는 제1급 모험자가 됐으니, 라울을 비롯한 서포터보다도 활약이 요구되는 유격대로서 제60계층 공략에 참전한다. 공백기도 있었던 데다 책임까지 짊어졌으니 정신적 압박이 클 것이다.

몸을 일으키며 왼손으로 위팔을 붙잡은 아나키티는, 정말로 확실히 평소보다 초조한 듯했다. 고양이 꼬리도 불안한 듯이 파닥거리며 오른쪽 허벅지에 감겼다 떨어졌다를 반복했다.

'내 생각만 하고, 무신경했지 말임다…….'

Lv.5에 도달한 눈앞의 동기야말로 중압을 느꼈을 텐데.

크게 반성하며, 최소한의 사과를 담아 겁먹은 듯한 고양이의 꼬리만 살살 쓰다듬어주려다 철썩! 하고 손을 얻어맞았다. 아야.

"정말 라울 씨는 소심하네요~. 마음은 이해하지만요!"

"같은 서포터로서 같이 넘어온 우리도 있잖아. 너 혼자 실수하게 내버려 두진 않을 거야."

"나르비, 크루스……."

천막 안에 있던 다른 단원들이 쿡쿡 웃는 가운데, 제2군 멤버인 나르비와 크루스도 다가왔다.

"다른 파벌 녀석들처럼, 저렇게까지 긴장감이 없는 것도 문제지만……."

크루스가 곁눈질한 것은 출입구. 천막 밖에서 츠바키나 아미드를 비롯한 스미스, 힐러들이 모여 있는 곳이었다.

"마지못해 준비해 온 『정령의 방호포』라네!" "열심히 만들어왔으니 시착해보시게, 아미드!" "참고로 핵심은 속옷! 전원이 입을 수 있도록 준비해 왔네!" "사슬갑옷이 아닌 『정령갑옷』일세!" "정령 괴물을 상대할 때는 이게 생명줄이라네!" "자아 입으시게! 벗으시게! 소감을 말하시게!!"

등등, 크노소스 결전에서의 경험을 살린 『정령기(精靈旗)』를 대신할 방어구를 준비해온 신이 난 츠바키에게,

"그만두세요." "이게 벌써 몇 벌째죠?" "겹쳐 입으면 더 워요……!" "소, 속옷?! 이런 곳에서 어떻게 입으라고요!!"

하고, 패션쇼, 아니, 옷 갈아입히기 제물로 간택 받은 아미드가 담담히 대응하는가 싶더니 폭탄 발언에 얼굴을 새빨갛게 붉히며 도망치려 했다.

양쪽 모두 최고위인 스미스와 힐러의 옥신각신에 스미스들은 목소리를 높이며 신이 났고, 여성만으로 구성된 힐러 무리는 소녀를 지키고자 갈팡질팡하거나 남자들을 쫓아내느라 정신이 없었다. 자신과는 정반대의 텐션에 라울

은 입가를 실룩거렸다.

"지난번『용의 항아리』공략은 꽤 좋았다고 생각해. 첫 공략 때처럼 죽을 고비를 넘기면서 후퇴하는 일은 이제 없을 거야."

"맞아요~! 그리고 아키 씨도 그렇지만 단장님들도【랭크 업】했잖아요! Lv.7이 무려 셋! 분명 뭐가 쑥쑥 나아갈 수 있을 거예요!"

크루스와 나르비는 안심시키려는 것처럼 그렇게 말했지만,

"아니 그치만 59계층 때도『데미 스피리트』에게 호되게 당했고, 이번에는 제60계층에서 그『더럽혀진 정령』본체랑 싸우는 거니까 방심은 금물이라고 해야 할까, 틀림없이 위험할 테니까 더 최악의 전개를 상상해버리는 건 어쩔 수 없달까……."

"라울……."

"아니, 크루스랑 나르비는 믿고 있고 단장님네도 물론 믿지만요……! 던전 자체가『미지』의 덩어리인 데다, 저 같은 건 생각지도 못한 일이 일어나는 것도 당연하달까…… 이상사태가 연속으로 일어나버릴 것 같은데, 어쩌지, 하는 생각이……."

"아~ 이거 그거네요. 타고난 비관주의."

"아니 근데 진짜로, 지지난번『원정』에서도 저는 그 애벌레한테 몸이 녹아버렸지 말입다……?!"

"그 이레귤러에도 대책을 세워서 잘 넘어왔잖아. 하아……
정말 소심하다니까."

배를 문지르는 라울의 위장통은 멈추질 않았다.

어이없어하는 크루즈, 쓴웃음을 짓는 나르비와 함께 아
나키티도 한숨을 쉬고 말았다. 그러자.

"라울은 그대로여도 괜찮아."

천막 출입구를 지나, 파룸이 들어왔다.

"『겁쟁이』라는 건 던전에서 중요한 일이니까."

"다, 단장님?!"

웃음을 머금은 핀의 모습에, 라울은 황급히 자리에서 일
어섰다.

그가 나타난 이유는 금방 짐작할 수 있었다.

지난번 공략 전야와 마찬가지로, 리베리아가 했던 일을
반복하려는 것이다.

불안감과 싸우는 단원들의 긴장을 풀어주기 위해 천막
을 찾아오고 있는 것이리라.

헤파이스토스, 디안 케흐트 외에 다른 파벌의 단원들도
많은 가운데, 단장인 그가 직접 말을 걸고 다니면서 안심
감을 주고 성의를 보여, 신뢰까지 얻는 것이다.

공략 전날 밤부터 빈틈없이 사기를 챙기는 핀은, 정말로
라울의 마음을 읽었는지, "단, 필요 이상으로 주위를 겁주
면 안 되겠지만"이라고 예전 리베리아의 대사를 흉내 내며
너스레를 떨었다.

"그래도 단장님, 라울 씨는 도가 지나치지 않나요~? 수뇌진 여러분에게 호되게 단련돼서 50계층 이하 공략도 몇 번이나 경험했잖아요? 단장님은 이렇게 훌륭하신데!"

"두려움을 보이지 않고 앞으로 나아가는 것만이 꼭 용기로 존중받는 건 아니야, 나르비."

나르비가 단언하는 바람에 라울이 윽 하고 가슴을 붙들자, 핀은 어딘가 어린아이를 다독이듯 부드러운 목소리로 대답했다.

"훌륭하다고는 하지만, 이런 나도 선배들과 많은 동료들을 죽게 했는걸."

"""""!!"""""

"그러니까 자기에 대해서는 물론이고, 동료들까지도 필요 이상으로 걱정하는 『겁쟁이』 라울은 다정함의 발로인 거야. 지휘관이 꼭 가졌으면 할 감정 중 하나지."

낯빛도 눈빛도 변함없는 핀의 푸른 눈동자는 그저 잔잔했다.

호면처럼 고요한 그 눈의 표면에 흠칫한 그들은 여러 가지 광경을 보았다. 『암흑기』라 불리는 시대에 스러져간 선배들. 수많은 『원정』이며, 크노소스 공략전에서 헤어져 버린 리네나 다른 단원들. 온갖 감정이 이곳에 왔다가는 떠나가, 이제는 아무도 농담을 할 수 없게 되었다.

'……뭘까. 이 기분…… 꼭 지금, 묻고 싶은 게 있는데…….'

그런 와중에 단 한 사람, 라울만은 공연히 묻고 싶어졌다.

자신을 『상냥하다』고 말해주었기 때문인지도 모른다.

조금이나마 자신을 『수습 지휘관』으로 인정해주고 있다는 것을 알았기 때문일지도 모른다.

아무튼 이때 라울은, 투명한 마음을 품은 채 한 발짝 파고들고 싶었다.

"단장님은, 어떤 마음가짐으로 『모험』에 임하시는 것임까?"

무엇보다도, 꼭 물어봐야만 할 것 같았다.

이제부터 미도달영역 공략에 나서야 하는 지금의 자신들을 위해, 『모험』에 대해, 위대한 선배들의 자세 그 자체를.

위대한 선배들의 자세 그 자체를.

"난, 용기에 취하지 않으려고 해."

"네……?"

이내 들려온 그 말에.

라울 일행은 처음에는, 귀를 의심했다.

"용기란 병이나 마찬가지야. 열기에 휩쓸려 무모함이나 만용과 착각하는 순간, 모든 것을 잃지."

한순간에 자신도 타인도 말려들게 해선 퍼져 나가고 마는, 맹위를 떨치는 열병 그 자체다.

자타가 공인하는 【용자】인 핀이, 가장 큰 무기인 『용기』를 그렇게 여긴다는 사실에 라울 일행은 적지 않은 충격을 받았다.

"나는 『용자』라 불리길 바랐지만, 나만은 『용자』라는 말을 신성시해선 안 돼. 너희 앞에 서서, 언제 그 어떤 때라도 선동을 할 수 있는 용자는…… 한 걸음만 잘못 내디디면 『죄인』으로 전락해버리지."

전과와 희생의 저울질. 승리와 패배의 틈바구니. 공적과 죄의 경계선.

그것은 막대한 중압감의 표면과 이면이기도 하다.

이제까지 숨겨 왔을 법한, 속내의 일말을 드러내는 『용자』의 모습에 라울 일행은 말문이 막혀버렸다. 그러면서도 한 마디 한 마디를 놓치지 않기 위해, 자세를 바르게 하고 귀를 기울였다.

핀도 크노소스 공략전을 거치면서 심경이 변화해 ——혹은 『제노스』와의 만남을 거치면서 한 꺼풀 벗었기에—— 이제까지 말하지 않았던 용기의 약점, 용자의 약한 면모를 드러내주었던 것이다.

혹은, 성장한 지금의 그들이라면 털어놓아도 괜찮을 거라고, 그렇게 생각해준 것일는지도 모른다.

라울은 용자의 말을 가슴에 새기고자 했다.

"『용자』라고 하면 한정적이니까 좀 더 보편적이고 넓은 의미…… 더 큰 의미로, 구태여 『영웅』이라고 말해볼까."

이제까지 아나키티, 크루스, 나르비의 표정도 포함해 주위를 둘러보던 푸른 눈동자가, 한곳에 머물렀다.

이쪽만을 올려다보며 말했다.

"라울. 『영웅』에 취하지 마."

용기에 취하지 않는 자신과 겹쳐보듯, 눈을 크게 뜨는 라울에게 그 말을 전했다.

"로키나 우리가 너를 이제까지 눈여겨보고 키웠던 건……
네가 누구보다 그 자질을 가지고 있었기 때문이야."

『겁쟁이』란 궁극적으로 말하자면 『영웅신앙』에 대한 내성이다.

많은 이들은 마음속 깊은 곳에 『영웅이 되고 싶다』는 소망을 품고 있을 것이다.

애초에 누구나 『영웅선망』을 품고 있다.

그리고 그런 눈부신 빛을 보더라도, 라울만은 뛰어들지 않고, 발을 멈춘 채, 생각에 생각을 거듭해, 버티고 설 수도 있다.

수뇌진은 그런 라울의 자질에 기대를 걸고 있다고 적나라하게 말해준 것이다.

"……이젠 괜찮을 것 같네. 라울, 내일 공략에서는 잘 부탁해."

"……네."

"아키, 크루스, 나르비도."

"""네, 네엣!"""

떨림이 완전히 사라져 고개를 끄덕이는 라울에게는 웃음을, 놀란 세 사람에게도 눈길을 주고, 핀은 몸을 돌렸다.

허리에 찬 수정을 반짝이며, 아직 할 일이 남았다는 듯이 천막 밖으로 나갔다.

그 모습을 바라보던 라울 일행은 조용한 표정을 짓고 있었다.

이제 청년을 소심하다고 말하거나, 겁 많은 그 마음을 걱정하는 사람은 아무도 없었다.

"푸아~~~, 살 것 같다아아~~~~……."

제50계층이라는 던전의 깊은 곳에 소녀들의 낙원이 펼쳐졌다.

목욕을 하고 있는【로키 파밀리아】였다.

야영지 근처, 암반 아래의 숲속에 있는 샘에서 엘피와 아리시아, 레피야가 몸을 씻고 있었다. 지상에서 제50계층에 도달하기까지 이미 며칠이나 지났으며, 제아무리 상급 모험자라 해도 땀을 비롯한 생리현상과 무관할 수 없었다. 핀에게 정식으로 문의해, 희망자들은 공략 전에 기분전환을 하고 와도 좋다는 허가를 받았다.

보초를 확실히 세워, 몬스터는 물론 남자들의 접근도 허용하지 않는 진형으로.

"아리시아 씨도 레피야도 공략 멤버니까 잘 씻고 산뜻하게 가야지! 자자~!"

"그렇다고 물 끼얹지 마세요, 엘피……."

첨벙첨벙 등에 물을 뿌려대는 룸메이트에게, 매끄러운 위팔을 쭉 뻗어 씻고 있던 레피야는 한숨을 쉬었다. 실오라기 하나 걸치지 않은 엘프의 옥 같은 피부에서 수많은 물방울이 튕겨나오고 있었다.

레피야 자신은 젖은 천으로 몸을 닦는 정도로 그칠 생각이었는데, 엘피에게 붙들려 강제로 이 샘까지 끌려왔던 것이다.

'……하지만 이렇게 엘피에게 끌려오기 전까지는, 좀 긴장하고 있었을지도.'

크노소스와 『학구』의 소동을 거쳐, 레피야도 눈에 띄게 성장해 충분히 스스로를 다스릴 수 있게 되었다고는 하지만, 무의식적으로 신경을 곤두세우고 있었는지도 모른다. 스스로도 깨닫지 못했던 그것을 엘피가 알아차렸던 것이리라.

지금도 티 없이 웃고 있는 엘피의 배려에, 레피야는 조그만 미소와 함께 감사 인사를 건넸다.

"으음~~……."

"왜 그래요?"

"피부는 언제 봐도 곱고, 늘씬한 등근육은 아래로 갈수록 그 뭐랄까, 근사한 선을 그리면서…… 엉덩이는 적당히 작은 게 여자의 이상형이라고나 할까…… 로키가 맨날 성희롱하는 것도 이해가 가네~ 싶어서."

"그만 나갈래요."

"아~ 장난장난! 농담이었어, 더 있다 가~! 내일부터는 레피야가 없으니까 쓸쓸하단 말야~!"

당장 물가로 가려는 레피야의 등에 달려들어 끌어안는

전라의 엘피.

딱 알맞게 무르익은 동성의 부드러운 몸 감촉을 받아들이며 레피야는 눈을 흘겨주었다. 엘피는 얼버무리듯 웃는가 싶더니, 노골적으로 화제를 바꾸었다.

"……그, 그러고 보니 말이야! 『원정』 떠나기 전에, 레피야도【스테이터스】갱신했어?"

"물론이죠."

"어땠어?"

몸을 놓고는 손으로 등을 차닥차닥 만지는 엘피.

야릇한 느낌과는 무관한, 평소와 같은 스킨십을 보이는 소녀에게 레피야는 한숨 대신 대답했다.

"올라갔어요. ……『마력』 위주로."

문득 떠오르는 광경은 『원정』 출발 전날 밤.【스테이터스】강화를 위해 줄을 길게 선 단원들 뒤에서 한참을 기다린 끝에 가장 마지막 순서가 되어버렸던, 로키의 신실에서 있었던 일이다.

Lv.4

힘:H120→126 내구: G221→224 기교: H199→G207
민첩: G217→224 마력: E419→448

마도: H 내성: I 마방: I

"으~~~음…… 증말루 레피야의 시대가 시작됐구마~."

반라의 레피야를 앞에 두고도 웬일로 성희롱을 하지 않을 만큼, 【스테이터스】 갱신을 마친 로키는 기뻐하면서도 고민스러워했다.

『마법』이나『스킬』에는 변화가 없었지만, 전체 어빌리티 숙련도의 합계가 50 이상.

지난번 【스테이터스】 갱신이 리베리아나 아리시아와 소 원정을 다녀온 후——『파벌대전』한 달 전. 대부분의 일정을 『학구』의 인스트럭터로서 보냈으며, 하드한 미궁 탐색도 다녀오지 않고 —— 까놓고 말해 어빌리티의 상승폭이 줄어드는 Lv.4라는 점을 감안한다면 —— 파격적이라고 할 수 있다. 어느 최속 토끼도 아닌데, 애초에 순수 후열마도사였던 점을 고려하면 우수하다는 범주를 넘어선 것이었다.

한쪽 팔로 가슴을 가린 채, 레피야도 갱신 용지를 손에 들고 다소 놀라움을 보였다.

"『마력』이 확 올라가쁜 건…… 이건 분명 새로 발현한 【더블 카논】 덕분일기라."

주신의 추측에 레피야도 동의했다.

두 종류의『마법』을 거의 동시에 발동할 수 있다는 반칙적인 기예가 가능해지는 레어 스킬 【더블 카논】 덕분에『마력』을 올리기가 쉬워졌다.

선행 마법의 매직 서클 유지와 제어.

그것이 큰 부담이 되어 ——말하자면『단일 마법의 2배

무게』가 되어——『마력』의 성장으로 이어졌을 것이다.

'크노소스 공략전 이후의【스테이터스】갱신…… 그때부터 조짐은 있었어. 내가 아무리 마도사라고는 하지만,『마력』만 눈에 띄게 성장했으니까…….'

그 증거로,『마력』이외의 기본 어빌리티는 어디까지나 『다른 Lv.4와 비슷한 수준』정도의 상승폭에 머물고 있었다. 레피야의『마력』이 극적으로 상승한 계기는 새롭게 발현된『스킬』에 있었던 것이다.

그 후 레피야는 로키와 추측과 고찰을 거듭했다.

신의 견해를 참고하자면, 아마도【더블 카논】은 마법을 발동하지 않더라도 팔찌의 매직 서클에 대기 상태로 두기만 해도『마력』과 마인드에 관한【엑세리아】를 획득할 수 있을 것이다. 전투 중의 마법 발동과는 비교할 수도 없겠지만, 일상생활 속에서 팔찌 형태의 매직 서클을 유지하기만 해도 수행이 될 수 있을지 모른다. 레피야도 다음부터 해봐야겠다고 생각했을 정도였다.

'【더블 카논】과【서먼 버스트】를 병용하는 건 마인드 소비의 자릿수가 다르니까,【엑세리아】에 눈이 멀어 전장에서 억지로 남용하는 건 금물이겠지만…….'

중요한 순간에 마인드 다운을 일으키는 것은 절대 안 된다.

마도사가 그런 추태를 보였다간 리베리아의 벼락이 떨어질 것이다. 마법에 의지하는 파티 전체에게도 폐를 끼치는 일이다.

일상적으로 마법을 사용하되, 때와 장소를 골라야 한다. 레피야가 그렇게 결론을 내리고 있을 때,

"……."

"……로키?"

로키가 빤히 자신의 뒷모습을 응시하는 것을 알아차렸다.

상담에 몰두하느라 겉옷을 입는 것도 잊어버렸던 자신에게 수치심을 느낄 뻔했지만, 그때 신의 눈빛은 음흉함과는 거리가 먼 것이었다.

【스테이터스】──【히에로글리프】의 나열이 떠오른 등이 아닌, 다른 곳을 보고 있었던 것이다.

"성장하고 있는 기, 【더블 카논】 속성만이 아이라……."

"네?"

"……아이다 암것도. 머든 『미지』를 기대해삐는 건 지루함에 물든 신의 나쁜 버릇이제."

독백처럼 중얼거리는가 싶더니, 로키는 고개를 가로저으며 말을 끊었다.

그 가느다란 귀로 똑똑히 들었던 레피야는 신경이 쓰였지만, 이제야 생각났다는 듯 으헤헤 웃는 신의 성희롱이 시작되었으므로 결국 유야무야되고 말았다. 한숨을 쉰 레피야는 옷을 입고, 벌레처럼 꿈틀꿈틀 경련하는 로키를 내버려 둔 채 신실을 떠났다.

'그때 로키가 무슨 말을 하려던 거였을까……?'

장난을 치는 엘피를 이리저리 피하며, 물을 떠 어깨를 씻는 레피야가 그때를 회상하고 있으려니.

"……! 몬스터?!"

목욕을 하던 샤론이 무언가를 알아차린 것처럼 소리를 질렀다.

Lv.4인 그녀와 마찬가지로, 망을 보던 단원들도 일제히 같은 방향을 바라보았다. 레피야도 엘피도 마찬가지였다. 구체적으로는 『큐~?!』 하는, 뭔가 싸움이라도 하는 듯한 『토끼』의 울음소리가 들렸다. 어느 백발 소년을 떠올려버리는 점에서 자신이 보기에도 중증이라고 생각하면서, 『토끼×엿보기』라는 도식에 살의를 느끼지 않을 수 없었던 레피야는 말없이 마법을 날리려 했으나,

"괜찮아요, 여러분. 레피야도 마력을 진정시켜요."

연장자의 목소리가 제지했다.

엘프 아리시아였다. 【로키 파밀리아】 내에서도 1, 2위를 다툴 정도로 굴곡이 훌륭한 몸을 감추려고도 하지 않은 채, 수면을 가르며 물가로 다가가 손을 내밀었다.

"든든한 『전우』가 우릴 지켜봐 주고 있었나 보네요."

부드러운 미소를 짓는 엘프의 손가락이 집어 든 것은, 『푸른빛이 도는 금색 깃털』이었다.

"파벌연합은 무사히 50계층까지 도달했대."

매직 아이템 『오쿨루스』를 내려다보던 펠즈가 보고했다.

길드 본부의 지하 제단, 『기도의 방』.

제단 위의 신좌에 앉아있던 우라노스는 고개를 끄덕이 듯 슬쩍 턱을 당기는가 싶더니 질문했다.

"『제노스』는?"

"미리 의논한 대로, 이미 50계층에 잠복시켜놨어."

펠즈는 그렇게 말하며 주머니에서 또 다른 오쿨루스를 꺼냈다.

수정 표면에는 회색의 숲과, 나무줄기 밑에서 귀엽게 미루츠를 우물거리던 비네가 비치고 있었다. 리저드맨 리드가 촬영한다는 것을 알아차렸는지, 갑자기 확 뛰어든 하피 피아와 라미아 라우라 사이에 끼어 셋이 나란히 웃음을 보였다.

펠즈는 못 말리겠다며 흑의 안에서 쓴웃음을 지었다.

어째서인지 숨을 헐떡이는 알미라지가 화면을 가로지르다 다른 『제노스』에게 붙잡혀서는 『소란 떨지 마!』 『들켰잖아!』라고 혼이 나고, 뒤늦게 나타난 사이렌 레이가 말리고 있었지만, 이제 그 부분은 모르는 척하기로 했다. 이유를 들으면 분명 머리가 아플 테니까.

"【로키 파밀리아】의 진행을 전속력으로 따라가 『용의 항아리』를 통과하는 건 아무리 그래도 힘들겠지만, 50계층 방어에는 공헌할 수 있을 거야. 그들의 베이스캠프를 뒤에서 지켜줄 수 있겠지."

핀이 오탈에게 의뢰했듯, 우라노스와 펠즈도 『제노스』의 힘을 빌려 『원정』을 지원할 생각이었다.

크노소스에서는 같은 적과 맞서 싸웠다고 해도, 여전히 융화와는 거리가 먼 사람과 괴물의 사이. 모습을 보인 채 연대하는 것은 불가능하다. 제노스의 정체를 알고 있는 【로키 파밀리아】 내에도 감정을 절충하지 못하는 사람이 많을 것이다. 그러므로 이 방법을 취했다. 만일의 경우에는 모습을 드러내서라도 최선을 다해 구조할 생각이기는 했지만.

그렇게 헌신적이라고도 할 수 있는 괴물들의 협력에 끼어드는 목소리가 있었다.

『이 정도로 협조해줘서 고마워.』

"너희에게는 그럴 만한 가치가 있어. 【브레이버】. 오히려 이번 『원정』은 우리 측의 미션이나 마찬가지인걸. 『더럽혀진 정령』의 토벌은 필수…… 그걸 위해서라면 원조를 아끼지 않을 거야."

핀이었다.

오쿨루스 너머에서 끼어든 목소리에, 펠즈는 본심을 털어놓았다.

너무나도 거대한 이번 【로키 파밀리아】 원정 이면에는, 우라노스와 펠즈의 입김도 있었던 것이다.

"그렇게 말해주니 마음이 편해. 크노소스 공략전 때와는 달리, 이곳은 60계층…… 만약 최악의 상황이 닥치면, 지상까지 철수하기는 너무나도 어렵지. 신들이 말하는 『컨티뉴』 같은 건 없어. 오탈에게 의뢰했던 것도 포함해서, 일단 퇴로는 준비해놨지만…… 예방책은 아무리 많아도 부족하지 않으니까."

『그러지 마. 불길하게.』

야영지 외곽, 암반의 가장자리.

라울 일행을 만나고 나온 후, 인적 없는 이곳까지 이동해 오쿨루스를 입가에 가져다 댄 핀에게, 펠즈는 살과 가죽이 있었다면 얼굴을 찌푸렸을 만한 목소리를 냈다.

핀은 가벼운 어조로 "가정일 뿐이야"라고 덧붙였다.

『【브레이버】…… 엄지손가락은 어때?』

"욱신거리기는 하지만, 크노소스 결전 때가 더 심했어. 그렇다고 낙관하진 않아…… 방심과 자만심만은 차단하고 갈 거야."

펠즈가 물어본 것은 핀의 『직감』.

조짐이라든가 궁지 그 자체를 알려주는 육감은 현재 침묵하고 있다. 에뉘오와의 싸움 속에서는 쥐가 나는 것 아닐까 싶을 정도로 경련하던 것에 비하면, 잔물결이나 마찬가지였다.

지금 시야 저편에 뻥 뚫려 있는 다음 층의 연결통로——이곳보다도 훨씬 아래에서 기다리고 있을 적의 세력과 비교했을 때, 파벌연합의 전력이 못하지는 않을 것이라는 확신이 있었다.

『오쿨루스 너머로도 너의 각오가 느껴지는걸. 다른 파벌의 권속도 포함해, 연합의 운명을 짊어진 네 중책은 헤아릴 수도 없지…….』

통신을 주고받는 지금, 핀의 얼굴에 웃음기는 없었다.

누구보다 침착하지만, 실상 속으로는 신경을 곤두세운 채 생각을 굴리고 있다.

지금도 오감을 통해 얻은 던전의 정보를 빠르게 분석해, 시시각각 작전과 예비안을 만들어내고 갱신하는 중이었다.

"걱정해주는 거야?"

『안쓰러운 것뿐이야. 크노소스 공략전도 그렇고, 너는 늘 중책을 떠맡는다니까. 멋대로 명령하고 있는 나도 동정심이 들 정도로.』

"그런 역할이니 어쩔 수 없지. 게다가 용자인 내가 원한 일이기도 하고."

그러나 핀은 그 중책에 짓눌리지 않는다. 하물며 다른 사람에게 책임을 전가하지도 않는다.

승리도 패배도, 성공도 실패도 모두 자신의 것이라고 당당하게 말한다.

겨우 웃음을 짓는 핀에게, 펠즈도 미소의 기척을 띠었다.

"지상의 오라리오피아드는 어떻게 됐어? 벌써 끝났나?"

『아니, 우리 예상대로 2승 2패를 맞을 것 같아. 최종전에

돌입할 거야. 『학구』에서는 레온이 나오겠지. 오라리오 측
은…… 신 헤르메스와 주최측의 의향에 따라 벨 크라넬로
결정됐어.』

"못 봐서 아쉽네."

『벨 크라넬이 무조건 지더라도?』

"지금의 레온이라면, 뻔한 결말을 보여주진 않을 거야."

『학구』의 기사에 대한 신뢰를 내비치며 잡담을 나누었다.

펠스는 새나간 이야기를 본론으로 되돌리려는 듯 진지
한 목소리로 말을 꺼냈다.

『【브레이버】, 마지막으로 확인하고 싶은 게 있어. 적의
목적은――.』

"상상하는 대로겠지."

두 사람 사이에 떠오르는 답은 단 하나.

펠즈의 우려를 긍정하듯, 핀이 말했다.

"아이즈야."

"처음에는 너를 원정대에서 제외하는 것도 고려했다, 아
이즈."

리베리아와 가레스에게 호출을 받아, 엘프들이 준비한
하이엘프 전용 천막으로 갔던 아이즈는 그 말에 에, 하며
굳어버렸다.

그나마 감정이 풍부했던 9년 전처럼 놀라는 소녀의 모습
에 가레스는 무심코 웃었다.

"나, 뭔가, 잘못했어……?"

"아니아니, 그게 아니다. 네게 문제가 있다는 게 아니라……『더럽혀진 정령』의 목적은 십중팔구, 아이즈, 네게 있으니 하는 소리다."

"……!"

"몬스터에게 흡수된 후에도 태고의 정령들을 먹으며 힘을 키워왔다는 진정한 괴물…… 괴인이 몇 번이나 노렸던 것만 보더라도, 이 점은 명백할 거다."

가레스와 리베리아의 설명에 아이즈는 흠칫했다.

그동안 괴인 레비스는 아이즈를『아리아』라 부르며 집요하게 노렸다. 그리고 그것은『더럽혀진 정령』본체의 의도라는 것도 몇 번이나 암시했다. 이제까지 교전한『데미 스피리트』도 마찬가지다. 그것들은 아이즈와『바람』에 과도하게 반응하며, 아이즈를 먹겠다고까지 말했다.

로키의 추리대로라면,『더럽혀진 정령』이 괴인을 비롯한『촉수』를 지상에 보냈던 것은 아이즈가 가진『정령의 힘』을 감지했기 때문이라는 뜻이 된다.

아이즈는 몸속에 흐르는 신비의 피가 으르렁거리는 기분이 들었다.

"적의 최종목표가 널 잡아먹는 것이라면, 위험을 피하기 위해서라도 지상에 남겨두는 것 또한 방법이라고…… 핀이나 로키와도, 뒤에서 그런 협의를 몇 번이나 반복했지."

"……그럼, 왜 날 데려왔어?"

"네가 빠졌을 때 생길 『구멍』이 지나치게 커. 반감까지는 아니더라도, 제우스와 헤라조차도 가보지 못했던 마경에 도전하는데 그건 너무 큰 손실이라고, 핀은 그렇게 판단했다."

제1급 모험자 아이즈 발렌슈타인의 실력은 새삼 설명할 필요도 없을 것이다.

마법으로 발생시키는 『바람』의 힘은 강력하고 만능이며, 크노소스 공략전에서도 그들을 몇 번이나 구했다. 무엇보다 아이즈의 【스테이터스】 구성——레어 스킬 【어벤저】——은 던전 공략에서 큰 강점을 발휘한다. 과용은 금물이지만, 『몬스터와의 연속전투』라는 한 가지 점에서만 보자면 Lv.7에 이른 수뇌진보다도 우수하다. 히든카드라는 의미에서도 아이즈의 존재는 매우 중요해, 【로키 파밀리아】에게 그녀를 두고 온다는 것은 전설의 검을 버리고 마왕에게 도전하는 행위라 해도 과언이 아니었다.

또한 아이즈가 없으면 티오나를 비롯한 전열 팀의 연계에 지장이 생겨 효율이 떨어질 우려마저 있다. 이제는 수뇌진 다음으로 【파밀리아】의 고참인 아이즈는, 특히 파티전에서는 그만큼 중추에 가까운 위치에 있었던 것이다.

"너를 데려가지 않고 전멸당할지, 너를 데려갔다가 예상치 못한 사태에 빠질지…… 두 가지 최악의 상황을 저울질한 결과, 우리는 후자를 택했다는 거다."

결국 어느 쪽이나 디메리트는 존재한다.

그렇다면 아이즈를 『미끼』로 운용하는 것도 염두에 두고, 적의 속내를 휘저어대는 것은 어떨까.

핀과 수뇌진은 최종적으로 그렇게 결론을 내렸다. 주신의 신의도 이를 지원해주었다.

"게다가 말이다. 우리가 지상에 남으라고 해봤자 너는 틀림없이 따라오지 않았겠느냐."

"⋯⋯⋯⋯⋯⋯응."

의심의 여지도 없이 흘겨보는 가레스에게, 아이즈는 한 번은 반론을 제기해 보려고 애써봤지만, 허사였다. 원정대의 뒤를 살금살금 따라가는 자신의 모습을 쉽게 상상할 수 있었다.

시선을 피하는 아이즈에게 쓴웃음을 지으며, 가레스는 수염에 한 손을 얹었다.

"우리가 말하고 싶은 건 한 가지다, 아이즈."

"이제까지보다도 훨씬, 부주의한 행동을 피해라. 표적이 되었다는 자각을 가져라. 이를 전제로, 우리가 널 지켜주마."

지금까지와 같은 단독행동은 금지. 자신이 『미끼』이기도 하다는 자각.

그런 의도를 담아 진지한 표정으로 말한 가레스와 리베리아는, 마지막에는 웃음을 지어주었다.

"응⋯⋯ 나도, 세 사람을 지켜줄 거니까."

자신을 안심시키려는 가족들의 웃음에, 아이즈 또한 웃

음으로 대답했다.

"⋯⋯⋯⋯들었어?"
"당연히 들었지, 멍청아."
"다들 우리가 밖에 있는 거 알아차렸네."
그런 그들의 대화를 천막 밖에서 엿듣는 이들이 있었다.
티오나와 베이트, 그리고 티오네였다.
공략 전날 밤인데도 불구하고 여느 때처럼 사소한 일로
말다툼을 시작했던 제1급 모험자들은, 우연히 지나가던
천막 앞에서 발걸음을 멈추고 있었다.
수뇌진은 그들 세 사람에게도 들려줄 생각으로 이야기
를 하고 있었을 것이다. 기척을 죽인 채 귀를 세우고 듣던
베이트는 "등신들"이라고 내뱉으며 그 자리를 떴다. 웬일
로 티오나도 티오네도 그 뒤를 따라왔다. 두 사람 모두 조
용한 표정이었다.
"아이즈 말야⋯⋯ 어쩐지 맨날 고생이 많지."
소란스러운 야영지로부터 멀리 떨어진 외곽에서 티오나
가 불쑥 중얼거렸다.
걸음을 멈추고 머리 위를 올려다봐도, 밤으로 착각할 만
큼 짙은 계층의 어둠 속에 별은 보이지 않는다. 말없는 암
반 천장만 넓게 펼쳐진 채 흐릿한 인광만이 보일 뿐.
베이트와 티오네는 긍정도 부정도 하지 않았다. 그들은
그것이 던전에 도전해온 제1급 모험자의 숙명이라 생각

하고, 금발금안의 소녀가 자신들과는 다르다는 것도 알고
있다.

아이즈 발렌슈타인은 동료이자, 전우이자, 특별한 존재
인 것이다.

"있지, 베이트. 우리가 모르는 아이즈에 대해 가르쳐줘."

"뜬금없이 뭔 소리야."

"아이즈에 대해 더 알고 싶어서 그래. 괜찮지?"

베이트가 돌아보니 티오나는 웃고 있었다. 천진난만하
게, 활짝.

그런 여동생의 모습에 언니도 못 말리겠다는 듯 웃으며
편을 들어주었다.

"네가 우리보다 한발 먼저 입단했으니까 추억담 정도는
있을 거 아냐? 대신 우리도 네 앞에선 보여주지 않는 아이
즈에 대해 조금만 알려줄게."

"……그게 뭐라고."

입으로는 그렇게 말하면서도 베이트는 그 등가교환을
받아들였다.

아마조네스 자매는 망설임 없이 바닥에 앉고, 웨어울프
는 바위에 걸터앉았다.

자신이 직접 봤던, 상대가 모르는 소녀에 대해 이야기를
나누었다.

베이트가 『시건방진 꼬맹이였다』고 말하자 티오나와 티
오네는 놀랐다.

감자돌이 말고 의외로 단 것도 좋아한다는 자매의 말에 베이트는 눈을 감은 채 보기 드물게 큭큭 웃었다.

자매는 몰랐던 소녀의 얼굴을 알게 되어 깔깔 목소리를 높였고, 늑대는 이제는 없는 친여동생을 자기도 모르게 소녀와 겹쳐보며 감회에 잠겼다.

세 사람, 모두 서로의 과거는 말하지 않으면서 소녀의 과거를 이야기했다.

그것은 마치 아이즈라는 소녀가 세 사람을 이어준 것 같았다.

한참 그렇게 이야기를 나누고, 꿈이 끝난 것처럼 정적이 찾아왔을 때, 문득.

역시 티오나가 중얼거렸다.

"지켜주고 싶다아."

누구를, 이라고 묻지 않아도 알 수 있는 마음의 한 조각이었다.

"항상 지켜주고 있잖아. 그리고 아이즈도 우릴 지켜주고."

"평소보다도 더 지켜주고 싶다구!"

옥신각신하는 자매를 내버려 둔 채 콧방귀를 뀐 베이트는 혼자 일어났다.

"해야 할 일은 똑같아."

적은 부숴버린다. 동료는 지킨다.

어깨를 나란히 하고, 등을 맞대고, 무슨 일이 있든.

뒷말은 삼켜버린 늑대는 등을 돌린 채, 변덕으로 만들었던 자매와의 시간을 끝냈다.

떠나가는 늑대를 말리지도, 놀리지도 않고 티오나와 티오네도 일어섰다.

"처음 만났을 때는 더 많이 웃게 해주고 싶었는데 말야."

아이즈와의 첫 만남을 떠올리며, 티오나는 한 가지 마음을 새롭게 다졌다.

그녀를 여동생처럼 생각한 적은 없었다. 하지만 지금은 아주 소중한 존재였다.

"나, 아이즈하고도, 레피야하고도, 티오네하고도 더 많이 모험하고 싶으니까. 모두하고 더 많이 웃고 싶으니까——그러니까 내일도 힘껏 싸울 거야!"

무엇과 바꾸어서라도.

무슨 일이 일어나더라도.

소녀는 그렇게 말하고, 다시 한번 웃었다.

제50계층에 『아침』과 『밤』은 존재하지 않는다.

제18계층 『언더 리조트』처럼 수정이 밝아지거나 어두워지지 않는 심층의 세이프티 포인트에서는, 까마득한 머리 위의 원형 천장에 띄엄띄엄 밝혀진 인광만이 전부였다.

별빛 같은 그것을 금발금안의 소녀가 올려다보는 가운데, 회중시계의 긴 바늘과 짧은 바늘만이 정확한 시간을 알려주었고── 어느덧 시한을 맞았다.

"출발."

핀의 지시와 함께, 공략 멤버가 베이스캠프를 떠났다.

많은 단원들의 배웅을 받으며 암반에서 내려와 회색 대수림으로.

출발은 맥 빠질 정도로 조용했다.

마치 잔잔한 바다처럼.

지옥에 대비해 힘을 비축하는, 그야말로 영웅들의 무리처럼.

멀찍이 떨어진 곳에 몸을 숨긴 이단의 괴물들이 지켜보는 가운데, 부대는 계층 서쪽 끄트머리에 존재하는 연결통로에 도착했다.

제51계층으로 이어지는 가파른 언덕을 내려다보며, 핀은 이곳에서도 가벼운 어조로 말했다.

"길이 멀어. 쭉쭉 나가자고."

그리고 그것은 **실천**되었다.

제50계층에서 제51계층으로.

제58계층에서 제59계층으로.

다른 파벌인 아미드가, 그리고 【로키 파밀리아】의 숙적이기도 한 회그니와 다른 에인헤랴르들이 경악에 사로잡힐 만큼, 그들은 핀의 손발이 되어 계층을 주파해나갔고, 한번도 고전하는 일 없이 『미도달영역』 직전까지 나아갔다.

그것은 누가 뭐라 해도 『미지』를 『기지』로 바꿔버리는 모험자의 모습이다.

【프레이야 파밀리아】조차도 애를 먹는 포룡과 비룡의 둥지——『용의 항아리』조차도 가볍게 공략해버렸다.

"헤딘 님 같은 분들도 고생하는 영역을, 멈추지도 않고 돌파했어……?!"

"애초에 자기 발로 수직구덩이에 뛰어내리는 저 야만인들 대체 뭔가요……?! 아무리 58층으로 직행할 수 있다고 해도…… 바보냐고요! 아렌 님 같은 짓 하지 마!!"

"가공할 용의 소굴이라고 들었는데…… 숨 쉴 틈도 없네요. 아니, 다른 의미에서 놀랐지만요."

제50계층 이하의 계층에 있으면서도『할 일이 전혀 없었다』는 이상 사태에, 에인헤랴르인 엘프들은 고함을 질러대고, 아미드는 뭐라 말하기 힘든 표정을 지을 수밖에 없었다.

핀이 채택한 진행방법은 지난번과 같은 부대의 분단.

제58층부터『계층 무시』저격을 하는 포룡『발강 드래곤』이 제51계층까지 수직굴을 뚫는 순간, 가레스에게 별동대를 맡기고 뛰어들게 한 것이다.

베이트, 티오나, 티오네, 레피야, 그리고 이번에는 아이즈도.

검희와 늑대가『바람』을 자유자재로 조종해 공동 내부를 번개처럼 뛰어다니며『일 와이번』의 습격을 완봉했다. 화산과도 같이 솟아오르는 포룡의 거대 화구는 레피야의【더블 카논]을 중심으로 이겨내고, 그 후에는 지난번의 재탕.

제58계층에 내려선 순간, 가레스, 티오나, 티오네가 『발강 드래곤』을 요리하기 시작했다. 당연히 모두가 리베리아의 보호 마법으로 미리 보험을 들고 왔다.

『발강 드래곤』만 제압해버리면, 『용의 항아리』라는 이름의 유래이기도 한 『계층무시』의 포격——이 층역에서 가장 큰 우려 사항——은 제거된다. 서포터를 다수 거느린 핀의 본대는 저격당할 걱정 없이 유유히 정규 루트를 이용해 제58층까지 내려올 수 있었다.

물론 말처럼 쉬운 것은 아니다.

수직굴을 통해 제58계층으로 직행하는 것은 원래 무모하다고 해도 좋을 만큼 위험하며, 제51계층부터 제57계층까지 가는 길에서도 용족 이외의 흉악한 몬스터가 우글우글 출현한다. 적어도 이전에 공략을 시도했던 【프레이야 파밀리아]는 이런 진행 방식을 택하지 않았다.

모든 것은 에인헤랴르들이 갖추지 못한 높은 밀도의 연계와 신뢰.

그리고 지난번에는 없었던 『3명의 Lv.7』이라는 파격적인 숫자가 무모해, 언뜻 무모해보였던 강제돌파를 반석 같은 진형으로 바꿔놓았다.

"던전 탐색에서는 도저히 못 이기겠네……."

긴 목깃으로 입가를 가린 회그니가 나직하게 중얼거렸다.

【로키 파밀리아】소속이 아닌 외부인 중에서는 츠바키와 함께 유일하게 전투에 참여한 다크엘프는 복잡한 심정으로도 미궁 공략에서의 패배를 인정했다.

하급 단원부터 간부에 이르기까지『개체』의 전투능력이 월등히 높은【프레이야 파밀리아】가『도시최강』이라고 당당히 공언할 수 없었던 이유. 그것은 바로 낮은 던전 탐색능력이었다.

이곳이 멀리 떨어진 투국 텔스큐라 언저리였다면 가슴을 펴고 최강을 부르짖었겠지만, 이곳은 오라리오다. 던전 개척을 가장 중시하며, 길드에서도 높은 평가를 받는다.

『기대를 받는 모험자』라는 관점에서 보자면,【프레이야 파밀리아】는【로키 파밀리아】에게 처참할 정도로 못 미쳤다.

"라울네 소대도 잘 싸우고 계시는구먼! 그대들의 활약 덕에, 보게나, 드롭 아이템도 이렇게나 듬뿍 나왔다네!"

"그거 우리 활약하곤 별로 상관없습다……. 드롭 아이템이 나오고 말고는 운 아닙까."

7개월 전에 같은 행군을 경험했던 츠바키만은 평소와 다름없이 껄껄껄 웃음을 터뜨리고, 마찬가지로 지난번의 경험을 살린 라울 일행도 활과 화살,『마검』으로 선발대를 지원하며, 긴장한 기색이 역력함에도 주눅 들지 않고 활약했다.

오히려 Lv.5임에도 불구하고 지난번 공략에는 참가하지

못했던 아나키티의 움직임이 훨씬 딱딱해서,

"아키 씨~ 아까는 우리 움직임이 더 좋았잖아요~!"

"우선은 1승이군. 이번 모험을 거치면 우리도 금방 따라 잡을 수 있겠어."

"……랭크 업한 그릇을 아직 완전히 믿지 못했을 뿐이야. 다음엔 더 잘할 수 있어."

"화낼 거 없어요, 아키. 여러분도 놀리면 못써요. 지금은 원정 중이니까 놀러 온 것처럼 굴지 말아요."

나르비와 크루스가 으스대자 아키가 발끈하고, 아리시아는 웃음을 지으며 그녀의 어깨에 손을 얹어주었다.

매직 포션을 마시고 회복 중이던 레피야는 그 광경에 쿡쿡 웃었다.

"헹. 당연히 쉬웠겠지. 그 기분 나쁜 극채색 몬스터들이 없었으니까."

"베이트랑 같은 의견인 건 아니꼽지만…… 동감이야. 뒤랑달 속성 무기를 꺼낼 필요도 없었는걸."

"말은 그렇게 하면서도 발강 드래곤의 불덩어리, 전부 쳐내고 있었잖아~."

수직굴에서 종횡무진의 활약을 보였던 베이트, 티오네, 티오나가 보급을 마치면서 입을 모아 말했다.

뒤에서 들리는 그들의 분석에, 상처 하나 없는 리베리아와 가레스도 수긍하고 있었다.

"역시 『더럽혀진 정령』의 전력은 줄어들었군."

"그렇겠지. 아직까지는 극채색 몬스터와 한 번도 마주친 적이 없지 않나."

양옆에 선 엘프와 드워프 사이에서, 파룸 용자는 시야 저편을 바라보았다.

"그러니까 이 너머에 **비축해놨을** 가능성이 높은 거야."

현재의 위치는 제59계층.

으스스한 식물과 초목이 우거진 밀림과도 같은 풍경. 원래는 『빙하영역』이라 불리는 절대영도의 계층영역인데 도, 『더럽혀진 정령』의 영향인지 환경 그 자체가 변질되어 버렸다. 이에 대해서는 지난번 『원정』에서도 확인한 대로였다.

계층 중앙부에 위치한 회색의 대지——『데미 스피리트』와 격전을 펼쳤던 대형 공간——을 가로지른 원정대는 제59계층 심장부로 다가서고 있었다. 세이프티 포인트가 아님에도 불구하고 몬스터가 나오지 않는다는 격렬한 위화감과 싸우며, 여기까지 온 핀의 지시에 따라 휴식을 취하고 있었다.

그런 그들의 시선 너머에는 거대한 『균열』이 있다.

제우스와 헤라가 남긴 『빙하영역』의 기록에 따르면, 계층 가장 안쪽에 있는 것은 크레바스였으며, 그것이 바로 다음 계층의 연결통로라고 한다.

그런데 그 크레바스는 차마 눈 뜨고 볼 수 없는 꼴이었다.

표변한 계층 전체가 그랬듯, 균열은 창백한 살덩어리에

뒤덮였으며 끔찍한 촉수들이 몇 가닥이나 넘쳐나고 있었다. 심지어 농후하면서도 형용하기 힘든 냄새가『오오오오』하는 소리를 내며 숨을 토해내는 것처럼 흘러나왔다. 코가 좋은 수인인 베이트가 낯을 찡그리며 쏘아 죽일 듯이 노려보고 있었다.

『마소(魔素)』도 그랬다.

화구처럼 피어나는 무색의 마력은 눈에 보이지 않지만, 마도사들은 그저 전율하고 있었다.

"내 견해를 말해둘게.『더럽혀진 정령』본체는 60계층에 잠복해 있을 가능성이 높아."

"""""!"""""

"오차가 있어봤자 1계층 정도. 그렇지 않다면 광대한 심층영역의 플로어 하나를 통째로 변모시킬 수는 없을 거야. 원격으로『영토』를 형성할 수 있다면, 그건 지나치게 괴물스럽기도 하고…… 이 59계층 이외에는 영향을 미치지 않았다는 점에서 모순이 생기지."

『플랜트』는 어디까지나 팬트리와 그 주변으로만 한정된 공간.

녹색 살덩어리의『마성』으로 변모했던 크노소스 같은 예외는 있지만, 그것은 괴인들이 오랜 시간과 수고를 들인 끝에 여섯 마리 이상의『데미 스피리트』를 쏟아부은 후에야 겨우 완성한 영역이었다.

그 점에서 보더라도, 지금 제59계층에서 나타난 변모는 적의 세력권, 『본성 인근』이기에 가능했으리라 판단하는 것이 타당하다.

제61계층보다도 아래쪽에 잠복하고 있다면, 핀이 상정했던 『더럽혀진 정령』의 스케일 상상한선을 가볍게 돌파하는 것이며 기존의 근거와도 맞지 않는다. 그렇게나 말도 안 되는 수준이었다면 【로키 파밀리아】는 이미 전멸했을 것이라는 것이 그의 견해였다.

이제까지 로키와 함께 추리했던 용자는 이 끔찍한 균열을 보며, 추측을 확신으로 바꾸고 있었다.

"그리고 예전에 이곳에서 『데미 스피리트』와 전투했을 때, 지면에서 촉수 방벽이 펼쳐진 적이 있지. 그 강도와 반사속도로 미루어 볼 때, 분신의 구조신호를 받았던 본체는 **바로 아래**에 있다고…… 나는 그렇게 생각해."

지난번 『원정』에서 『데미 스피리트』의 숨통을 끊기 직전, 아래 계층에서 튀어나왔던 촉수의 다발은 핀과 베이트의 공격을 가로막았을 정도였으며, 가레스가 간신히 돌파했을 정도였다.

가레스와 베이트도 기억이 났는지, '그거 말이구나' 하고 납득하는 표정을 지었다.

"그러니까 여기부터가 진정한 둥지…… 『마계』의 입구야. 즉사급 함정이나 부조리한 함정, 혹은 적대적 존재가 확실히 존재할 거야."

변모한 크노소스를 능가하리란 가능성을 암암리에 내비

치는 핀에게, 모험자들은 목을 꼴깍 울렸다.

"『미지의 늪』이야. 한순간이라도 방심했다간 죽어. ……이 전제를 다들 공유해줘."

"""""——네!"""""

굳게 주먹을 쥔 라울 일행이 두려움을 날려버리듯 대답했다.

아이즈와 레피야도 표정을 다잡았다.

『마계』에 발을 들인 순간, 안식은 허락되지 않을 것이다.

지금이 제대로 된 휴식이라는 것을 취할 처음이자 마지막 시간임을, 모두가 예감했다.

"아키와 레피야를 제외한 라울 이하 서포터는 정령기를 장비해. 땅, 어둠, 빛 속성은 버려도 돼."

"""""알겠습니다!"""""

"리베리아는 전원에게 보호 마법을. 5분 후에 출발과 동시에 발동해줘."

"알았다."

"레피야는 스킬【더블 카논】으로 언제든 마법을 쓸 수 있도록 준비해. 『장벽마법』을 대기시켜 둬. 아미드도 회복 마법을 즉시 발동할 수 있도록 부탁해."

""알겠습니다.""

"대열은 미리 의논했듯 『양검진(兩劍陣)』으로 간다!"

용자가 던지는 거침없는 지시는 적당한 긴장감과 함께 안도감과도 같은 고양감을 가져다주었다.

그것은 격려와도 비슷했다. 【제우스 파밀리아】나 【헤라 파밀리아】조차 알지 못한 『미지』를 앞두고, 사기는 떨어지기는커녕 치솟았으며, 공략 멤버들은 신속하게 준비를 마친다.

전열은 베이트, 티오나, 티오네, 그리고 핀.

중견은 아이즈, 레퍼야, 아미드, 리베리아, 세 명의 에인 헤랴르, 회그니.

후열은 아나키티, 츠바키, 최후열은 가레스.

라울, 크루스, 아리시아, 나르비 등 서포터는 중견과 후열 중간의 연결고리 역할이다. 회그니와 함께 중견의 가장 뒷줄에 섰다.

전열과 후열에 강력한 공격수와 방패수를 배치하고, 마법사와 서포터가 한데 모인 중견을 지켜내는 진형이다. 특필할 만한 사항이라면 핀을 전열에 배치했다는 점인데, 평소에는 중견이나 후열 위치에서 지휘를 맡는 그를 전방에 배치해 ——Lv.7의 전투력에 더해 누구보다도 뛰어난 통찰력과 판단력으로—— 『미지』에 대한 대응 및 진압을 강하게 의식한 것이다. 지휘는 리베리아를 신뢰하고 절반을 부담시킬 것이다.

유격은 전열 측에서는 아이즈, 후열 측에서는 회그니와 아나키티가 맡았다. 전투능력은 뛰어나지만 연계가 거의 불가능한 회그니를 요령 좋은 아나키티가 보조하는 형태다.

파티에 대한 후방 기습을 막을 자는 두말할 것 없이 가레스다.

오라리오에서도 1, 2위를 다투는 최강의 벽을 한 겹만 놓아도, 후방의 우려는 모두 봉쇄된다.

앞뒤 협공에 대응하면서 두터운 중견으로 전황에 따라 대응할 수 있는 배치. 이것이 『양검』이라 불리는 진형의 전모였다.

선두의 베이트가 식물 사이로 마석등을 던져, 시야를 확보하는 한편 이상의 유무를 확인한 후, 공략 멤버들은 『마계』로 변한 제60계층으로 진출했다.

한때 크레바스였던 깊은 균열은 바닥까지 50M는 되었다.

베이트를 비롯한 전열이 창백한 살덩어리를 박차며, 점프하듯 계단을 딛고 바닥을 향해 나아갔다. 징그러운 질감을 띤 빙벽, 아니, 『창벽(蒼壁)』이 터지며 무언가가 튀어나오지는 않을지, 나르비 같은 이들은 극도로 징그럽다는 표정을 지으며 주위를 경계했다.

계층간 연결통로를 다 내려온 아이즈 일행을 기다리던 것은 『창백한 살덩어리로 가득 찬 공간』이었다.

"이건……."

"괴물의 몸속이란 건 틀림없겠지만……."

"하늘에서 쏟아지는 창백한 빛…… 마치 달밤의 고향 같다……."

대검《블레이드 롤랑》을 장비한 티오나가 당황하고, 마찬가지로《할버드 롤랑》을 든 티오네가 눈살을 찌푸렸다. 대열 뒤쪽에서는 라울의 백팩 뒤에 몸을 숨긴 회그니가 아무에게도 들리지 않을 만한 목소리로 중얼거렸다.

『플랜트』나 마성『크노소스』와 마찬가지로, 식물인지 생물인지 알 수 없는 두꺼운 살덩어리 벽에 뒤덮인 것은 마찬가지였다. 다른 점은, 벽도 바닥도 천장까지도 창백하게 물들어 있다는 것이다.

원래 크레바스의 내부——빙하 지하『빙굴』의 지형적 영향을 받은 결과인지, 모든 것이 푸른 얼음 같은 색이었다. 50M 거뜬히 넘을 것 같은 높은 천장을, 거대한 살덩어리로 된 수많은 푸른 기둥의 대열이 지탱하고 있었으며, 기둥 표면에는 그야말로 얼음 보석과도 같은 구체가 박혀 있었다.

심해를 응축한 듯한 깊은 군청색.

크기는 제각각이라 별조각 같기도 하고, 거대한『알』처럼 보이기도 했다.

『던전에서는 아름다운 것일수록 조심하라』라는 교훈이 뿌리내린 상급 모험자들에게는 절대 경계 없이 다가갈 만한 것이 아니었다.

"뭔가, 생각했던 거랑 달라……."

티오나가 파티 전체의 마음을 대변했다.

언뜻 보면 덩굴의 집합체 같기도, 근섬유 같기도 한 조직이 미궁을 형성한 가운데, 맨발인 그녀의 발바닥에 물컹거리는 감촉이 전해졌다. 개미무덤 같은 덩어리에서 뻗어나와 펼쳐진 섬유에 칼끝을 그어보니 기묘한 감촉과 함께 투둑투둑 소리를 내며 뜯어졌다. 티오나는 자기도 모르게 낯을 찡그렸다.

살덩어리 지면이 계속되는가 싶었더니, 안쪽으로는 수로가 이어졌으며, 물웅덩이라고 하기에는 너무나 큰 샘까지 존재했다.

"구역질 난다~…… 싫은, 더 위험한 곳을 상상했는데……."

"그러게……. 맥빠진다고 해야 하나, 의표를 찔렸다고 해야 하나……. 좀 더 생리적 혐오감을 졸여놓은 것 같은 장소가 나타날 거라고 각오했는데……."

정령기를 붙들고 있던 나르비와 크루스는 긴장감을 곤혹감으로 바꾸며 주변을 둘러보았다.

지형은 미로 구조가 아니라, 엄청나게 광대한 공간에 푸른 기둥이 불규칙하게 늘어선 개방적인 구조. 생물학적인 외견을 애써 무시하면, 기둥이 늘어선 장엄한 지하 신전으로 봐주지 못할 것도 없었다.

광원은 천장에서 쏟아지는 푸른 인광이었으며, 아까 회그니도 말했듯, 마치 달빛을 받는 것 같았다. 이 공간이 어떻게 생겨났는지를 생각해보면 결코 입에 담을 수는 없었지만, 신성함마저 느껴졌다.

그로테스크하기도 했으며, 환상적이기도 했다.

이러한 이율배반성에 모험자들은 동요했다.

『더럽혀진 정령』의 둥지 —— 말하자면 『푸른 마계』.

"안쪽…… 어렴풋하게, 보라색으로 빛나."

가만히 앞을 노려보던 아이즈의 시선을 모두가 따라가 보았다.

그들이 있는 균열 밑바닥에서 완만하게 아래로 아래로 이어지는 내리막길 구조. 그 너머에는 으스스한 보라색 광채가 희미하게 새어 나오고 있었다. 이 불가사의한 공간에서 겨우 나타난, 미궁이라 불러줄 만한 『정상적인 독살스러움』은 라울을 비롯한 중견 멤버들에게 기이한 안도감을 가져왔을 정도였다.

전열 멤버들이 눈의 움직임만으로 뒤를 보았다.

정적을 띤 핀은 망설임 없이 고개를 끄덕였다.

"대열은 유지. 앞으로 나아간다."

두령의 한 마디를 나침반의 바늘로 바꾸어, 일행은 『마계』를 나아가기 시작했다.

전열은 세심한 주의를 기울이면서 일종의 무관심을 잊지 않았다. 돌다리를 지나치게 두드리다 건너지 않는 바람에 제대로 공략하지도 못해서는 본말전도다. 성큼성큼 걸어 나가면서도, 습격이 없다는 데에 자꾸만 맥이 빠지는 기분이 들었다.

말할 것도 없지만, 그들은 역전연마의 모험자들.

베이트는 악취에 마비된 코는 이미 포기한 채, 머리 위의 짐승 귀에 신경을 집중해 수상 소리가 들리는 곳은 없는지를 찾았다.

중견과 후열은 벽면이나 바닥에서 몬스터가 나오지 않는지 끊임없이 주의를 기울였다.

몬스터가 경치 속에 의태하고 있는 건 아닐까? 천장에, 기둥 뒤에 숨어 있는 건 아닐까? 투명한 몬스터의 유무는? 이제까지의 경험과 기억을 끄집어내 현재의 상황과 대조해나갔다.

"아미드 씨는 침착하시네요."

"제가 할 일은 단 하나뿐. 그 이외에는 모두 여러분에게 맡기고 있어요. ……그리고 때가 되면, 최선을 다해 지탱해드리겠습니다."

힐러 아미드는 멤버들에게 전폭적인 신뢰를 기울이며 가장 느긋한 태도를 보이고 있었다.

신의 역할을 제대로 규정한 모습에, 곁에 있던 레피야는 자신도 모르게 심장 박동의 간격이 좁아지는 것을 깨닫고 살짝 숨을 내뱉으며 그 자세를 본받고자 했다.

그녀의 왼쪽 손목에는 팔찌 모양으로 변한 매직 서클의 고리가 반짝거렸다.

"얍."

"츠, 츠바키 씨? 뭐 하시는 겁까?!"

한편, 후열에서는 츠바키가 칼집에서 카타나를 뽑더니 예의 그 개미무덤 같은 덩어리, 다시 말해 창백한 살점 속에 묻혀있던 보옥을 대각선으로 갈라버리고 있었다.

갑작스러운 행동에 ——던전 기믹일지도 모르는 구조물에 대한 자극에—— 라울이 완전히 겁먹은 목소리를 냈다.

"이, 이상한 짓을 하셨다가 무슨 일이라도 일어나면……?!"

"시야에 몇 번씩 어른거리는데 그냥 지나치면 건강에도 좋지 않다네. 조사해둘 필요가 있지. ……게다가 귀중한 소재일지도 모르는 노릇 아닌가! 흐하하하!"

평소와 다를 바 없는 츠바키를 보며 라울은 온몸에서 힘이 빠져나가는 듯했다. 크루스를 비롯한 중견 멤버들도 마찬가지였다.

어떤 의미에선 최강인 마스터 스미스의 뻔뻔함에 가레스는 웃음을 터뜨렸다.

그리고 자신도 조사에 동참했다.

이변이 일어나지 않음을 확인한 후, 파티의 진행을 멈추고 "리베리아, 잠깐 나 좀 보세!" 하고 두 쪽이 된 보옥을 조사하게 했다.

"뭔가 알겠나?"

"농밀한 마력…… 이 자체가 거대한 『마석』…… 아니, 『마보석』에 가깝겠군. 폭탄은 아니겠지만, 분명한 것은 이 『마계』의 구축에 한몫을 하고 있으리란 거다. 미궁 사방에 있는 보석을 통해 마력이 순환하고 있군."

자신의 지팡이 《마그나 알브스》에도 달려 있는『마보석』을 흘끔 보며, 리베리아는 자신의 견해를 밝혔다.

변이했던 크노소스와 마찬가지로, 미궁 내에는『마소』가 넘쳐나므로 미숙한 마도사라면 금방『마력 멀미』를 일으킬 것이다.

중견 쪽에서, 그렇다면 이 보석을 부수면『더럽혀진 정령』의 힘이 줄어들지 않겠냐는 의견이 나왔지만, 츠바키는 소용없는 짓이라고 말했다.

그녀가 턱으로 가리킨 곳을 보니, 갈라진 개미 무덤의 단면에, 작기는 하지만 또 다른 군청색의 보옥이 츠츠츠 소리를 내며 새로이 돋아나고 있었다.

"『플랜트』의 정보를 참고한다면, 이『마계』도 양분을 빨아들이고 있다고 봐야겠구먼."

"······『팬트리』가 아니라『던전 그 자체』에서 빨아들이고 있다면······ 그야말로 무한이겠어."

가레스와 리베리아의 추측에, 중견 멤버들의 목구멍에서 전율의 소리가 들렸다.

잠시 후, 파티는 대열을 재정비하고 진행을 재개했다.

너무나도 공간이 넓어, 이래서야 매핑을 하는 의미가 있냐고 투덜거리면서도 리베리아에게 부탁을 받은 에인헤랴르 중 한 사람이 양피지에 지도를 그려나갔다. 전투광밖에 없는【프레이야 파밀리아】내에서 헤딘에게도 신임을 받고 있는 꼼꼼한 엘프 마법검사였다. 이름은 멜루나 슬레아.

연결통로를 출발점으로 둔 그녀의 지도가 3분의 1 정도 채워졌다.

그래도 아직 『미지』는 모험자들 앞에 나타나지 않았다.

'――아니야.'

하지만, 욱신거렸다.

파룸의 엄지손가락이.

온 것이다.

마침내, 그것이.

『미지』그 자체가 아닌, 그『조짐』이.

주르륵, 하고.

무거우며 긴 무언가를 끄는 듯한 소리가, 파티 측면에서 희미하게 울렸다.

이를 놓친 이는 전무.

이 멤버들 중에 그런 얼간이는 없다.

대열 사이에서 단숨에 긴장감이 고조되었다.

"……9시 방향. 온다!"

수많은 푸른색 기둥 너머, 이쪽의 진로 방향에 맞춰 거대한 그림자가 나란히 달리고 있었다.

리베리아가 울린 경종에, 파티는 발을 멈추고 자세를 잡았다.

거대한 그림자에서 수많은 선이 뻗어 나가더니, 그 끝부분이 활짝 벌어지면서 추악한 주둥이가 드러났다.

『ㅇㅇㅇㅇㅇㅇㅇㅇㅇㅇㅇㅇㅇㅇㅇㅇㅇㅇㅇㅇㅇㅇㅇㅇ

오오?!』

"식인꽃! 아홉!"

"지금까지보다도 더 커!"

깨진 종을 두드리는 것 같은 포효를 쩌렁쩌렁 터뜨리는 극채색 무리를 보고, 나르비와 크루스가 즉시 고함을 질러 정보를 전달했다.

바닥의 푸른색 살덩어리를 깎으며 날아드는 맹렬한 기세. 비스듬한 움직임으로 서서히 다가오는 목표물을 보며, 파티원들 중에서도 마도사들이 가장 빠르게 반응했다.

즉시 예상 접촉 지점을 파악해 고속 영창에 들어갔다.

"【숭고한 전사여, 숲의 궁수대여. 밀려드는 약탈자 앞에서 활을 들라. 동포의 목소리에 호응하여 살을 시위에】."

미지의 계층에서 벌어지는 첫 전투.

불의의 사태에 대응할 수 있도록, 이레귤러에도 대비하며 강하게 집중하는 중요한 일전.

많은 모험자들이 맞닥뜨리기 직전의 대상에게 정신이 팔려버린, 그런 상황 속에서.

다른 방향으로 주의를 기울인 것은 네 명.

강한 신뢰를 통해 포격은 레피야, 반격은 가레스에게 일임한 리베리아.

정찰 능력도 겸비한 베이트.

거동수상자가 되어 흠칫흠칫 주위를 두리번거리는 비관주의의 화신 회그니.

그리고 『욱신거리는 엄지손가락』이 가리키는 대상이 **하나가 아님**을 깨달은 핀.

"——."

네 사람 중에서도 특히 『시력』이 뛰어난 파룸의 눈이, 가장 먼저 『그것』을 포착했다.

'빛의 입자?'

거의 기둥과 천장의 이음매 부분.

삐걱삐걱 소리를 내며 피어나는, 푸른 살덩어리의 꽃들에게서 같은 색의 입자가 흩날린다.

계층 내부를 비추는 창백한 인광에 섞여, 상급 모험자라 할지라도 얼른 알아볼 수는 없었다.

숫제 미세한 꽃가루와도 같은 물거품을 보며 핀이 눈을 가늘게 뜬 것과 동시에.

개전의 신호탄이 터져나갔다.

"【빗발처럼 쏟아져 야만의 무리들을 불태우라】————【퓨절레이드 팔라리카】!"

중거리 및 장거리 사격. 다시 말해 마도사의 진수.

최적의 거리를 놓치지 않고, 『마력 바보』로도 유명한 【사우전드 엘프】가 화염의 비를 퍼부었다.

♫♪ㅇㅇㅇㅇㅇㅇㅇㅇㅇㅇㅇㅇㅇㅇㅇㅇㅇㅇㅇㅇㅇㅇㅇㅇ?!♪♫

마치 군함의 함포사격과도 같은 포격.

그러나 허공에 호를 그리는 탄환의 수는 해전에 비할 바가 아니었다.

주홍빛을 머금은 어마어마한 마력탄에 식인꽃의 무리는 절규했다. 아무리 몸집이 크더라도 가차 없이 태워버리는 요정의 불이 『마계』에 불바다를 만들어냈다.

『아가기그게게에그거어어어어어어어어어어어어?!』

"──!! 한 마리, 남았어!"

"그, 그리고 또 한 마리, 무리에서 떨어진 다른 녀석이 뒤에서 우회하고 있슴다!"

그러나 일곱 마리를 제물 삼아 한 마리의 거대한 뱀이 불의 바다를 건너왔다.

방벽의 역할을 마친 몇 겹이나 되는 거구. 그리고 제60 계층에 서식하는 마물에게 어울리는 내구력.

거대한 몸 곳곳을 태우면서도, 아나키티와 라울의 경고를 무색하게 할 만큼 고통스러운 괴성을 터뜨렸다. 가까스로 불바다를 벗어난 개체와 함께, 타오르는 식인꽃이 이쪽으로 짓쳐들었다.

"우회하는 놈은 내가 처리하마! 나머지는 대열을 유지한 채로 마무리해!"

"네! 다음 포격, 시작할게요!"

거대 방패와 거대 도끼를 든 가레스가 튀어나와, 혼자 6시 방향으로 우회해온 식인꽃에게 달려갔다.

지시를 받고 개막 포격을 양보했던 아리시아, 그리고 아인헤랴르들이 매직 서클의 포문을 전개했다.

근접전에 말려들기 전에 없애버리겠노라고, 엘프 사수

들이 조준사격을 하려던 바로 그 찰나.

쿠웅!

"뛰었다?!"

거대한 몸이 기분 나쁠 정도로 준동하는가 싶더니, 땅바닥의 살을 깎으며 달려오던 식인꽃이 느닷없이 머리 위로 높이 도약했다.

허를 찔린 엘프들의 발사가 늦어졌다.

거대한 그림자가 인광을 가리며 파티의 일부에게 달려들었다.

그러나 아리시아 일행은 동요를 억누른 채, 즉시 재조준했다.

아이즈도 『바람』의 사용을 준비하고, 라울 일행도 보험용 『마검』을 든 가운데, 만반의 요격 태세를 갖추고 사살했다.

"【헤일 더스————————!"

그렇다, 확실하게 사살했다.

몇 초 후의 미래에서.

그러나 사살당하기 직전, 그 거구가 불룩불룩불룩! 하고 기괴할 정도로 부풀어올랐다.

마치 괴질이 발생한 것처럼.

폭약이 작렬한 것처럼.

무수한 무언가가, **안쪽에서부터 파먹고 나오는 것처럼.**

극한까지 압축된 체감시간 속에서, 모험자들은 그때까

지 들려왔던 괴성의 의미를 느닷없이 이해했다.

그것은 『무언가』가 심어져, 안쪽부터 갉아 먹히는 생지옥의 비명이었다.

시간이 멎어버린 아리시아의 시선 너머에서, 울퉁불퉁하게 부풀어 오른 식인꽃은 풍선처럼 폭발했다.

다음으로는 무수한 『거미의 이형』이 뿌려졌다.

"우우웃?!"

아리시아 일행이 발사한 마법을 뚫고, 헤아릴 수도 없는 추악한 그림자가 달려들었다.

불태우고 얼리고 감전시키고 죽이는 다중사격에 포착된 일부의 『거미』뿐. 마법의 대부분은 빗나가고, 죽기 직전이었던 식인꽃의 목숨을 예정조화와도 같이 없애버렸다.

그 직후, 추악한 『거미』의 비가 파티 전체에게 쏟아졌다.

"——【디오 그레일】!"

고속의 반응으로 가장 효율적인 카드를 꺼낸 것은 레피야였다.

『마법검사』의 수련을 십분 발휘해 반응하고, 스킬 【더블 카논】을 발동해, 대기 상태로 두었던 벗의 『장벽마법』을 전개했다.

『키기이이이이이이이이이이이이이이이이이이이이이이이이이이이익!!』

거북 등딱지 형태의 거대한 장벽이 『거미』들을 막아냈다.

닿자마자 스파크를 피우며 타들어가는 가운데, 레피야

의 눈이 일그러졌다.

'두 마리, **빗나갔어!**'

식인꽃을 죽인 폭풍으로 인해 궤도가 틀어져, 장벽 옆을 빠져나온 두 마리의 『거미』가 깔깔 웃음을 터뜨리듯 날아 왔다.

그곳은 바로 중견과 후열의 경계.

스파크가 범람해 한순간 시야를 잃었던 서포터들이 있는 곳.

그 중에서 『먹잇감』이 된 것은 두 사람.

마법 발사 직후에 경직되어 버린 아리시아와, 꼼짝도 못하고 서 있던 나르비.

"아앗?!"

"아윽――?!"

물려버렸다.

목과 어깨 사이를.

엘프와 휴먼이, 유린당했다.

제2급 모험자들의 명예를 위해 말하자면, 그들은 Lv. 4의 반응속도로 베어버리려 했다.

하지만 『극채색 거미』는 교활한 벌레처럼 복안을 번뜩이며, 배의 돌기에서 『실』을 사출.

그들의 팔과 다리를 땅바닥에 묶어놓은 후, 부드러운 살갗에 송곳니를 꽂았다.

즉효성 신경독이 퍼지기까지는 한순간.

두 사람의 몸이 경련하고 힘이 빠져나가기까지는 눈 깜빡할 새.

가늘고 긴 8개의 다리를 구사해 등 뒤로 돌아가기까지는 찰나.

기껏해야 사람 머리 정도 크기밖에 안 되는 『거미』는, 라울 일행도 끼어들 수 없는 속도로 기어 다니며, 꿈틀거리며, 마지막에는 진자 시계처럼 ──혹은 끔찍한 교미처럼── 상반신을 쳐들었다.

"크그으윽?!"

날카롭고 뾰족한, 시뻘건 가위날이 아리시아와 나르비의 요추 부위에 꽂혔다.

그 직후 주입된 것은 『실』이 아닌, 이 세상에서 가장 처참한 괴물의 일부.

"아, 안 돼, 그마아악────── 우웨에엑?!"

"안돼에에에에에에에에에에에에에에에에에에에에엑?!"

아리시아는 아무것도 모르는 숫처녀와도 같이 외치다, 붉은 것을 토했다.

돌기가 꽂힌 등을 중심으로, 두 사람의 옷 너머로도 보일 만큼 불거졌다. 싱그러운 목덜미와 뺨에 이르기까지 『뿌리』가 타고 올라와서는, 두 눈이 망가진 것처럼 눈물을 단숨에 쏟아냈다. 그녀들을 속박하던 거미줄은 금세 흙색으로 변해, 이제는 의미를 잃어버릴 정도로 썩어 떨어져내렸다.

『거미』의 겹눈이 쾌락을 탐닉하듯 깜빡였다.

암컷과의 정사를 아는 무당거미처럼 파르르 떨었다.

그리고 『거미의 복부』가 불컥! 하고 기괴할 정도로 둥글게 부풀어올랐다.

여기까지, 겨우 2초.

처참한 눈앞의 광경에 얼어붙은 모험자들은 비명을 터뜨렸다.

"아리시아?!"

"나르비이이이————!!"

아나키티가, 라울이 검을 뽑아 달려들었다.

등에 달라붙은 괴물을 베어 죽이기 위해 정확하기 이를 데 없는 참격을 날렸다.

하지만 이미 때는 늦었는지, 빙그르! 하고.

피를 토하는 소녀들의 팔이 준동했다.

관절의 가동범위를 무시하는 기괴한 움직임으로, 라울과 아나키티의 검을, 손이며 팔로 받아냈다.

""!!""

라울의 검이 나르비의 앞팔을, 아나키티의 검이 아리시아의 손바닥을 관통했다.

경악에 사로잡힌 두 사람은 그 이상 검을 휘두를 수 없었다.

그 한순간 사이에, 이변은 가속하고 수렴되었다.

부풀어올랐던 『거미의 복부』가 찌직찌직 소리와 함께 마치 **피어나는 꽃봉오리처럼** 갈라지더니, 『여자의 상반신』이 태어났던 것이다.

『아아아~~~~~~~~~~~~~~~~~~~~~~~~~
~~~~~~~~~~~~~~~~~!!』

환희의 산성(産聲)이 모험자들의 고막을 꿰뚫었다.

눈을 크게 뜬 리베리아의 시선이, 장벽을 해제한 레피야의 충격이, 에인헤랴르 엘프들의 절규가, 사람 아닌 그 『여자』에게 향했다.

아리시아와 나르비의 등 뒤, 8개의 다리에 감긴 『거미』의 부위에서 발생한 녹색, 푸른색, 보라색, 온갖 그라데이션을 그리는, 지독히도 매끄러운 피부를 가진 여체.

뻗어 나오는 팔은 세 쌍.

두 개로 그쳤다면 넋을 잃어버릴 정도로 싱그럽고도 나긋나긋하게 흔들렸으며, 독살스럽고도 고혹스러웠다.

코와 입을 가져 한없이 사람에 가까운 안면부 중에서도, 눈만은 유일하게 괴물을 상징하는 붉은 겹눈이었다.

『우후훗, 아하하하하하하!』

『라라~~ ♪ 라라아, 라――아 ♪』

아리시아에 **기생한** 개체는 단발.

나르비에게 **기생한** 개체는 물결치는 장발.

© Kiyotaka Haimura

자남색 머리카락을 찰랑이는『여자』들은, 마치 꽃밭에서 노니는 것처럼 무구한 미소와 함께 노래했다.

이윽고 하단의 두 팔은 아리시아의 목에 감기고, 중단의 두 손은 그녀의 눈을 부드럽게 가렸으며, 상단의 두 팔은 여체의 유방과 함께 엘프의 머리를 애틋하게 끌어안았다. 그 끔찍한 포옹에 흠칫, 하고 아리시아의 몸이 한순간 강하게 떨렸다. 나르비도 마찬가지였다.

하반신이 없다는 것을 제외한다면, 마치 등에 안겨 장난을 소녀, 혹은 자식을 사랑하는 어머니처럼 보인다.

그러나 그 정체는『능욕자』.

기생한 모험자의 체내를 유린하고 진화에 이른『여체 거미』였다.

"라울 씨이…… 살려줘어어——."

『안~돼.』

"아————."

있는 힘을 쥐어짜내 청년에게 향하던 나르비의 팔이, 귓가에서 들려오는 속삭임에 가로막혔다.

아연실색한 라울의 앞에서, 부들부들 떨리던 소녀의 손이 실 끊어진 인형처럼 축 늘어졌다.

말을 잃어버린 아나키티의 앞에서, 아리시아 역시 이제는 나오지도 않는 눈물 대신 주륵 코피를 흘렸다.

눈이 가려진 채, 소녀들은 크게 경련하며, 몸에 박혀 있던 검을 움켜쥐고 라울과 아나키티에게서 빼앗듯 뽑아냈다.

그리고 칼자루에 균열이 일어날 정도로 움켜쥐는가 싶더니, 얼어붙은 라울과 아키의 목을 향해 괴물 같은 힘으로 휘둘렀다.

"정신 차리지 못하겠나!"

""우웃?!""

『아파―앗?!』

그 직후, 포탄과도 같은 그림자가 끼어들었다.

가레스였다.

우회했던 식인꽃을 재빨리 처치하고 ――몸 속에서 파열해 뛰쳐나온 『거미』들을 한 마리도 남김없이 도끼로 베어 죽이고 방패로 깔아뭉개고――『여체 거미』를 어깨로 들이받았다.

그렇다 해도 아리시아와 나르비의 몸이다. **생환은 절망적이라 해도 『불가능하진 않다』**고 판단한 드워프 대전사는 두 사람의 몸이 망가지지 않도록 힘을 조절해, 라울과 아나키티의 눈앞에서 밀어냈다.

"『미지』에게 휘둘리지 마라!! 이를 악물어! 주먹을 쥐게! 징그러운 미궁에 굴복하면 그게 어디 모험자라 할 수 있겠나!!"

""웃……!!""

"아리시아! 그리고 나르비도, 버티란 말일세!! 그딴 짝퉁 거미 따위에게 마음이 꺾인다면 리이네가 비웃을 게야!"

""……, ……, ……큭.""

드워프의 일갈에, 절망으로 얼어붙었던 파티의 시간이 깨져나갔다.

라울과 아나키티는 말 그대로 이를 악물고 주먹을 쥐며, 서브웨폰인 《나이프 롤랑》을 뽑았다. 움직이지 못하던 크루스 또한 털을 곤두세우며 정령기를 들었다.

소름이 돋아난 위팔을 문지르던 츠바키도 혀로 입술을 핥으며 카타나를 번뜩였다.

흰자위를 까뒤집은 채 거품을 뿜고 있던 회그니를 제외하면, 레피야와 리베리아 같은 엘프들도 동포의 몸과 존엄을 되찾기 위해 진노의 불꽃을 피워냈다. 조종당하고 있는 아리시아와 나르비조차도 가레스의 말에 촉발된 것처럼 이가 부딪치는 소리를 냈다.

"쯧, 뭐 하고 앉았어!!"

파티 전체의 의식이 후열로 향한 가운데, 베이트도 예외는 아니었다.

분노의 함성을 지르며 나르비와 아리시아에게로 달려가려던 그 순간.

"베이트!"

핀의 『경고』가 날아왔다.

"?!"

그리고 『충격』이 왔다.

간발의 차이로 팔을 들어 그것을 막은 베이트의 다리가

지면에서 떠올라 몇 M을 날아가 버렸다.

얼른 고개를 든 베이트는 눈을 의심했다.

"뭐 하고 앉았어…… 바보 아마조네스들!"

고개를 숙이고 있던 쌍둥이 아마조네스가, 가차 없이 주먹과 발길질을 퍼부어댄 것이다.

"티오나……? 티오네?!"

아리시아와 나르비에게 달려가려던 아이즈도 이변을 알아차리고 급제동을 걸었다.

아미드까지 돌아보는 가운데, 핀은 욱신거리는 통증을 가라앉히려는 것처럼 손가락을 훑었다.

"이 공간의 위쪽에서 뿌려지는 『빛가루』…… 그게 원인인 모양이야."

"아앙?! 뭔 소릴 하고 앉았어?!"

"『매료』야, 베이트. 인광에 섞인 『이상효과』의 근원을, 선두에 있던 티오네와 티오나가 너무 많이 마셨던 거겠지."

아이즈와 마찬가지로 눈을 크게 뜬 베이트는 흠칫 티오나와 티오네에게 시선을 되돌렸다.

천천히 고개를 드는 티오나와 티오네의 눈동자에서 빛이 멀어져, 누가 봐도 제정신은 아니었다. 뺨도 약간 달아오른 것이, 분명한 『매료』의 증상이었다.

『매료』는 여러 이상효과 중에서도 특별해, 가장 악질적인 것이었다.

매료 상태에 걸려든 사람은 일종의 착란에 빠져, 파티

내에서 내분이 일어나기도 한다.

원래 심리적 요인에서 오는 증상은 말하자면 『정신공격』
이며, 발전 어빌리티 『내성』으로도 막을 수 없는 것이지
만——

"아무래도 이 『빛가루』는 독소와 비슷한 모양이야. 똑같
이 전열에 있던 베이트가 『매료』에 빠지지 않은 걸 보면,
『내성』의 평가가 G에 도달하면 튕겨낼 수 있는 것 같아."

"……날 실험대 취급하지 마!"

"티오나와 티오네의 내성은 우리보다 낮은데……!"

"그래. 정신이 아닌 육체에 작용하는 매료 효과라니……
보기 드문걸. 아니, 더럽혀진 적의 기원을 생각하면 아름
다운 정령의 노랫소리 따위를 낼 수 없는 건 당연한가."

티오나와 티오네의 상태를 꿰뚫어보면서도 핀은 매우
냉정했다.

그의 분석에 베이트는 자기도 모르게 핏대를 세우고, 티
오나와 티오네의 【스테이터스】를 아는 아이즈가 근심하듯
중얼거렸다. 오라리오 입성이 늦어져 미궁탐색 시간이 다
른 이들보다 짧았던 티오나와 티오네는 『잠수』를 비롯한
『발전 어빌리티』의 평가가 높은 만큼, 『내성』은 H로 다른
제1급 모험자들에 비해서도 낮았다.

이번에는 그것이 치명적인 구멍이 되어버린 것이다.

"『매료』의 관통성을 희생한 대신 광범위한 확산력과 강
한 조종능력을 구현했다……고 봐야 할까."

『매료공격』의 대명사인『머메이드』처럼『노래』등을 써서
마음을 흐트러뜨리는, 혹은『미의 여신』들이 사용하는 심
신 장악과는 또 다른 것이다.

어디까지나 꽃가루의 작용처럼, 육체에 직접 영향을 미
치는『독』이나『향』같은 것.

착란에 빠지지 않고, 이쪽을『적』으로 간주해 천천히 자
세를 잡는 ──실에 묶인 인형처럼 조종당하고 있는──
티오나와 티오네를 관찰하며, 핀은 분석을 마쳤다.

앞을 노려본 채, 등 뒤에서 헛숨을 삼키고 있는 아미드
에게 말했다.

"아미드, 너는 분명……."

"……네, 핀 단장님. 저는 이상효과 및 정신오염에 대항
하는『스킬』을 가지고 있어요."

"그럼 너도 괜찮겠네. 다른 사람들은 이 전선에 접근하
지 못하게 해. 제1급 모험자들을 제외하면 전부 적의 수중
에 넘어갈 테니."

『빛가루』가 본격적으로 살포되고 있는 전열 위치까지 와
버리면, 파티는 궤멸의 위기에 빠진다. 그 사실에 아이즈
는 조용히 식은땀을 흘렸다.

"아이즈, 베이트, 손을 빌려줘. 당장 티오네와 티오나의
이상효과를 무효화시킨다."

"썩을……! 저 멍청한 것들이 사람 발목 잡고 앉았어!"

"아미드도 우리를 지원해줘. 아마 네 마법이 아니면『매

료』는 해제할 수 없을 거야."

"……! 아리시아 씨와 나르비 씨는 저버릴 생각이세요? 힐러의 견해를 말씀드리자면, 조기진단과 치료가 필요한 건 그녀들 쪽이에요!"

"전력적 위협은 이쪽이 훨씬 위야. 게다가── 저쪽에는 리베리아와 가레스가 있어."

베이트가 짜증을 내고, 그 말을 가로막듯 아미드가 호소했으나, 핀은 독단과 신뢰로 전황을 확정시켰다.

핀을 비롯한 전열은 조종당하는 티오나와 티오네를.

리베리아와 가레스 이하 중견과 후열은 기생당한 아리시아와 나르비를.

상정은 하고 있었던 협공. 그러나 너무나도 악랄한 책략──『적과 아군의 전력전환』.

티오나, 티오네와 대치하면서 핀은 호수처럼 푸른 눈을 날카롭게 떴다.

"이제까지 성장시킨 힘을 빼앗아 이용다니…… 악취미하고, 정신 나간, 아주 구역질나는 던전이야. 역시 **없애버려야겠어.**"

모두가 동요와 싸우는 가운데, 『용자』는 홀로 누구보다도 냉정하게, 사형선고를 내리듯 단언했다.

제60계층의 기념해야 할 첫 조우전.

마물에 기생당하고, 미궁에 현혹당한 『모험자』와의 전투가 시작된다.

가장 먼저 상황이 변화한 것은 전열 쪽이었다.

『매료』당한 티오나와 티오네가 몸을 휘청휘청 흔들며, 한마디도 없이, 짐승처럼 달려들었다.

"쳇!"

"티오나, 티오네……! 눈을 떠!"

혀를 차는 베이트, 정신을 차리라고 외치는 아이즈의 뒤에서, 핀은 불의의 사태를 차단하겠다는 눈빛을 전방으로 고정한 채 뒤를 향해 목소리를 높였다.

"아미드, 마법으로 해독할 수 있을까!"

"큭……! 불가능해요! 너무 빠릅니다!! 저는 티오나 씨와 티오네 씨를 마법의 효과 범위 안에 포착할 수가 없어요!"

일부러 『해독』이라는 단어를 사용한 핀에게, 아미드는 즉시 외쳤다.

아미드도 많은 전장을 경험해, 멀리 떨어져 있는 모험자들에게 회복마법을 쓰는 재주 등에는 익숙해졌다. 하지만 이번만큼은 차원이 달랐다. 제1급 모험자 사이의 전투는 그만큼 격렬해서, Lv.2의 동체시력으로도 쫓아갈 수 없는 수준이었다.

게다가 티오나와 티오네가 제대로 된 판단력을 잃은 것도 문제였다.

이성을 잃고 본능에 사로잡힌 채 움직이는 아마조네스는 항상 아미드의 예측을 벗어났다.

이동 예상 범위에 마법을 놓아두어 치료할 수도 없었다.

비명을 지르는 듯한 소녀의 대답에, 핀은 낙담도 실망도 하지 않는다.

"역시 움직임을 멈출 수밖에 없겠네."

베이트와 아이즈가 밉살맞게 여길 정도로, 핀은 평정심을 잃지 않았다.

두 명의 Lv.6이 적으로 돌변했다는 악몽 앞에서도 파룸의 표정은 무너지지 않았다.

긴장하지도, 기죽지도 않았다.

왜냐하면, 용자에게는 『절대적 근거』가 존재했기에.

상황의 타개를 믿어 의심치 않는, 맹목적인 주관과는 다른 『객관적 사실』이.

정령이 빼앗은 두 장의 카드와, 핀이 가진 카드는 말 그대로 『자릿수』가 달랐다.

"베이트, 아이즈, 그대로 있어."

다시 말해——『Lv.7』.

"끝낼 테니."

섬광이 내달렸다.

섬광이 내달린 것처럼, 핀이 『Lv.7의 능력』을 해방했다.

신발 밑창이 튕겨내는 지면의 살덩어리가 따라오지 못하는, 초가속.

장창을 가볍게 들고 땅을 기어가는 듯한 초저공자세로 아이즈, 티오네, 베이트, 티오나, 제1급 모험자 네 명이 뒤엉킨 절대투쟁지대에 뛰어들었다.

네 사람의 틈새를 지나, 휘두른다.

창날로 시원시원하게 바람 가르는 소리를 내며 티오나의 **오른쪽 다리 힘줄을 끊고.**

"?!"

가차 없이 **왼발의 힘줄도.**

눈에서 빛을 잃었던 티오나의 표정이 처음으로 경악으로 물들었다.

아이즈와 베이트도 마찬가지였다.

희미한 핏줄기와 함께 두 다리의 힘줄이 절단당해, 소녀들이 얼굴부터 지면에 격돌했다.

"아이즈, 티오나를 잡아!"

"——티오네가 갔어!"

아이즈에게 지시한 것과 거의 동시에, 베이트의 경종.

뒤에서 주먹을 들고 뛰어들려 하는 티오네에게, 핀은 역시나 냉정했다.

"문제없어."

등에 눈이 달린 것처럼 회피하고, 그대로 서로의 위치를 바꾸며 소녀의 뒤로.

창이 휘어졌다.

조그만 손과 가느다란 손가락이 교묘히 움직이자, 피에 젖은 창날과 함께 장창이 번뜩였다.

1초도 안 되는 시간 사이에, 상대의 괴력과 기세를 뒤집어 여전사를 지면에 자빠뜨렸다.

시간의 파편을 흩뿌리며 양팔을 창대에 얽었다.

시계의 초침이 다시 움직이기도 전에, 완벽하게 관절을 굳힌 것이다.

"티오네를 다루는 법은 내가 제일 잘 알지."

모든 것이 순식간에 일어난 일.

소녀의 관절을 고정하고 있는 것은 《스피어 롤랑》.

창대까지 오리할콘으로 이루어진 창은, 아무리 날뛰어도 절대 부러지지 않는다.

애초에 날뛰는 것 자체를 용납하지 않았다. 핀은 자신의 조그만 손 따위는 아랑곳하지 않고 티오네의 머리카락과 함께 뒷머리를 움켜쥐더니, 지면에 내리찍었다.

"우우우우욱?!"

"사고 및 판단 능력 저하…… 위협이라고 해봤자 평소의 티오네 티오나보다 훨씬 떨어지는걸."

순식간에 제압되는 티오나를 본 아이즈는 아연실색했다.

한순간이었다.

한 방이었다.

『최속의 새치기』가, 악몽을 순식간에 제압해버렸다.

"아미드, 영창. 얼른 마법을."

"……, ……, ……!!"

얼어붙어버렸던 아미드가 얼른 영창에 들어가는 동안, 아직도『매료』상태인 티오네가 구속을 풀기 위해 몸부림쳤다.

핀은 힘으로 눌러버릴 수도 있었지만, 소녀의 귀에 입술을 가까이 대고 속삭였다.

"날뛰지 마, 티오네. ——**지금부터 귀여워해 줄 테니까.**"

"————우으으?!"

『매료』에 걸려 있음에도 불구하고『귀여워해준다』는 한마디에 반응을 보이는 여전사.

무언가를 기대하는 것처럼 흠칫! 하고 경련했지만,

"【디어 프라텔】!"

곧바로 성녀의 마법이 발동했다.

베이트까지 합세해 아이즈에게 붙들린 티오나와 함께 순백의 광휘에 휩싸였다.

그렇게 끝이 났다.

제1급 모험자 사이의 충돌이라는 최악의 사태는 단『1분』으로 막을 내렸다.

"로키가 말하는 보상……『립서비스』가 좀 지나쳤나?"

미련스레 경련하는 티오네의 몸에서 가볍게 일어난 Lv.7 용자는 아무렇지도 않다는 듯 그렇게 말했다.

『아하하하아아————————!!』

그리고 진형의 후열 방면.

가증스럽고도 사악한 웃음소리가 울려 퍼졌다.

기생한 숙주의 팔까지 포함하면 총 8개. 거미의 다리와 같은 수의 팔을 구사해, 『여체 거미』는 모험자들에게 맹위를 떨쳤다.

가레스가 라울과 아나키티를 지키고 동안, 『칼날』과 『갈고리 발톱』으로 형상을 바꾼 창백한 팔을 동시에, 몇 번이나, 엄청난 속도로 드워프의 대형 방패를 때려댔다.

"빠르다……!"

"가레스 씨?!"

방패에 꽂히는 팔이 노도와도 같이 불꽃을 뿜고, 아나키티와 라울이 외쳤다.

그 와중에도 크루스가 창을 들고 후방으로 우회하려 했지만, 여체의 겹눈이 뒤룩뒤룩 움직여서는 모든 방향을 주시하고, 자유자재로 늘어나는 팔을 휘두르기 시작했다.

빠르게 바람을 가르는 소리가 연속적으로 울려 퍼지는 검무는 마치 용오름과도 같았다.

까앙! 하고 창이 튕겨나 크루스는 저릿저릿한 손에 욕설을 내뱉었다.

"빌어먹을, 다가갈 수가 없어!"

"아, 아니…… 다가갈 수는 있지만…… 도, 동료랑 같이 베면 안 되잖아, 저거?"

"당연하지! 평소에도 같은 식구끼리 죽고 죽이는 너희랑 똑같이 취급하지 마, 등신아! 아미드가 있는 한, 몸만 무사하면 아리시아랑 나르비는 살 수 있어!"

신음하는 크루스의 옆에서 말을 더듬거리는 회그니가 어렵지 않게 적의 검무를 연달아 튕겨냈다. 극동의 검기를 사용하는 츠바키 또한 카타나로 막기는 했지만, 애꾸눈을 일그러뜨렸다.

숙주의 【스테이터스】에 의존하는지, 적의 잠재능력은 Lv.4 상위에서 Lv.5 정도였다.

나르비와 아리시아의 다리를 움직여 자유자재로, 빠르게 이동하는 데다가, 아리시아에게 기생한 개체는 팔에서 매서운 냉기마저 뿜어냈다.

영창이 없었으니 마법이라고는 할 수 없겠지만, 어엿한 원거리 무기.

마력의 덩어리가 방출될 때마다 그들은 몸을 날려 회피해야 했다.

『여체』의 하단이나 상단의 팔과 마찬가지로, 라울과 아나키티의 무기를 든 나르비와 아리시아의 팔이 완력만으로 휘둘러졌다. 여유의 발로인지 중단의 두 손은 여전히 숙주의 눈을 가린 채.

짜증이 난 츠바키가 『발도』의 기술로 창백한 팔 하나를 절단했지만,

"아, 아, 아앗······?!"

"······! 『재생』을 해?!"

"나르비와 아리시아에게서 마력을 빨아들이고 있는 건가······?!"

『거미의 머리』가 영양을 빨아들이는 것처럼 꿈틀거리고 소녀의 몸이 경련했다.

다음 순간, 『여체』의 창백한 팔이 꾸득거리는 소리를 내며 살을 생성하더니, 원래대로 돌아갔다. 눈앞에서 벌어진 광경에 츠바키와 크루스는 눈을 크게 떴다.

어중간한 공격은 아리시아와 나르비를 약화시킬 뿐.

두 사람까지 말려들 수 있는 마법은 논외.

앞뒤로 꽉 막힌 상황에, 거리를 둔 레피야도 낯을 일그러뜨리며 무력감에 주먹을 쥐고 있으려니,

"뭐, 떼어내는 수밖에 없겠구먼."

『네──?』

최소한의 정보 수집을 마치고, 그렇게 결론을 내린 가레스가 도끼와 방패를 버렸다.

버리고는, 겨우 **한 걸음을 내딛는 것으로**, 어느샌가 『여체 거미』의 배후를 차지하고 있었다.

맹렬한 검무에도 아랑곳하지 않고 육박한 드워프는, 오른손으로 『여체』의 옆구리를 으스러져라 움켜쥐고, 왼손으로 기생당한 나르비의 어깨를 붙잡더니── 강제로 뜯어냈다.

『으갸아아아아아아아아아아아악?!』

"우와아아아아아아아아아아아악?!"

옆구리를 붙들린 채 떨어져 나간 『여체』가 피를 토하며 비명을 질렀다.

허리에 박힌 『거미 머리』가 드드드득! 하고 뜯겨져나가자 나르비가 몇 번씩 경련하며 절규했다.

『거미』의 가위날에서 늘어진 은청색 다발, 굳이 명명하자면 『마물의 신경』이라 할 만한 조직은 나르비와 단단히 동화되어 떨어지지 않으려 했지만, Lv.7의 드워프 앞에서는 소용없었다.

나르비의 왼쪽 어깨에서 떨어진 손이, 노출된 신경다발 그 자체를 움켜쥐고, 이번에야말로 뿌리째 뽑아버렸다.

『끼익——끼이이익!!』

나르비의 눈가에서도 창백한 손이 미끄러져 떨어지고, 숙주를 잃어버린 『여체거미』는 고통을 버티면서도 무구한 소녀 행세를 내팽개쳤다.

가레스가 붙잡고 있는 『여체』 부분을 순식간에 썩게 만들어, 『거미』 본체에서 철퍼덕 분리되는가 싶더니, 속박에서 벗어난 기세를 그대로 실어, 이번에는 가레스의 왼쪽 팔에 돌기를 박아버린 것이다.

추악한 거미는 이번엔 이 드워프에게 기생하려 했던 것이다.

그러나.

"잘 알았네. 『알』을 심는 게 아니라 『뿌리』를 내리는 타입이었구먼."

『?!』

"모험자를 토양으로 삼아 양분을 빨아들인다…… 역시 『더럽혀진 정령』은 식물의 일면이 진한 모양이야."

굵은 팔뚝—— 혈관이 불거질 정도로 비대해진 근육에 가로막혀, 신경다발을 꽂을 수가 없었다.

갑옷보다도 단단한 근육이, 오히려 『거미』의 신경다발을 조이면서, 기생하기는커녕 구속해버렸다. 『신경독』을 주입하려 했지만 그것도 불가능했다.

근육이 근육이고 근육인 나머지 모든 것을 무력화해버리고 말았다.

다시 말해 그것은 『Lv.7』이라는 숫자가 수반된 근육의 절대방벽이었다.

몬스터가 뚜렷한 경악과 공포를 품고, 그러거나 말거나 느긋하게 생태를 살피던 가레스는 천천히 오른손을 뻗어선 겹눈과 함께 거미의 안면을 움켜쥐었다.

"어디, 『마석』의 위치도 알아볼까?"

『꾸뷰우?!』

짓이겨진 과일처럼 거미의 안면이 터져나갔지만, 육체가 재로 돌아가지는 않았다.

"그럼 여체의 발원지이기도 한 여기, 복부인가——."

피를 뿜으며 꿈틀꿈틀 경련하는, 남겨진 『거미의 복부』.

그것을 붙잡고, 다시 한번 짓이겨버렸다.

쏟아져나오는 피와 살 속 깊은 곳에서, 손아귀에 남은 단단한 감촉.

『극채색 마석』을 장악한 가레스는 그것마저도 단숨에 부숴, 담담하게 잿더미로 바꿔버렸다.

"이제 알았나? 배를 뚫겠구나── 아키, 라울."

가레스는 이 잔인무도한 해체 쇼와도 같은 처치 방법을 적에게도, 아군에게도 톡톡히 보여주고 있었다.

한쪽은 동포의 처참한 말로에 겁을 먹고 경직되어버린, 아리시아에게 기생한 『여체 거미』.

한쪽은 괴물의 약점을 깨닫고, 『미지』를 『기지』로 바꾸어 이미 질주하고 있던 후배들.

뒤랑달 속성의 나이프를 든 라울과 아나키티는 분노에 찬 나머지 두 눈을 부릅뜨고, 흠칫 반응한 몬스터의 뒤로 달려들었다.

"하아아아아아!"

"당장, 떨어져!!"

『끼이이이이익?!』

엉겁결에 휘두른 팔을 라울이 베어 날려버리고, 그 동작에 맞춰 품으로 파고든 아나키티가 『거미의 복부』에 나이프를 꽂았다.

살을 꿰뚫어, 정확하게 『마석』을 파괴했다.

『끼시이이이이이이이이이이이이이이이이이이이이이이이이

이이이이이익————?!』

『예체 거미』는 부들부들 온몸을 경련하며 비명을 지르고, 터져나갔다.

무수한 재를 머금은 폭발이 발생했다.

이것이 제60계층 첫 번째 전투 종료의 신호.

힘없이 쓰러지는 엘프와 휴먼에게로, 라울과 아나키티가 얼른 달려갔다.

"……얼려버릴까도 생각했다만, 야만적인 드워프 같으니."

중견 위치.

섬세하게 힘을 가감한 『빙결마법』을 발동하려던 리베리아가, 들고 있던 지팡이를 내려놓으며 쏘아붙였다.

한 점의 동요도 없이, 웃음의 기척조차 띠지 않는 왕족의 입술. 레피야를 포함한 엘프들은 그것을 빤히 바라보고만 있었다.

"…………멧돼지 자식도 그랬지만…… Lv.7은, 진짜 무법지대야…… ."

마지막으로, 회그니.

기생형 적을 상대하면서, 육체의 강도만으로 『기생되지 않았다』는 말도 안 되는 모습을 보여준 드워프를 향해, 울먹이듯 중얼거리고 있었다.

무수한『거미』들이 꿈틀거리고 있다.

　으스스한 보라색 불빛으로도 걷어낼 수 없는 어둠 속에서, 무수히 많은 안광을 드러낸 채, 끔찍할 정도로.

　그런『거미』중 한 마리에게, 너무도『거대한 그것』가 손을 뻗었다.

　그그그극, 하는 기괴한 살덩어리 소리를 내며, 손을 뻗어 손을 뻗고, 손가락을 뻗고, 손톱 끝에『거미』를 얹었다.

　『친구, 되지 못했어…….』

　마계의 심장부에서,『거대한 그것』은——『그녀』는 중얼거렸다.

　쓸쓸해하듯.

　서글퍼하듯.

　아쉬워하듯.

　『바라 너도 슬프지?』

　자신의 손가락을 타고 움직이는『거미』를 사랑스럽게 바라보며, 그런 이름으로 불렀다.

　극채색 거미『바라사이트』.

　어떤 괴인이 붙여준 기호.

　마력 공급 관계상『더럽혀진 정령』의 본체 부근, 다시 말해 이『마계』가 아니면 제대로 움직이지 못하는 가엾은 몬스터이자, 정령의『유사 권속』을 만들어내는 ——정확히 말하자면 신의 권속을 빼앗아오는—— 추악한 기생거미다.

적합한 그릇과 영혼이 아니면 만들어낼 수 없는 괴인의 열화조정형이기도 했다.

　『바라사이트』의 기생은, 괴인만큼의 출력은 내지 못하는 만큼, 숙주를 가리지 않는다.

　이윽고 『그녀』는——『더럽혀진 정령』이라는 이름의 괴물은, 웃었다.

　『그럼…… 부숴버려야겠네에♪』

　무구한 사악이 희열을 품는다.

　자신의 손가락을 타고 움직이는 거미를 아무런 망설임 없이 질컥, 짓이겨버리며.

🦇

　"【그렇기에 열어라. 하늘로부터 내려온 낙루, 땅으로 향하는 성천(聖泉)】——【티어드 웰】."

　순백의 매직 서클이 전개되었다.

　매직 서클 한복판에 누워있는 것은 아리시아와 나르비. 몸을 안쪽에서 능욕당한 두 사람의 몸은 지금도 『거미 다리』가 파고든 것처럼 울룩불룩했고, 이따금 생각났다는 듯 경련을 일으키며 피를 토했다.

　이처럼 고통스럽게 눈을 감은 엘프와 공허한 눈빛을 한 휴먼을 감싸는 것은 신성한 빛, 만이 아니었다.

　4개 정도의 원통형으로 낮게 떠오른 매직 서클 내에, 순식간에 맑은 『성수』가 가득 차올랐다.

크기는 분수 정도. 보는 이들에게 그야말로 『샘』을 연상케 하는 것이었다.

놀라는 모두의 앞에서, 아리시아와 나르비는 물에 잠기고, 신발과 양말을 조심스럽게 벗은 아미드도 『샘』 안으로 들어갔다.

그 광경 옆에서, 크루스는 이를 드러내며 어금니를 갈았다.

"징그러운 거미 놈들을 죽였는데도 『뿌리』가 몸속에 남아 있다니……!"

"그러게. 원래 이런 『겨우살이』는 심어놓은 몬스터를 처치하면 사라지는 법인데…… 아마 몬스터를 만들어내고 있는 『더럽혀진 정령』이 원인일 거야. 본체를 처치하지 않는 한, 사라지지 않고 숙주를 괴롭히는 거지. 구역질이 멈추질 않는군……."

그의 옆에서 기품 있게 눈살을 찡그린 것은 리베리였다.

처치가 지나치게 어렵다고 말하는 하이엘프의 감상을 듣고, 걱정스러운 표정을 짓던 아이즈는 백은의 성녀에게 눈을 돌렸다.

"두 사람, 나을 거 같아……? 아미드."

"늦지만 않았다면요. 예전에 몬스터의 『알』이 심어졌던 환자를 본 적이 있어요. 외부에서 아무리 치료해도 의미가 없을 경우…… 저의 『마법』으로 안쪽부터 **씻어내겠습니다**."

대답하며, 성스러운 샘을 가로지른 아미드는 아리시아
와 나르비의 곁에 무릎을 꿇었다.

아미드의 두 번째 마법, 【티어드 웰】.

만능회복마법 【디아 프라텔】과 달리 즉효성은 없지만,
샘에 잠긴 대상자의 체력과 마인드를 서서히 회복시킨다.
게다가 성수를 안쪽으로 흡수시키면 강력하면서도 복잡한
독이나 『이물질』을 직접 성멸(聖滅)시키는 효과도 겸비했다.

가령, 몬스터의 단순한 『독』이라면 【디아 프라텔】로 해독
할 수 있다. 그러나 궁병이 쏜 독성 화살촉이 몸속에 잔류
했을 경우, 마법을 받은 순간에야 독소가 사라지겠지만,
원천을 배제하지 못하면 독은 다시 몸을 잠식해 해결에 이
르지 못한다. 【티어드 웰】은 후자에 대응하기 위한, 『안쪽
에 매우 강한』 회복마법이었다.

성수는 피부를 통해 몸속 구석구석까지, 비유가 아니라
정말로 침투해, 수술 없이도 이물질을 찾아내 파괴하고 씻
어낸다.

넓은 의미로 『영역마법』에 속하는, 말하자면 『진지형성』
의 마법이며, 아미드 전용 『집중치료실』이기도 했다.

"아미……드…….."

"말하지 마세요, 아리시아 씨. …………보아하니 몬스터
의 『뿌리』는 벌써 두 분의 신경과 거의 융합된 됐던 것 같
네요. **상상을 초월하는 고통**이 찾아오겠지만…… 일단 파
괴하고 다시 만들겠습니다."

"······?!"

"날뛰지 마세요. 갑니다——."

눈에 띄게 흠칫 놀라는 아리시아의 두 어깨를 꽉 누르고 물속으로 가라앉히는 아미드.

몸속에서부터 빛나는 듯한 성스러운 광채가 엘프의 몸에서 솟아나며 물속에서 현란하게 난반사하는가 싶더니——뽀골뽀골뽀골뽀골뽀골뽀골뽀골?! 하고.

이내 어마어마한 양의 기포가 발생했다. 아리시아의 입에서.

절규의 기포였다.

성수가, 융합된 『뿌리』와 함께 온몸의 신경을 『에~잇』하며 잔혹할 정도로 파괴했다가는 『잘했어 잘했어~』 하고 상냥하게 수복해주는 악몽 같은 현상이, 겁에 질린 모두의 눈앞에서 일어나고 있었다. 그들 앞에 펼쳐진 성스러운 샘은 천국이 아니라 지옥이었다.

조금 전보다도 더 경련하는 엘프의 팔다리가, 어디에 그런 힘이 남아 있었는지, 첨벙첨벙 수면을 두드려냈지만, 상냥하게 잡아주는 듯하면서도 Lv.2의 완력으로 물속에 구속하고 있는 진지한 표정의 성녀가 탈출을 허락하지 않았다.

이윽고, 푸슈욱! 하는 처참한 소리와 함께, 아리시아의 얼굴 주변 수면이 붉게 물들었다.

코피였다.

『뿌리』를 없앨 때 생겨난 찌꺼기인지, 몸 밖으로 사출된 폐수 같은 시커먼 분비물도 섞여 검붉어졌다. 심지어 다리 사이 쪽에서는 성수와는 다른 체액이 분비되어, 은은한 이취가 피어났다.

실금이었다.

하지만 그것마저 성수가 순식간에 정화해 아리시아의 흑역사는 즉각 사라졌다.

통증에 강한 제2급 모험자라도 쇼크사할 수 있을 만한 고통과, 이에 대한 생리적 반응.

이를 바로 옆에서 목격해버린 나르비는 멍했던 눈동자에 급격히 빛을 되찾고는 부들부들 고속으로 떨기 시작했다.

젖은 앞머리가 드리워져 눈이 보이지 않는 엘프의 익사체(삥)가 수면 위로 두둥실 떠오르는 가운데, 성녀의 다음 표적은 불쌍한 소녀로 옮겨간다.

레피야와 아나키티를 비롯한 여성진은 온갖 의미에서 저 『거미』에 기생 당해서는 안 되겠다고, 아미드의 마법에 신세를 져서는 안 되겠다고 가슴에 새겼다. 저 샘은 여자의 존엄절대파괴 수영장이다. 남자도 마찬가지겠지만.

얼마 지나지 않아 나르비가 뽀골뽀골뽀골?! 푸슈욱!! 하고 선배 엘프와 같은 최후를 맞이했다.

"⋯⋯⋯⋯나도⋯⋯ 저랬어⋯⋯⋯⋯?"

【검은 바람】의 반동으로 고통스러워하던 자신도, 까딱 잘못하면 저 신체험 성수 침수 치료──자신은 맥주병이

라 정신적 공포를 더하면 울트라 이중고――를 겪었던 것은 아닐까 하고, 아이즈는 부들부들 몸을 떨기 시작했다. 약간 안짱다리가 되어서.

"이 마법은, 별로 쓰고 싶지 않아요. 자연치유로 끝날 수 있다면 그보다 좋을 게 없고, 환자에게 큰 부담을 주게 되니까요."

"……그렇겠네."

코피나 실금 따위는 부끄러움으로 여기지도 않는 성녀가 쏴아 소리를 내며 샘에서 일어났다.

아이즈는 인형처럼 뻣뻣해져 고개를 끄덕이고 있었지만,

"그리고 제게도 한계가 있습니다. 완전히 잃어버린 육체의 일부는 복원할 수 없고, 무에서 유를 창조할 수 없죠. 그리고 『영혼』의 손상과 침식도 치유할 수 없고요. ……레피야 씨의 친구분도 그랬어요."

이어진 말에, 흠칫했다.

괴인화란, 『마석』이 육체는 물론이고 『혼』과도 강하게 유착하는 것을 뜻한다.

【스테이터스】에도 영향을 미치는 것이 그 증거. 『보옥 태아』에 기생했을 때도 마찬가지다.

아미드의 추측을 들은 아이즈가 자기도 모르게 뒤를 돌아보자, 선황색 머리카락의 엘프 소녀는 고개를 숙인 채 친구가 남긴 검을 가만히 내려다보고 있었다.

"아이즈 씨. 【검은 바람】을 사용했던 당신에게도, 그런 면모가 있었다고…… 저는 그렇게 진단했어요.”

　“……!”

　“일개 힐러로서는, 두 번 다시 사용하지 않겠다고 약속해 주셨으면 해요. ……부디, 부디 주의해주세요.”

　발로 수면을 가르며 샘에서 올라와 스쳐 지나가며, 아미드는 그렇게 속삭였다.

　행사의 대가로『영혼』의 일부가 깎여나갈 수도 있다. 길었던 후유증도 그 편린.

　암암리에 그렇게 말하는 성녀에게, 아이즈는 조용히 손을 꼭 쥐었다.

　이윽고, 코피를 흘리는 나르비가 두둥실 수면 위로 떠올랐다.

　“나…… 어떠케, 살아이써요……?”

　“……아미드 씨니까.”

　“……【데아 세인트】니까.”

　아직 제대로 혀가 돌아가지 않는 소녀에게, 샘 옆에서 몸을 숙인 라울과 크루스는 그 말밖에 할 수 없었다.

　『소생 일보 직전의 치유가 가능하다』는 성녀의 뇌명은 결코 허언이 아니었다.

　원래 같으면 탈락했어야 할 모험자의 목숨을 건져내는 그 솜씨는 이,『마계』에서도 통했다. 핀의 발탁은 더할 나위 없는 정답이었다.

　그러나 원래 기적이란 대가를 요구하는 법.

나르비의 곁에서는, 앞머리 사이로 투명한 눈물을 주륵 흘리는 아리시아가 상심한 것처럼 부들부들 떨고 있었다.

"――야, 다 끝났으면 빨리 좀 와!"

그때, 『결계』 밖에서 노성이 날아들었다.

라울과 동료들이 돌아보니, 그곳에는 수많은 괴물―― 식인꽃, 거대 애벌레, 기생 거미 등등 이제까지 교전했던 극채색 몬스터들이 총출동해 떼로 몰려들고 있었다.

이를 가로막고 있는 것은 핀, 가레스, 베이트, 회그니, 츠바키.

리베리아가 전개 중인 방어마법 제3계위 【비아 실헤임】 에 다가오지 못하도록, 겨우 다섯 명이 원진을 펼친 채 수적 열세를 버텨내고 있었다.

"뭔가, 너무 강해서 다섯이서도 괜찮을 것 같았는데 말임다⋯⋯."

"응, 이 정도로 습격이 이어지는데 안 도와줬다간 후환이 두려우니까⋯⋯ 주로 베이트 씨가."

결계 내에서 아미드의 『마법』이 어떻게 될지를 지켜보고 말았던 라울과 크루스는 겸연쩍은 듯 『마검』을 꺼냈다. 그리고 리베리아 쪽을 살폈다.

대결계마법의 목적 중 하나는, 아리시아와 나르비를 안전하게 치료하는 것.

그리고 또 하나는, 이미 주변 일대에 살포되기에 이르렀던 『빛가루』로부터 자격 없는 이들을 지키는 것이었다.

"조금만 더 기다려라. 이제 겨우 아리시아와 나르비의 일행의 회복이 끝났으니. 지금부터『매료 대책』을 실시하겠다."

리베리아는 지팡이를 들며, 화를 내는 베이트의 등에 대고 대답했다.

기생 거미의 위협 외에도, 이『마계』에는 내분을 유발하는『매료』의 함정이 존재한다. 지금 결계 밖에서 싸울 수 있는 이들은『내성』평가가 G 이상인 자들뿐.

싸울 자격이 없는 이들은『빛가루』를 밀어내는 이 결계 내에서 대기하라는 명령을 받았다.

『내성』평가가 G에 도달한 아이즈와 함께.

'핀의 말대로…… 적들이 나를 노리는 거야?'

극채색 몬스터들은 더 이상 그 움직임을 숨기려고도 하지 않았다.

모든 몬스터가 아이즈를 향해 달려왔다.

아이즈가 표적이 되었음을 깨달은 핀은, 다른 이들과 함께 결계 안에 머무르도록 지시했다. 앞으로는『미끼』로 이용하기 위해 힘을 보존해두라는 말과 함께.

자신을 노리는『더럽혀진 정령』의 의지를 아이즈도 분명히 느끼고 있으려니, 아미드가 리베리아에게 의견을 제기했다.

"리베리아 님, 상태 이상 대책이라면 저도 할 수 있어요. 여러분께 인챈트를——."

"마인드의 총량은 내가 더 높다. 아리시아와 나르비를 부활시켰듯, 앞으로 너만이 할 수 있는 일이 반드시 생길 거다. 지금은 양보하거라."

리베리아는 핀을 대신하는 지휘자의 눈으로 아미드의 제안을 거절했다.

레피야 쪽도 흘끔 쳐다보고, 자신의 마법을 다룰 수 있는 『2번 타자』가 있다는 것도 행간으로 내비치며. 극단적으로 말해, 만약 마인드 다운에 빠진다 해도 리베리아의 마법은 레피야가 대체할 수 있다.

선황색 머리의 엘프도 고개를 끄덕이자, 아미드는 잠시 침묵하더니 "실례했습니다"라고 말하며 한 발짝 뒤로 물러섰다.

"【나의 이름은 알브】──【리브 일시오】!"

발동한 것은 방어마법 제1계위.

회복효과 증가와 이상 내성 상승──대상자의 『내성』에도 얹혀지는 강화 상승──을 부여한다. 엄밀히 말하자면 버프(지원)에 속하는 방어마법이다. 제2계위인 【베르 브레스】보다 희미한 녹색 빛이 대성수의 잎사귀 형태를 취하며 모두의 안으로 빨려 들어갔다.

아리시아와 나르비를 포함한 모두에게 마법이 걸린 순간, 결계가 풀리고, 모험자들의 역습이 시작되었다.

마검에 마법, 아이즈의 바람에 이어지는 과감한 유격.

지원포격까지 더해진 반격전 끝에, 적의 무리는 금세 전멸했다.

참고로, 티오네와 티오나는 아직도 리베리아 옆에서 기절한 채였다.

"『매료』?! 동료를 공격해?! 우리가?! 웃기고 앉았어어어! 내가 단장님을 덮쳤다니이~~~!!"

핀을 덮치는 건 늘 있는 일 아닐까 생각하지만 아무도 입 밖으로는 내지 않았다.

적의 공격이 끊어지고, 대열을 재정비해 미궁을 나아가는 동안, 깨어난 티오네는 티오나와 함께 무슨 일이 일어났는지 듣고 날뛰어댔다.

분노해 꽥꽥 발악하는 언니의 옆에서 동생도 소리를 질러대고 있었다.

"나도 열 받아~~~~!! 미안해, 아이즈, 핀~! 그리고 아미드도!"

"나한테도 뭔가 할 말 있지 않냐, 썩을 아마조네스……."

"저도 미안해요 단장니~~~~~~~~~~~~~~임!! 이래선 아내 실격이죠~~~~~~~!!"

악의라고는 한 점도 없이 내추럴하게 자신을 언급하지 않는 자매에게 베이트의 분노가 치밀었다.

그녀들 또한 리베리아의 방어마법을 받아 더 이상 『매료』될 위험성은 없다. 그렇다고는 해도 제60계층이라는 깊이의 미궁에 어울리지 않을 정도로 소란스러웠지만,

"늘 긴장하거나, 언제 죽일지 모르는 분위기로 살벌하게 있는 것보단 훨씬 낫지……."

라고, 외부인인 회그니는 몸을 최대한 웅크린 채로 소곤 소곤 중얼거렸다.

이 떠들썩한 분위기가 【로키 파밀리아】의 강점 중 하나 인지도 모르겠다는 말과 함께.

"두 번 다시 이런 일 없을 거라고 맹세할게요오!"

"헹, 과연? 하지만 어차피 난동 피워봤자 아까처럼 핀한 테 당해버리겠지. 또 꼴사납게 얼굴 처박혀 있어라."

"──잠깐안!! 무슨 일이 있었는지 자세히 말해봐아아 아!! 나 혹시, 엄청난 포상을 받았던 거야아?!"

"야, 왜 기뻐하는데. 하지마 오지마 잡지마 엑 저리가 이 바보 아마조네스으으으?!"

비아냥거리려다가, 연료 투입된 용광로와도 같이 폭주 한 아마조네스를 본 늑대는 비명 섞인 노성을 질렀다.

전열이 시끄러운 가운데, 중견 위치에서는 나르비와 아 리시아가 동료들에게 위로를 받고 있었다.

"나르비…… 정말 괜찮습까……?"

"아뇨, 이미, 생각할 수 있는 것 중에서 최악으로 엉망진 창 끔찍한 일을 당했으니까…………… 이제 죽는 것 말고 는, 이보다 더 밑은, 없지 않을지…… 콜록콜록!"

"너 의외로 멘탈 쎄구나……."

짐을 지고 자기 발로 걷는 휴먼 소녀를 라울이 걱정하

고, 크루스가 반쯤 어이없어했으며,

"엘프는 꺾이지 않아! 설령 더럽혀져도 긍지는 잃지 않
아……! 반쯤 아미드에게 모욕을 당한 거나 마찬가지지
만…… 마음 꺾이면 약한 종족이란 소린 듣지 않겠어……!"

"아, 아리시아……."

바로 옆에서는 아리시아가 괴로운 얼굴로 중얼중얼 몇
번이나 자기암시를 중얼거리고 있었다.

온통 금이 간 자긍심을 지키려는 요정의 모습에 아나키
티스는 아무 말도 할 수 없었고, 레피야도 걱정스러운 표정
으로 뒤를 힐끗힐끗 쳐다보았다.

이때, 늘 파티의 컨디션을 주시하는 핀의 지시가 날아들
었다.

"리베리아, 아리시아의 머리 좀 쓰다듬어줘."

"…………한 번뿐이다."

"엑, 엇, 리베리아 님 왜 갑자기…… 앗, 안돼안돼안돼요,
이런 더럽혀진 몸에 가까이 오시면——— 아~~~~
~~~~~~~~~~~~앗?!"

파티 후방에서 영광과 행복의 목소리가 솟아났다.

정신붕괴 일보직전까지 갔던 아리시아의 마음은 금세
회복되었다.

뛰어난 지휘관인 핀 디무나는 멘탈 관리에도 빈틈없었
다. 단, 실천은 다른 사람에게 맡긴다.

에인헤랴르 엘프들은 강렬한 질투의 눈빛을, 레피야는

살짝 부럽다는 눈빛을 아리시아에게 보냈다. 얼굴을 붉힌 다크엘프는 필사적으로 두 손으로 두 눈을 가리며 보지 않으려 애썼다.

"딱딱한 분위기도 풀리고, 이제 평소처럼 싸울 수 있으려나……라고 생각했더니, **왔구면.**"

자기 취향에 맞는 파티의 분위기에, 안대를 하지 않은 오른쪽 눈을 가늘게 뜨고 있던 츠바키는 왼손 엄지로 칼코등이를 밀어냈다.

작은 진동이 순식간에 미궁 전체의 요동으로 이어졌다.

위기를 감지한 모험자들은 일제히 후방으로 뛰었다.

다음 순간, 지면의 살덩어리가 갈라지며 거대한 『용』이 모습을 드러냈다.

『오오오오오오오오오오오오오오오오오오오오오오오오오 오오오오오오오!!』

"저 용은 뭐야?! 저런 건 처음 봤어?!"

"저건…… 아마『베놈 스카이 센티피드 드래곤』."

"이 60계층보다도 훨씬 아래, 67계층의 몬스터다. 제우스와 헤라의 기록에 남아 있었지."

67이라는 숫자에 모두가 자기도 모르게 가레스와 리베리아 쪽을 보고 말았다.

괴물의 전장은, 최소 50M.

초대형에 필적하는 거대한 몸은 여러 개의 마디로 이루어져 있었으며, 셀 수 없이 많은 짧은 다리가 꿈틀대는 모습은 그야말로 『지네』라는 한 마디로밖에 표현할 수 없었다. 문제는 거대한 날개를 가진 유익종(有翼種)이며, 어엿한 『용종』이기도 하다는 것. 몬스터 중에서도 가장 강력한 종족인 용종의 잠재능력은 무시무시해, 몸을 흔들면 대지가 부서지고, 가만히 서 있는 것만으로도 어설픈 마법 따위는 튕겨낼 것이다.

광택을 띤 자남색 비늘.

강인한 용린을 묵직하게 두른 그 모습은 『갑룡』이라 불러도 좋을 것이다.

역전의 모험자들이 보기에도, 공수 양면에 빈틈이 존재하지 않았다.

『베놈 스카이 센티피드 드래곤』.

Lv.7에 필적하는 용종 몬스터였다.

"게다가…… 저것도 『기생』당한 것 같아."

로이먼에게 제공받은 길드 문헌의 정보와 시선 너머에 있는 존재를 대조한 핀은 금세 그 『이물』을 알아차렸다.

용은 폭포처럼 침을 쏟으며 끊임없이 몸을 뒤트는가 싶더니, 『변이』를 개시했다.

뿌득뿌득 소리를 내며, 머리에 묻혀있던 거대한 『구체』를 드러낸 것이다.

게다가 그곳에서는, 번데기로부터 우화하는 나비처럼 『이물』인 『거대한 여체』가 출현했다.

『아아아아아아아아아아아아아아아아아아아아아아아아

아아아~~~~~~~~~~~~~~~~~~~~~!!』

『데미 스피리트』!"

용의 머리에서 탄생한 사위스러운 『여체』에, 모두가 그 이름을 외치고 있었다.

공간 상공을 우아하게 너울거리는 거대한 모습은 『날개를 펼친 부이브르』라는 표현이 가장 적합했다. 크기도, 발산되는 마력도 차원이 다르기는 했지만.

"여기보다도 아래 층역의 몬스터를 잡다, 『보옥 태아』를 심어놓았단 거야……?"

눈앞의 현실을 받아들인 라울이 식은땀을 닦으며 말했다.

설명이 필요 없는 난적. 제59계층에서 교전했던 『데미 스피리트』보다도 훨씬 강한 것은 틀림없었다. 일단 기생한 몬스터의 힘부터 자릿수가 달랐다.

한때 패배할 뻔했던 강적이, 이 『마계』에서는 그저 관문일 뿐.

그 사실에 제2급 모험자들이 헛숨을 삼켰다.

『오오오오오오오오오오오오오오오오오오오오오오오오오오오오오────!!』

"회피!"

용의 입에서 솟구쳐나온 섬광에, 모험자들은 핀이 지시하기도 전에 몸을 날렸다.

가공할 폭발이 일어나는 동시에, 모두 제각각 흩어져 회피했다.

푸른색 살덩어리가 튀고, 지면의 살덩어리가 도려져 나가고, 푸른 기둥이 소리를 내며 무너졌다.

"전열은 산개! 츠바키, 회그니도 흩어져서 공격에 가세해! 아키는 나랑 같이 가자!"

"알겠습니다!"

"나 이젠 그냥【로키 파밀리아】일원처럼 취급당하고 있어어……."

"리베리아는 중견과 후열을 통솔해 한 곳에 모여 있어! 전선을 지원해! 가레스와 레피야는 수비수 및 요격! 적의 공격으로부터 리베리아 쪽을 사수해!"

잇달아 날아드는 지시에 아나키티가 고개를 끄덕이고, 이제는 리베리아를 지키는 역할에서도 제외된 회그니가 훌쩍거렸다. 리베리아가 『데미 스피리트』와 거리를 두면서 즉시 『진형』을 구축하는 동안, 레피야는 가레스와 함께 중견 멤버들 앞에 서서 물리와 마력의 방패를 언제든 전개할 수 있는 자세를 취했다.

"우선은 너희를 보호하는 결계를 치겠다. 아리시아, 네가 엄호사격을 지휘하거라. 긍지가 더럽혀진 채 끝내려 하지 말고!"

"웃…… 네!"

"멜루나와 너희도 아리시아의 신호에 맞춰!"

""""알겠습니다!""""

일부러 자극하는 듯한 말로 아리시아의 마음을 분기시

키는 리베리아의 왕명을 받들어, 【프레이야 파밀리아】의
엘프들도 따랐다. 아미드가 이미 영창에 돌입한 가운데,
라울을 비롯한 중견 멤버들도『마검』으로 엄호사격에 가세
하려 했으나,

"……라울."

"……당연히 오겠죠."

기생 거미를 중심으로, 주변에서 속속 나타나는 극채색
몬스터의 무리에 작전을 변경할 수밖에 없었다. 파티의 핵
심인 리베리아와 아미드가 당하지 않도록, 누구의 지시도
기다리지 않고 라울, 크루스, 나르비는 주위로 포격을 개
시했다.

"다리를 노려서 땅에 떨어뜨리려 해봤자, 떠다니고 있
구먼."

"뭔 상관이야. 다리가 날개로 바뀌었을 뿐인데. 걷어차
추락시켜주지."

"그래도 힘들 것 같은데~."

대형급 대책의 정석이 통하지 않는다고 투덜거리는 츠
바키에게 베이트가 코웃음을 치고, 무기를 가진 라울에게
다녀온 티오나는 무기를 《블레이드 롤랑》에서 우르가로
바꾸었다.

자신을 제외한 제1급 모험자들이 임전태세로 전환하는
것을 지켜보며, 아나키티는 동료들의 우려사항을 민감하
게 알아차렸다.

"단장님……."

"**평소처럼** 해, 아키. 계층 터주와 붙는다는 생각으로, 평소처럼 싸우면 돼."

창대로 어깨를 툭툭 두드리는 여유마저 보이는 핀은, 흔들림이 없다.

이 관문을 앞에 두고, 얄미울 정도로 승리를 의심하지 않는다.

그런 용자가 있기에 【로키 파밀리아】의 사기는 떨어지기는커녕 오히려 올라가는 것이다.

핀의 옆모습을 가만히 바라보던 아나키티도 고개를 끄덕였다.

"나하고 가레스는 아까 실컷 날뛰었어. 이번에는 『나머지 Lv.7』에게 활약할 기회를 줘볼까."

❤

"『마계』라는 표현이 정말 딱인걸. 이 파티가 아니었다면, 지금쯤 얼마나 전멸을 반복하고 있었을지……."

오쿨루스에 비친 『이 세상의 종말과도 같은 전투』를 보며, 길드의 지하제단에 선 펠즈는 긴 한숨을 내쉬었다.

"위협의 정도는 역시 변이된 크노소스를 웃도는 것 같은데…… 어떻게 생각해, 우라노스?"

"적은 여전히 전력을 아끼고 있군. 그 점을 감안하더라도『파벌연합』측이 약간 유리하다. 그러나【브레이버】와 나머지 둘이【랭크 업】하지 않았다면 위험했겠군."

"그 정도는 신이 아니라도 알아. 보급수단이 전혀 없는데 다들 잘 싸우네."

역시 동료가 되면 이렇게나 든든하다며, 펠즈는 우라노스와의 대화를 이어나갔다.

그들에게 준 오쿨루스를 통해『원정』의 동향을 지켜보던 펠즈와 우라노스는 현재 진행형으로 제60계층의 정보를 수집하면서 분석을 진행했다.

원래는 이곳에 없어야 할 제삼자까지 데려와서는.

"그야 당연하제~! 지금 우리 얼라들은 슈퍼 얼티밋 모험자 아이가! 디러븐 정령이 다 뭔데~~!"

"신 로키…… 이래 봬도 엄숙한 제단이니까, 음주는 삼갔으면 좋겠는데……. 그리고 시끄러워."

"뭐 어때서 그라는데, 펠땅~! 이런 음침한 데서 지켜볼라카믄 술 한두 병은 있는 기 기분도 살아난다 아이가!"

"펠땅……."

직접 가져온 나무 테이블이며 몇 병이나 되는 술을 지참한 로키에게, 펠즈는 여러 가지 의미에서 말문이 막혔다.

『나도 아이들 생중계 보여줘』라고 우라노스에게 직접 담판하러 왔던 것은『원정』전의 일이었다. 현재 개최되고 있는 오라리오피아드는 물론이고, 그전에 열렸던 신회에도 참가하지 않은 채【파밀리아】의『원정』조정——츠바키나 아미드를 빌려달달라고 헤파이스토스나 디안 케흐트, 그 밖에도 여러 조직과 주점에서 술을 마시며 『담판』을 짓고 온 로키 식의 매너——에 분주했던 여신은, 이것만은 꼭 들어달라고 쳐들어왔던 것이다.

"핀이랑 수뇌진도 【스테이터스】의 『어긋남』을 없애는 조정을 시간 들여서 단디 다져왔다 아이가~! 이제 우리 얼라들한테 구멍은 없데이~!"

제단 위의 신좌에서, 눈의 움직임만으로 시끄러운 여신을 내려다보는 우라노스는 주의 한 마디 주지 않았다. 아무리 얼굴이 붉어져도, 전혀 취하지 않은 주홍색 눈동자는 권속들의 안부를 지켜보고 있다. 도시의 창설신은 그 사실을 꿰뚫어보았다.

조금 전 아리시아와 나르비가 거미에게 기생 당했을 때는 펠즈가 겁을 집어먹을 만큼 분노에 휩싸이기까지 했다. 지금도 지하제단 한쪽에는 그녀가 난동을 부리는 바람에 박살이 나버린 술통의 파편이 모여 있다.

"……이 『마계』는 항상 아래 계층의 공격을 받아왔다고 보는 편이 타당하겠군."

"그렇겠제? 『정령』이 여그다 집 짓는 바람에 다른 몬스터들 심기가 불편해진기라. 아님 던전이 없애라꼬 명령했거나. 이딴 더러븐 데 만들라꼬 나름 고생은 했겠제. …… 괴인 같은 넘들 역할은, 사실은 아래쪽에서 치고 올라오는 걸 막는 『방파제』였을지도 모른데이."

펠즈의 추측에, 술잔을 기울이던 로키도 긍정의 뜻을 보였다.

과거 제60계층을 답파했던 제우스와 헤라의 미궁탐색은 15년 전부터 중단되었다.

따라서 최장『15년간』.

그만큼 긴 세월을 들여, 『더럽혀진 정령』은 이 계층을 자신의 상자정원으로 바꾸어 버렸다는 뜻이 된다. 어머니인 미궁에서 태어나, 계층을 타고 올라와『정령』의 정원을 위협하는 침략자(몬스터)는 끊이지 않았을 것이다.

그리고 지금, 이『마계』는 그런 아래 계층의 침략을 막아낼 수 있을 정도로 견고해진 것이 틀림없다. 아까 펠즈가 말한『위협의 정도』로 따진다면, 이 제60계층의 난이도와 악랄함은 이미 이보다 낮은 층역을 넘어섰을 가능성마저 있다. 60이라는 숫자는 이미 모험자를 혼란에 빠뜨리는 지표가 되어가고 있었다.

——크노소스의 결전에서 라울이 마지막으로 봤다 카는『용』의『데미 스피리트』.

——그것도 원정맨치로 이 60계층보다 밑에서 포획해 온 개체였을지도 모르제.

이『센티피드 드래곤』과 마찬가지로, 라는 말을, 로키는 술과 함께 입속으로 흘려넣어 녹여버렸다.

"던전도 당혹스러워하고 있다……고 말하는 편이 옳겠지.『더럽혀진 정령』의 근원은 틀림없이 우리가 보낸『대정

령』일 텐데, 몬스터에게 흡수된 시점에서 이미 그 본질은
『괴물』에 가까워지고 말았다. 저것을 이물이라 간주할지,
자신의 자식이라 간주할지 판단하기 힘들어하고 있겠지.”

　『저거노트』라는 면역세포를 보내지 않은 채, 계층의 지
배를 놓쳐버린 것도 그것이 원인일 거라고 우라노스는 단
언했다.

　모든 면에서 이질적인 영역에, 로키는 조그맣게 중얼거
렸다.

　“지저분한 『미지』 아이가, 진짜루…….”

　그들의 시선 너머, 수정의 안쪽에서 흉악한 빛이 연쇄적
으로 번뜩였다.

　──미쳤어.

　멜루나 슬레아는 그렇게 생각했다.

　『마계』라고 이름이 붙은, 이 『던전』 그 자체도.

　정말, 진짜로, 절대 인정하고 싶지 않지만, 그런 『마계』
에게 한 발짝도 물러나지 않고 싸우고 있는, 저 『아니꼬운
놈들』도.

　“정령기, 들어어어어어어어어어어어어!”

　시원찮은 상급모험자 최최상위 대표여야 할 【하이 노비
스】의 격한 목소리가, 방향을 가리키는 손가락이, 밀려드

는 거대한 포격을 적확히 막아냈다.

『용』 타입의 『데미 스피리트』가 날뛰는 이 세상의 종말과도 같은 전장에 더해, 그 전장 자체를 포위하는 무수한 『대(大) 매직 서클』. 기둥에, 천장에, 바닥에, 심지어 허공에까지도 펼쳐진 수많은 포문을 보며, 멜루나를 비롯한 【프레이야 파밀리아】의 엘프들은 전율의 도가니 속에 빠졌다.

순수한 파괴력만 떼어놓고 보면 **추정 Lv.8 이상인** 『데미 스피리트』만으로도 위협적인데, 여기다 결정타로 막대한 화포를 쏘아대는 극악한 미궁. 불꽃, 얼음, 번개, 빛, 어둠, 제각각의 속성을 가진 포섬(砲閃)이 핀이 있는 전열, 리베리아가 있는 후열을 가리지 않고 없애려 한다. 그것을 【로키 파밀리아】 놈들은 지금도 막아내며 버티고 있는 것이다.

밀려드는 포화의 소나기를 대형 정령기로 능수능란하게 상쇄한다. 애초에 방어는 최종수단이며, 일단 **포격 그 자체를 쏘지 못하게 한다.** 대 매직 서클이 허공에 출현해 포격하기까지 최소 3초. 그 짧은 시간 동안 【하이 노비스】 이하 서포터 그룹이 『마검』을 사방팔방 날려 대 매직 서클을 파괴해, 적확하게 침묵시키는 것이다.

마검의 사격이 닿지 않는 거리에 대 매직 서클이 전개되면,

"【퓨절레이드 팔라리카】!"

수비하라는 명령을 받은 【사우전드 엘프】는 반칙 같은

【더블 카논】스킬을 병용해 광역사격을 날려버린다.

　【몰아쳐라, 폭풍】!"

　한때 자신들의 단장과 악귀 같은 수련을 했던 【검희】는 『바람』의 힘을 구사해 기둥이며 천장을 박차고 말 그대로 종횡무진 초고속이동을 전개해, 돔 형태로 뿌려진 대 매직 서클을 해체한다. 특히 전자가 흉악했다. 대 매직 서클을 섬멸하는 것과 함께, 불화살의 절반을 데미 스피리트에게 쏟아부어 전열의 지원까지도 양립시키고 있었다. 언뜻 보기에는 체급으로 밀어붙이는 것 같지만, 예정조화처럼 역할분담과 대책이 제대로 돌아가고 있었다.

　물론, 상처 하나 없이 무사할 수 있었던 것은 아니다.

　서포터도 모험자도 열선에 타버린 팔에서 연기를 내뿜고, 찢어진 뺨에서 선혈을 흘린다. 하지만 그마저도 【데아 세인트】가 다루는 치유의 빛이 전부 없었던 것으로 만들어주니, 모두가 전장에 최선의 활약을 공급해대고 있었다.

　──미쳤어.

　대 매직 서클의 포격 외에도, 덤벼드는 극채색 몬스터에게 절찬 대처 중인 멜루나 일행은 그것을 바라보며 희롱당하고 있을 수밖에 없었다. 충격을 받으면서도 몬스터를 계속해서 퇴치할 수 있었던 것은 이미 오기였으며, 경애하는 주신 프레이야의 이름을 더럽히지 않기 위해서였다.

　결정적이었던 것은 한 차례, 왕족의 결계 안에 있는 자신들의 발밑, 다시 말해 미궁의 바닥에 포문이 피어났을 때였다.

바로 아래에서 솟구친 흉악한 빛을 얼굴에 받았던 멜루나는, 짧은 주마등과 함께 죽음을 각오했다.

하지만 초장문영창을 진행하던 리베리아가 쳐다보지도 않고 지팡이 끝—— Lv.7의 마력이 담긴 물미를 꽂아, 기습 발동 따위 애초에 있지도 않았던 것처럼 없애버리고 말았다. 멜루나는 위대한 하이엘프를 칭송하기 전에 힘이 빠져 바닥에 주저앉을 뻔했다.

——미쳤어!

같은 말을 마음속으로 두 차례 세 차례, 한층 더 힘차게 외쳤다.

크노소스 공략전 당시, 너희는 이딴 초포격전에 계속 노출되어 있었던 거야?

멜루나가 무심코 그렇게 중얼거리자, 옆에 있던 동포, 【엘리프(순결의 정원)】가 대꾸했다.

"그때보다 지금이 더 격렬해! 여러분은 운이 안 좋았다고밖에는 못하겠어!"

——지금 장난해?!

그렇다면 지금, 과거보다도 더 처절한 포격전을 버텨내고 있는 너희는 대체 뭐냐고!

"그보다 엄호사격이 부족해! 주변의 잡졸들은 라울네한테 맡기고, 우리 엘프들은 전선에 화력을 집중하자!"

——제정신이야?!

재들은 우리랑 같은 Lv.4고, 제1급 모험자도 아니야!

　숫자도 부족하고, 힘도 우리보다 떨어지는 그런 모험자들에게 어떻게 등을 맡기란 거야?!

　"재들은 정령기로 포격의 궤도를 바꿔서 자기네끼리 공격하게 만들 수도 있어! 지금만이라도 좋으니까, 엘프 못지않은 고결함을 가진 그들을 믿어줘!"

　실제로 그 말이 맞았다.

　방금 전까지만 해도 마물에게 기생 당해 꼴사나운 모습을 보였던 휴먼 소녀, 시앙스로프 청년과 함께 밀려드는 포격의 궤도를 바꾸고, 달려들려 하는 거미들을 일소해버렸다. 아연실색한 멜루나 일행에게 으스댈 틈도 자랑할 여유도 없이, 거칠게 팔로 얼굴을 닦으며 다음 사격에 대응하고 있었다.

　그 모습은, 정말로 장엄하고, 고결했다.

　──나는.

　"……우리는, 저 어수룩한 광대 파벌보다 강할 거라고, 이제껏 자부하고 있었는데……!"

　──멜루나 슬레아는『예니테 숲』의 엘프였다.

　고향의 대성수 내에는 수많은 서적을 모아놓은 도서관이 세워질 정도로, 동포들 내에서도 특히 지식욕이 강한 요정들. 그중에서도 멜루나의 지식욕은『힘』과『전쟁』에 기울어져 있었다. 마을 사람들에게는『야만적이다』라고 비난을 받았지만, 지금은 마을 밖에서 수많은 권속들이 활약하는 신의 시대다. 정말로 야만적인 폭력을 제압하기 위해서라도, 힘의 비밀을 해명하는 것은 멜루나의 마음속에서는 비난하는 동포들을 경멸할 만큼 당연하고도 필연적인 일이었다.

마을을 뛰쳐나와, 미궁도시의 문으로 들어섰다.

절세 미신의 눈에 들어 큰 영예를 얻어, 폴크방에서 힘을 연마해왔다.

자신에게 진정한 폭력──검은 용이라는 이름을 가진 종말의 화신──을 물리칠 만한 소질은, 『영웅의 그릇』은 없다는 것은 일찌감치 깨달았다. 같은 요정인 흑백 기사들의 뒷모습을 보며 굴욕을 삼킬 수밖에 없었다. 하지만 그것은 힘의 규명을 멈출 이유는 되지 않았다.

모든 것을 타파할 힘도, 바람보다 빠른 발도, 탁월한 검기 없다면 마법의 기술을 갈고 닦는다. 그마저도 주위 사람들보다 뒤떨어진다면, 자신을 이 『영웅의 도시』로 몰아붙였던 두뇌 그 자체를 갈고 닦는다. Lv.4에 이르러 헤딘에게 지성과 이성을 인정받을 정도로, 멜루나는 힘의 규명과 확장을 계속 실천해왔다.

그렇게 에인헤랴르 중에서도 이단적이었으며 두뇌 명석한 멜루나이기에 이해할 수 있었다.

흑백의 기사를 처음 만났을 때처럼, 다시 한번 굴욕을 삼킬 수 있었다.

【로키 파밀리아】보다 『개인』의 힘은 멜루나 일행이 더 강

하다. 절대적으로 강하다. 적어도 같은 레벨의 권속끼리라면 【프레이야 파밀리아】가 무조건 강하다.

하지만 그들은, 부족한 부분을 서로 보완하고 신뢰하며, 『개인』의 힘만으로는 넘어설 수 없는 이 『마계』를 능가하려 한다.

"『개인』이 아닌 『동포』의 힘…… 세상이 필요로 하는 것은, 이쪽의 힘인가——."

그렇게 인정하지 않을 수 없었다.

눈앞에 펼쳐진 것은 그만한 광경이었으며, 일종의 전능감이자, 빛 그 자체였다.

자신들이 쏘는 마법을 등지고 『영웅들』이 용종 괴물에게 덤벼든다. 『영웅들』을 지탱하기 위해, 자신과 같은 힘의 규명과 확장을 끊임없이 실천한다—— 영웅이 될 수 없더라도 지금 이 순간을 끊임없이 저항하는 이들이, 폭화의 소용돌이를 물리친다.

"——이런 날이 올 줄이야."

정말, 진짜로, 절대적으로 아니꼬운 일이지만, 조금은 인정해주지 않을 수 없었다.

인정하지 않는다면 멜루나 일행은 에인헤랴르로서, 자랑스러운 엘프로서 더는 앞으로 나아가지 못할 것이다.

좌우에 서 있는 동포, 레스탄과 타나도 자신의 눈을 돌아보며 고개를 끄덕였다.

비굴함과는 거리가 먼 미소를 머금고.

멜루나도 당연히 미소로 대답했다.

"하지만 그렇다고 질 수는 없지!"

위대한 왕족만이 아니다.

힘을 빌려줄 만한 가치가 있다.

시원찮다고 경멸까지 했던 【하이 노비스】를 비롯해, 【로키 파밀리아】의 모험자들을 인정한 에인헤랴르들은, 독불장군식 전술에서 벗어나, 질쏘냐고 어깨너머로 배운 연계를 발휘해, 전장의 제압에 크게 공헌하고 있었다.

『우우우우우우우──?! 【메테오 스웜】!』

격렬한 요정들의 응사, 다른 파벌 사이의 보기 드문 연계.

이런 요소들까지 맞물려 전선의 압력이 증대되는 가운데, 『데미 스피리트』가 고통과 분노의 노래를 내뱉었다.

고속영창으로 발동하는 특대 마법.

지하 공간임에도 불구하고, 인지를 초월한 유성우가 머리 위에서 쏟아져내린다.

"【비아 실헤임】!"

한층 거대한 매직 서클에서 출현한 검은 빛의 운석이 잇달아 파괴의 소용돌이를 일으키는 가운데, 레피야가 즉각 대응해 소환마법으로 하이엘프의『결계마법』을 행사했다.

리베리아가 미리 설치해둔 결계 위에 겹쳐, 이중의 대결계로 운석군의 맹공을 막아낸다.

"크으으으으으으으윽~~~~~~~~~~~~~~~~~~~?!"

"버티거라 레피야!"

연결된 스태프를 꽉 쥔 채 무릎을 굽힌 엘프 소녀에게, 결계 밖에 있던 가레스가 격려를 보냈다.

대형 방패를 들고 뛰어오르며 운석을 막고 있는 드워프는 비상식적이었다.

결계에 보호받는 것이 아니라 결계를 보호하려는 그 모습은 무시무시한 폭발에 휩싸이면서도 부서지지 않았다. 스미스의 긍지 때문에 이제까지 결코 만들려 하지 않았던 츠바키에게 기어코 제작하게 만들고야 만 오리할콘 방패와 함께, 폭발해 연기를 피우면서도, 하나라도 더 많은 운석을 막아냈다.

중견 위치를 보호하는 결계 내부, 자신의 바로 뒤에서 초장문영창에 들어간 리베리아의 숨결을 느낀 레피야는 굵은 땀방울을 흘리면서 마력을 쥐어짜냈다.

"포격태세로 들어갔다! 움직임이 둔해졌어! 이번에야말로 쓰러뜨린다!"

가공할 포격음에도 묻히 않는 용자의【커맨드 하울】.

주위의 극채색 몬스터들까지 끌어들여 파멸시키는 폭우 속에서, 전열의 모험자들은 신들린 듯한 회피로 누구 하나 직격당하지 않은 채, 잇달아 머리 위에 있는『데미 스피리트』에게 덤벼들었다.

구속마법【리스트 이오룸】으로 이미 한쪽 날개를 붙잡은

티오네가 급상승해 할버드를 꽂았다.

푸른 기둥을 걷어차고 도약하는 베이트와 티오나가 강력한 발차기와 대쌍인을 작렬시켰다. 츠바키와 회그니 또한 선뜩선뜩한 월륜의 참격으로 몇 번이나 베어댔다.

핀은 어떤가 하면, 철저히 서포터 역할에 집중하는 아나키티에게 투창을 받아, 지휘하는 틈틈이 정확무비한 저격으로 용의 날개를 꿰뚫고 있었다.

『여체』 부분이 마법 행사에 들어간 시점에서, 자유롭게 행동할 수 있는 것은 하반신에 위치한『용』 부분뿐이다. 그리고 그것만으로는『파벌연합』의 반격을 완전히 회피하는 것도 반격하는 것도 불가능하다. 기생당한『센티피드 드래곤』이 고통의 비명을 터뜨렸다.

"【포효하라, 폭풍】!"

마지막으로 푸른 기둥에 **착벽**한 아이즈는 필살의 자세를 취했다.

리베리아의 마법을 기다리지 않고, 낯을 일그러뜨린『데미 스피리트』의 핵을 파괴하고자, 자신을 일점돌파의 신풍으로 바꾸려 한다.

"릴——"

하지만, 그때.

미궁 심장부, 가장 깊은 곳에서 새어 나오는 독살스러운 보라색 광채가, 비웃기라도 하듯 일렁거렸다.

그 직후, 노도와도 같이 **미궁 구조가 변동했다.**

"뭐지?!"

"『살덩어리』가 솟아오르고 있어————?!"

츠바키의 혼란과 함께 티오네의 외침이 푸른 살덩어리의 포효에 묻혀버렸다.

지면에서, 천장에서, 푸른 기둥 그 자체에서 폭력적인 양의 기둥이 끝없이 사출되어, 모험

자들을 묻어버리려 했다.

'파티의 분단——?!'

시야에 넘쳐나는 푸른 살덩어리의 벽에 가로막혀 이제는 동료들의 모습을 볼 수 없게 된 아이즈는 적의 목적을 깨달았다.

이 광대한 게임판을 유일하게 부감할 수 있는 게임 마스터, 『더럽혀진 정령』의 소행이다. 데미 스피리트를 투입한 진짜 목적은, 한 덩어리가 되어 행동하던 그들을 뿔뿔이 흩어놓는 것.

구역질이 날 만큼 고혹적으로 입가를 틀어올리는 정령의 입술이 환시로 보이는 듯했다.

아군의 분산은커녕, 숫제 이대로 잡아먹으려는 듯한 기세로 사방에서 밀려드는 푸른 살덩어리의 추악한 주둥이에, 아이즈가 눈을 크게 뜬 순간.

"【레아 라바테인】."

고요하고 엄숙한 선언이 막대한 마력의 메아리와 함께 떨어졌다.

비웃음을 태워버리는 업화가 현현했다.

『——아아아악?!』

쏟아지는 무수한 홍련.

아이즈를 잡아먹으려던 살덩어리를, 티오나와 베이트를 분단했던 기둥을, 모조리, 예외 없이 소각시켰다. 발밑에 전개되었던 초거대 매직 서클에서, 역행하는 대폭포와도 같이 사출되는 불기둥——Lv.7에 도달한 『도시 최강 마도사』의 전방위 포위섬멸마법에 『데미 스피리트』는 절규했다.

아이즈는 환시에 이어 환청을 들었다.

『데미 스피리트』의 절규와 겹쳐진, 『게임 마스터』의 처절한 비명을.

어머니처럼 자신을 보호하는 불길에 에워싸인 채.

"그 수법은 이미 질렸다."

적과 아군을 가리지 않고 전율케 한 리베리아는, 들고 있던 마장 《마그나 알브스》를 내리며 말했다.

"크노소스에서 실컷 맛보았던 너희의 전략이지. 두 번

다시 통하리라 생각하지 마라."

오리할콘『문』에 의한 파티 분단.

그리고『제단』으로 변해, 형태는『제물』을 표방했던『마성 크노소스』의 살덩어리 범람.

자신들을 몇 번이나 괴롭혔던 책략과 필살을, 그들은 이미『기지』로 바꾸었다.

따라서『기지』는 더 이상 그들에게 통하지 않는다.

"그리고, 한 마디 해두지."

Lv.7의 전방위 포위섬멸마법은 이미『대 미궁제압마법』이라 해야 할 정도였다.

위대한 매직 서클로 적과 아군을 식별하는 업화의 불기둥들은 아연실색한 동료들에게는 상처 하나 입히지 않고,『데미 스피리트』와 유동하는 푸른 살덩어리, 그리고 극채색 몬스터들만을 정확하게 태워나갔다.

그로테스크하고도 환상적이었던 푸른 공간은, 이미 무자비한 대염계(大炎界)로 전락했다.

"책략을 발동하는 타이밍이 허술하다. 함정을 발동할 때의 악랄함이 부족하다. 너의 그릇은 에뉘오의 발밑에도 미치지 못해."

비취색 눈을 가늘게 뜨며,『게임 마스터』를 통렬하게 비아냥거린 말.

그것이 이『마계』의 유일한 약점이다.

내 대사 훔쳐 가지 마, 라고 어딘가의 파룸이 어깨를 으씩하며 입가를 치켜 올렸다.

"어, 그러면⋯⋯."

홍련의 겁화가 여전히 거세게 솟아나, 온몸이 불타 고통스러워하는 『데미 스피리트』의 고도가 낮아지는 가운데, 그 자리에 가장 가까이 있던 검은 그림자가, 춤을 추었다.

크노소스에서 한 차례, 백색 왕족과 함께 싸웠던 다크엘프는, 대마법의 마지막 마무리를 거침없이 실행했다.

한순간 붙어 있던 천장을 박차고, 바로 아래로, 짓쳐들었다.

"미안── 목숨은 받아갈게."

『기이이익?!』

그 사과가 누구를 향한 것인지는 확실치 않았다.

다만 팩트로서, 애검인 커스 웨폰을 발동시켜, 대형 장검처럼 참격의 범위를 늘린 회그니는, 정령의 목을 베어 날려버렸다.

추악한 짝퉁 정령은 더 이상 노래할 수 없었다. 허공에 춤을 추는 모가지에도 아랑곳하지 않고, 다크엘프는 남은 일을 처리하고자 포격에 노출되었던 마석마저도 갈라버렸다.

용은 부르르 몸을 떨듯 움직임을 멈추더니, 폭산.

재는 고열의 흙먼지가 되어, 착지한 다크엘프와 모험자들에게 쏟아졌다.

『앗 뜨거!!』

『더럽혀진 정령』은 배를 움켜쥐고 비명을 질렀다.

『아파, 아파!』

두 팔로 온몸을 감싸 안으며, 몸속의 격통을 견디려는 것처럼 몇 번이고 몸을 뒤틀었다.

『무서워, 무서워!』

이윽고 무구한 소녀처럼 울기 시작했다.

굵은 눈물이 탑의 잔해처럼 쏟아져 철퍽, 철퍽 지면의 살덩어리를 요란하게 뒤흔들었다.

폭포 같은 비는 그치질 않았다.

마계의 여왕을 향해, 주위에 숨어있던 몬스터들이 안절부절못하는 듯 꿈틀거렸다.

두 손으로 얼굴을 가리고 몸을 움츠렸던 정령이 천천히 고개를 들었다.

『그러니까아…… 또 도와줘어, **레비스으~~~?**』

그곳에 떠오른 것은 추악한 웃음.

아픔과 고통과 공포가 순식간에 쾌락으로 반전하는, 망가진 정서.

정령의 눈에는 난쟁이로밖에 보이지 않는 그림자는, 눈꺼풀을 열고, 기대앉아있던 벽에서 천천히 일어났다.

선언한다.

파멸의 숙명은 흔들림이 없다.

『종말』의 도래는, 변함이 없다.

4장

세
계
에

고
해
진

종
말

Гэта казка іншага сям і
канец свету

© Kiyotaka Haimura

아득한 먼 옛날, 『그 녀석』은 모험자였다.

동료들과는 죽이 맞지 않는 외톨이 늑대.

심지어, 마음에 들지 않으면 같은 신의 피를 이어받은 권속이라 하더라도 살육전까지 벌여, 진짜로 생명을 빼앗았다.

주신, 그 여자가 하는 말은 늘 이해할 수 없었으며, 그래도 방치된다는 것을 빌미로, 그저 힘과 자극만을 추구해 미궁에 내려갔다가, 강자와 싸우는 하루하루를 선택했다.

아직 신들이 강림한 지 얼마 되지 않은 시대.

『신과 영웅의 도시』라 불리기 시작한 그 도시에서, 많은 사람들과 신들이 미궁의 『구멍』에 완전한 뚜껑을 덮으려 하고 있었다.

그런 가운데, 일부 예외가 있었다. 혼돈을 좋아하는 유쾌범 신들이었다.

『신과 영웅의 도시』는 시작되었을 때부터, 세력의 차이는 있었지만, 이미 『정사(正邪)』의 파벌로 갈라져 있었다.

그 녀석이 속했던 것은, 그렇게 압도적으로 적은 『사(邪)』 쪽이었다.

애초에 세계를 구한다는 그딴 고상한 이유 따위는 없었다.

신들이 말하는 『핵 앤 슬래시』——.

다시 말해 『그저 싸우고, 그저 이기고, 그저 계속 강해져라』.

그 녀석에게는 그거면 충분했다.

너희 신들도 그런 걸 좋아하잖아? 라고 꿰뚫어 보며 내뱉었다.

그 녀석은 힘을 좋아했다.

강함은 심플해서 좋다. 강한 만큼 자신의 뜻을 관철할 수 있다.

질서 따위는 진심으로 역겨웠던 그 녀석은 그렇게 생각했다.

무엇보다도, 충족되었다.

생명을 서로 빼앗는 행위는.

생명이 오고 갈 때에야 비로소 뚜렷한 『열』을 느낄 수 있었다.

그 『열』이야말로 그 녀석이 살아가는 보람이었다.

텅 빈 몸에서 태어나는 『열』이 오직 그 녀석의 감정을 움직여주는 유일한 것이었다.

미궁에 넘쳐나는 괴물 상대라도 상관없었다.

같은 모험자라도 상관없었다.

벨 때마다 발생하는 고양감이, 베일 때마다 발생하는 고통이, 늘 죽어있던 얼굴에 웃음을 맺어주었다.

그러므로 그 녀석에게 과도한 질서는 불편한 것이었다.

그렇기에 『정(正)』에 속한 권속 놈들과 목숨을 걸고 싸우는 것에 대해, 불만은 없었다.

그 녀석은 투쟁을 계속 추구했다.

시간과 장소를 가리지 않고, 『열』과 『감정』을 원했기에.

그리고 어느 날.

그 녀석은 죽었다.

미궁 깊은 곳에서, 자신보다 강한 괴물에게 죽었다.

그뿐이었다.

그뿐이었는데, 그 녀석은 지독히 후회했다.

꼴불견인 것도 정도가 있지만, 죽고 싶지 않다고, 그런 생각을 해버렸다.

강함은 심플하고, 그렇기에 무엇보다도 잔혹하다. 그 녀석이 약한 존재를 짓밟아왔던 것처럼, 언젠가 자신보다 강한 존재에게가 짓밟히리란 자연의 섭리를 이해하지 못했다.

외톨이 늑대인 그 녀석은 언제나 혼자 미궁에 내려가고 있었다.

그러므로 그 녀석을 구해줄 동료 따위는 없었다.

주마등이 달렸다. 압도적인 절망과 미련이 마지막 순간에 밀려들었다.

죽고 싶지 않아. 죽고 싶지 않아. 누가 좀──.

그렇게 생각한 순간이었던 것 같다.

『좋아.』

악마의 속삭임처럼, 그런 극채색의 광채가 『나』의 마음을 태웠던 것은.

그런 일이——.

분명, 있었던 것 같다——.

지독히 까실거리는 생각 속에서, 흐려져 가는 나의 파편을 건지면서, 그런 생각을 했다.

"【퓨절레이드 팔라리카】!"

수없이 전개된 매직 서클에서 포격이 발사되기도 전에, 【더블 카논】을 기동시킨 레피야의 광역공격마법이 발동했다.

팔찌 형태의 매직 서클이 단숨에 확대되었다. 그것은 선황색의 포구가 되어 사각 전체를 뒤덮는 범위를 한꺼번에 파괴했다.

『~~~~~~~~~~~~~~~~~~~~~~~~~~~~우우우?!』

파괴된 것은 청백색 벽과 기둥뿐만 아니라, 그 뒤에 몸을 숨기고 있던 식인꽃과 기생 거미들.

일제포화 뒤에 남은 것은 연기를 피우며 불에 타 버린 『마계』와, 재를 피워올리는 몬스터의 잔재뿐이었다.

"아까 미궁에서 포격이 시작되길래, 드디어 시작했구나

하고 자세 잡았는데…….”

“응…… 우리의 정령기보다 레피야의 마법이 더 빠르네…….”

“아크스 씨 같은 분들한테, 깃발 사용법을 그렇게나 열심히 배우고 준비해왔는데…….”

“나랑 베이트네 부대는 이렇게 밀어붙여서 크노소스를 공략했거든. 그때 펑펑 날뛰어대던 레피야도 익숙해졌을 거야.”

저마다 다른 색의 정령기를 든 채 모여 있던 라울과 크루스는 이제 자신들의 필요성이란? 하고 허무감에 휩싸였다.

나르비 또한, 그들과 함께 크노소스 최종결전에서는 사로잡힌 【데메테르 파밀리아】의 인질 구출을 위한 예비대 역할을 맡았기 때문에 『초포격전』을 경험하지 못했다. 그렇기에 이번 『원정』을 위해 면밀히 훈련하고 체득한 정령기의 사용법과 전법이 울고 있다며 어깨를 축 늘어뜨렸다.

마지막으로 레피야를 자랑스러운 여동생처럼 여기는 아나키티는, 아까의 보스전에서 파티를 잘 지원해주지 않았느냐고 웃으며 위로하는 것을 잊지 않는다.

『데미 스피리트』를 돌파한 후, 『마계』의 습격은 패턴을 바꿨다.

몬스터가 아닌, 예전의 크노소스처럼 미궁 자체가 전개하는 포격을 주체로 삼은 것이다.

하지만 그것도 【로키 파밀리아】에게는 재탕.

핀은 악마적인 선견지명으로 레피야와 리베리아를 비롯한 마도사들에게 지시를 내렸고, 덕분에 적의 마법은 발동하기도 전에 선제공격에 모조리 무력화되었다.

벽과 기둥이 파괴되었을 경우, 조성의 재생을 우선시하는 것은 원래의 던전과 마찬가지.

매직 서클이 나타날 때마다, 마도사들은 포격을 퍼부어 적의 『초포격전』을 저지해낸 것이다.

"마력 덩어리라고도 할 수 있는 저 푸른 보옥…… 저건 미궁의 포격에도 작용하는 것 같군. 이제부터는 보옥을 발견하는 대로 파괴해라."

"""알겠습니다!"""

『정령』의 마력이 흘러들어 매직 서클이 전개될 때마다, 기둥이며 벽에 박힌 예의 『푸른 보옥』은 붉은색이며 노란색의 공격색으로 물들고 있었다. 리베리아의 눈이 『마계』의 구조를 꿰뚫어보면, 명령을 받은 【프레이야 파밀리아】의 멜루나 일행은 재빨리 보석을 파괴했다.

보옥은 금방 재생되었지만, 매직 서클이 펼쳐질 기척은 일시적으로 멀어졌다.

앞으로 나아가는 데에는 그것만으로도 충분했다.

"역시 후열이 충실하면 던전은 편해지는구먼."

"이상 사태에 대응할 수 있는 카드가 늘어나는 거나 마찬가지니. 아미드까지 더해지면, 극동에서 말하는 『호랑이에게 날개 단 격』 아니겠나."

후열에서 색적을 게을리하지 않던 츠바키의 말에 가레스도 고개를 끄덕였다.

던전 탐색은 대인전과는 다르다.

조건에 따라서도 다르겠지만, 일대 일 전투에서는 분명 전열이 유리하다. 그러나 던전에서는 압도적으로 후열이 중시된다.

후열에서 가장 필요한 인재는? 이라는 질문을 받았을 때, 신들이 대뜸 『『리베리아 리요스 알브!』』라고 단언했다는 일화가 있을 정도였다. 저 헤딘 셀랜드마저 "공격밖에 능력이 없는 나보다도 방어, 회복까지 홀로 해내시는 그분이 훨씬 유능하다"라고 했을 정도였다.

공격, 방어, 지원을 완벽히 해내는 리베리아는 『만능특화』라는 말도 안 되는 지위를 확고히 차지하고 있다. 『도시최강 마도사』라는 이름도, 결국 모든 상황에 대응할 수 있는 그녀의 성능에서 비롯된 것이다.

그리고 그 관점에서 보았을 때, 가장 장래가 촉망되는 마도사는 리베리아의 마법까지도 소환할 수 있는 레피야밖에 없다.

"사전에 준비해두면 느닷없이 포격을 할 수 있다니 반칙이잖아, 평범하게 생각해봐도. 벨 크라넬이 쓰는 무영창마법보다 굉장하지 않나……."

"나루비 씨. 그 이름 제발 꺼내지 마세요. 쓸데없이 화력을 발휘해버릴 것 같으니까."

"너 무서워 레피야……."

"많이 성장했다고 생각했는데 성가신 성격은 여전하다니까, 레피야는."

"티오네가 할 소리가 아닌 것 같은데~."

나루비와 레피야의 대화를 민감한 귀로 엿듣던 티오네는 전열에서 몰래 웃고, 티오나가 그 말을 흘려넘기며 말했다.

리베리아보다 화력은 몇 단계 떨어지지만, 레피야는 기동력이 좋다.

리베리아가 영창하는 간극을 레피야가 메워줄 수 있는 【로키 파밀리아】는 이상적인 전술을 체득하는 중이라고 할 수 있었다.

리베리아가 스승이 되어 길러내고 염원했던 형태에 가까워지고 있다.

무시무시한 『마계』에서도 통하는 이 모습이야말로, 공략 파티에 한순간의 여유와 안심감을 가져다주는 요인이자, 제60계층에서도 막힘없는 진행을 이어나갈 수 있는 이유이기도 했다.

다른 요인을 들자면,

"모든 것을 꿰뚫어 보는 신의 눈은 고사하고, 사람의 전략안조차 없다……. 아까도 말했지만, 이것이 『마계』의 유일한 약점이겠군."

"동감입니다. 『더럽혀진 정령』의 의지에 따라 계층 전체가 움직이는 탓인지, 핀 단장님은 상대의 수를 모조리 간파하고 계세요. 이렇게 되면 무슨 생각을 하고 있는지 전혀 알 수 없는 던전 쪽이 차라리 더 소름끼치고 성가시죠."

리베리아의 말에, 옆에서 걷던 아미드가 수긍했다.

은발을 찰랑거리는 그녀는 동시에, 크노소스에서의 전투가 자신들에게 엄청난 경험치를 가져다주었다는 것을 새삼 깨달았다.

아이러니하게도, 그 고통과 슬픔을 넘어선 결과, 수뇌진은 물론이고 그 아래의 단원들까지도 제60계층에 순응할 정도의 성장을 보인 것이다.

만약.

정말로 만약.

이번에도 게임 마스터가 『에뉘오』였다면, 이미 한두 번은 전멸의 비극을 겪었을지도 모른다——는 말은 절대 입밖으로 내뱉지 않았다.

그들은 이미 『에뉘오』를 타도하고 이곳에 있다.

『마계』를 공략해나가는 이 흐름은 그들이 자신의 손으로 붙든 것이다. 그 전과와 공적을 자랑스럽게 생각해야 한다.

아미드는 그렇게 믿고, 공략 멤버들과 함께 걸어나갔다.

"……보라색 빛이……."

제60계층 공략을 시작한 지 이미 11시간이 지났다.

틈틈이 보급을 마쳐두었으므로 아직 체력과 마인드에는

여유가 있는 가운데, 주변의 경치가 변하기 시작했다.

푸른 인광이, 안쪽에서부터 스며 나오는 독살스러운 보라색에 침식되고 있었다.

계층 심장부가 가까워졌다는 것을 깨달은 모험자들은 말문을 닫았다.

심장 고동이, 전신을 흐르는 혈류가 서서히 강해지던 아이즈도《데스퍼러트》의 손잡이를 꼭 쥐었다.

그리고.

"여기가……."

계층의 종점.

넓었다.

너무 넓은 나머지, 어떤 의미도 찾을 수 없을 정도로 광활했다.

푸른 경치는 변모해, 원래 미궁을 이루었던 조성이, 푸른색 살에서 보라색 살로 변모했다.

보라색 기둥이 뻗어나온 방향은 발밑이 아니라, 천장. 이제는 기둥이 아니라『살덩어리 거목』이라고 불러야 하는 것이 대공간의 머리 위에서 몇 그루, 몇 십 그루나 뿌리를 박고 있었다.

기둥과 벽면, 개미무덤 모양의 덩어리에 박힌 보옥의 개수는 이제 셀 수도 없었다. 보옥의 표면에 일렁이는 농밀한 마력의 광채에, 정령기를 쥔 라울 일행의 손에도 자연스럽게 힘이 들어갔다. 경관이 푸른색에서 보라색으로 완전히 변해버리면서, 이 계층에 발을 들이고 처음 느꼈던 신성함과 환상은 완전히 사라지고, 음산함만이 남았다.

이형의 체내를 방불케 하는 보라색 살덩어리는, 더욱 요사스럽고 더욱 독살스럽게 물들어 있었다.

한복판에 자리 잡은, 이『마계』의『본체』가 뿜어내는 빛에 의해.

"저게, 『더럽혀진 정령』……?"

『뇌』였다.

수많은 고랑이 깊이 파인, 거대한 『뇌』라고 밖에는 말할 수 없는 자남색의 고깃덩어리가, 대공간 중앙의 천장에 자리를 잡고 있었다.

하지만 그것이 정상적인 뇌라고 단언할 수 있을지는 의문이었다.

그로테스크한 표면에서는 살로 이루어진 가지, 혹은 뿌리처럼 보이는 기관이 몇 가닥이나 자라나, 천천히, 미세하게, 질꺽질꺽 꿈틀거렸다. 눈길을 끄는 것은 뇌의 중심부에서 **개안한** 커다란『외눈』이었으며, 탁한 금색 눈꺼풀에 푸른색과 붉은색의 홍채를 가진, 어둠을 응축한 듯한 칠흑색의 눈알이었다. 지금, 그 외눈은 한 점을—— 아이즈만을 똑바로 응시하고 있다.

또한, 『뇌』의 주변에 떠오른 것은 고리 형태의 빛.

매직 서클과도 다른 빛의 고리——헤일로는, 인지가 미치지 못하는 마력으로 엮인 것인지, 파직파직 소리를 내며 스파크를 뿌려댔다. 건드렸다간 감전사보다도 처참한 최후를 맞이하리라. 마도사들은 그 사실을 한눈에 알아차렸다.

마지막으로, 뇌의 밑바닥.

뇌와 이어진 척추처럼, 뱀과도 비슷한 긴 몸이 늘어져 있었으며—— 그리고 그 끝에『그녀』가 있었다.

이제까지 만난 어떤『데미 스피리트』보다도 아름답고 요염하고 끔찍한,『더럽혀진 정령』.

추악한 여신의 화신을 자처하는 그 여체에는 다리가 없었으며, 척추 형태의 부위와 이어진 하반신은 마치 라미아 같았으며, 미끌거리는 연보라색 피부는 사람을 유혹하는 듯한 광택이 있었다. 살이 들어찬 조그만 배꼽, 사람의 머리 정도 크기를 가진 풍만한 유방, 싱그러운 두 팔과 두 어깨, 위팔, 곳곳에 히에로글리프와도 비슷한 각인이 새겨져 있었다. 자남색 장발은 작은 폭포처럼 늘어져 있었다.

머리에는 세 개의 눈.

고혹적인 붉은 두 눈 외에도,『뇌』와 같은『외눈』이 이마에 박혀 있었다.

그 외눈의 주위에서 뻗어나온 돌기는 모두 4개. 다홍색의 뿔은 오우거의 것과는 달라, 그야말로 여왕의 왕관처럼 보였다.

"우웃……?!"

아이즈는 그 전모를 보고 구토감을 느꼈다.

심장이, 온몸의 피가 날뛰어대는 것은 그대로였다. 아름 답고도 추악한 외모에 압도되어 말이 나오지 않는 것도 동 료들과 마찬가지. 하지만 아이즈는 파티 내에서도 가장 먼 저 깨닫고 말았다.

『뇌』의 본체를 에워싼 『살덩어리 거목』—— 저것은 **정령 들의 머리로** 뒤덮인 **인면수**(人面樹)라는 것을.

크노소스 최종전에서 대적했던 『제단의 기둥』과도 다른, 눈물을 흘리며 고통스러워하는 듯한 표정으로, 번데기처 럼 서로 몸을 맞댄 채 거목의 형상을 이루고 있었다.

저것은, 말하자면, 『식력(食歷)』.

이제까지 『더럽혀진 정령』이 먹어 치웠던 『정령』들 그 자체.

그리고 지금, 눈을 초롱초롱 빛내는 『더럽혀진 정령』은, 저 인간기둥이 아닌 『정령기둥』에 아이즈도 집어넣으려 하 고 있다.

『아리아——.』

가시화될 정도로 마력이 가득 찬, 달콤하면서도 애절한 자남색 한숨과 함께, 끔찍한 정령은 그 이름을 불렀다.

친구와, 연인과, 영원한 반려와 재회한 것처럼 눈을 가 늘게 뜨며.

척추 형태의 부위를 뱀처럼 치켜든다.

4개의 눈 전부로, 낯을 일그러뜨린 금발금안의 소녀를 바라보며—— 웃음소리를 터뜨렸다.

『아하하하하하하하하하하하하아아아아하하하하하하하하!』

탄력 있는 선율이었지만, 성량은 무시할 수 없었다.

고막은 고사하고 대공간 전체마저 뒤흔드는 큰 웃음소리에, 나르비를 비롯한 제2급 모험자들은 창졸간에 두 귀를 막고 말았다.

천진난만한 소녀처럼, 오만한 여왕처럼, 아름다운 파멸의 노래를 쩌렁쩌렁 울린다.

『보고 싶었어! 정말 보고 싶었어! 아리아!』

"…………난, 아리아가 아니야."

기피의 감정을 숨기지 못하고 쥐어짜내듯 대답한 아이즈에게, 『더럽혀진 정령』은 긴 머리를 흔들며 『아냐!』 하고 고개를 가로저었다.

『넌 하늘의 자매! 내 여동생! 폭풍을 노래하는 검! 나를 채워줄 마지막 만찬!』

머리에 통증을 일으킬 정도로 불가사의하게 메아리치는 목소리는 어린아이처럼 누구의 말도 듣지 않았다.

저 무구한 악은, 그저 자신의 바람만을 이루기 위해 존재하는 것이었다.

『자, 하나가 되자아아아?』

아름다움을 가진 여신으로부터 물려받은 얼굴이, 쫘악 소리를 내며 비웃음의 형태로 일그러졌다.

억누를 수 없는 본성이 스며 나온 것처럼, 길고 붉은 혀가 얇은 입술 사이에서 흘러나왔다.

티오나와 티오네가 말없이 무기를 겨누었다.

베이트의 눈빛이 칼날 같은 빛을 띠었다.

"야, 핀. 저거 죽여버리면 되는 거지?"

"그래, 전투 준비. 레피야의 두 번째 포격과 함께 돌격해. 아이즈를 철저히 호위하면서 없앤다."

웨어울프의 살의를 용자가 긍정했다.

눈의 움직임만으로 신호를 보내는 핀에게, 레피야는 고개를 끄덕이고 두 번째 마법의 영창에 들어갔다.

팔찌 형태의 매직 서클에 장전해 대기시켜놓은 것은 장벽마법 【디오 그레일】. 방어마법 【베르 블레스】와 【리브 일시오】를 전원에게 다시 걸어준 리베리아도 이미 결계마법을 준비했으며, 아미드도 모든 이상과 커스를 해제하는 만능치유마법 【디아 프라텔】을 언제든 발동할 수 있었다.

아이즈에 대한 마법적 위해를 막을 삼중방어.

물리적인 간섭은 가레스가 차단하는 철벽의 포진.

공격력은 전의를 불태우는 베이트와 티오나 자매, 츠바키, 회그니만으로도 충분하고도 남을 정도다.

적의 의도는 확실하므로, 핀은 일부러 아이즈를 『미끼』로 삼아 틈을 만들고자 했다.

『춤출 거야? 노래할 거야? 그럼 기다려! 소개해줄 친구가 있어!』

"친구……?"

임전태세에 들어간 모험자들에게, 정령은 웃음을 거두

지 않은 채로 제지했다.

티오나를 포함한 몇몇은 뜬금없는 단어에 반응했다.

"듣지 마."라는 핀의 냉철한 지시에 따라, 모험자들은 전투를 시작하려 했지만,

『어서 와, 레비스』

"읏!"

들려온 인물의 이름에, 아이즈는 경악을 감추지 못했다.

그녀에 이어, 레피야도.

바닥까지 닿을 듯한 한층 커다란 『살덩어리 거목』의 가지 끄트머리, 헤일로가 자아내는 그림자에서, 여성적인 윤곽이 느릿느릿한 걸음으로 다가왔다.

일부 모험자들은 아이즈나 레피야와 마찬가지로 이중의 경악에 휩싸였다.

그 모습을 본 적이 있었기 때문이다.

"당신은…… 아우라 씨?!"

흰색 장발에, 붉은색과 검은색을 기조로 한 배틀클로스.

옷은 너덜너덜하게 찢겨, 강도라도 만난 것처럼 옷의 역할을 다하지 못했다.

귀는 가늘고 뾰족해서, 소리 높여 이름을 부른 레피야와 같은 엘프.

아우라 모리엘.

크노소스 제1차 공략 당시, 녹색 살덩어리의 범람에서 목숨을 잃었어야 할【디오니소스 파밀리아】의 모험자였다.

"어떻게 당신이……! 당신은…… 전사했을 텐데……!"

같은 【파밀리아】, 같은 종족.

그리고 지금은 없는 소녀의 동료.

피르비스를 떠올리지 않을 수 없는 동포의 모습에, 레피야가 무슨 말을 해야 할지 알 수 없을 정도로 혼란스러워하고 있으려니, 『아우라의 모습』을 한 무언가는 천천히 걸어왔다.

"이 고깃덩어리 이야기인가? 『제단』이 기동된 후, 적성을 인정받아 여기까지 실려왔다…… 그렇게 들었지."

"웃……?"

"정령의 『촉수』에 의해."

돌아온 목소리는 레피야의 기억과 괴리를 일으킬 정도로 차갑고 밋밋했다.

크노소스가 이계화했던 『제1공략』 이후, 은밀하게 이 계층으로 옮겨졌다고.

『……!』

엘프가 그렇게 말하자, 핀이 가진 오쿨루스 너머에서 헛숨을 삼키는 소리가 새어 나왔다. 사전에 『제노스』의 리드에게서 들었던 펠즈였다.

흑의의 메이거스가 입었을 충격에는 신경도 쓰지 못한 채, 레피야는 극도의 당혹감에 시달렸다.

자신에 대해 말하고 있으면서, 말투도, 풍기는 분위기까지도 남의 일처럼 느껴져, 무언가 이상했다.

© Kiyotaka Haimura

마치 『다른 누군가』가 소녀의 입을 써서 말하고 있는 듯한.

당황한 레피야에게, 보기 드물게 낯을 혐오의 형태로 일그러뜨린 티오나가 말했다.

"레피야…… 봐봐. 가슴을."

"……!! 극채색……『마석』……!"

찢어진 옷 속에서 노출된 가슴께에는 사위스러운 『극채색 마석』이 박혀 육체와 일체화되어 있었다. 과거에는 짙은 보라색이었던 눈동자도, 지금은 탁한 진녹색으로 변했다.

그야말로, 레피야가 싸웠던 피르비스처럼.

괴인——.

그 말이 뇌리에 떠오른 것과 동시에, 레피야는 뜨거운 분노와 차가운 슬픔에 사로잡혔다.

몸을 억누르는 데 필사적이어서 소녀가 말을 잇지 못하는 가운데, 경악을 감추지 못하는 아이즈가 질문을 이어갔다.

"정말…… 당신이, 그 사람이야?"

"…… ."

"레비스…… 내가 쓰러뜨린, 그 괴인……?!"

동요한 아이즈의 목소리에, 괴인 여자는 대답하지 않았다.

그저 이쪽을 향해 똑바로 걸어오다가, 이내 무언가를 알아차린 것처럼 발을 멈추었다.

"아아…… 네가 『아리아』인가."

"어……?"

"그렇다. 내가 레비스다. 아니…… 나도 레비스다. 하지만 너희가 아는 레비스와는, 다르지."

의미불명.

요령부득.

사람의 미묘한 감정에 둔감한 아이즈조차도, 자신을 『레비스』라고 인정한 괴인에게는 엄청난 위화감을 느꼈다. 어딘가 염세적인 분위기에는 분명 그녀의 분위기가 있는데도, 전혀 모르는 사람처럼 느껴졌다. 그리고 그것은 외모가 달라졌기 때문만은 아니었다.

무엇보다도, 열기가 없었다.

아이즈를 끝없이 쫓던 짜증이, 그 속에서 항상 어른거리던 투쟁심과 집착이.

모험자들의 당혹감을 아는지 모르는지, 시선 너머의 괴인은 귀찮다는 듯이 말을 이었다.

"나는 『마지막 레비스』다."

"마지막……?"

멀리 떨어진 머리 위에서 미소 짓던 『더럽혀진 정령』이 지켜보는 가운데, 핵심을 고했다.

"과거에 죽은 모험자들의 영혼을 『마석』에 부어 **7등분**했다. 그것이 우리, 레비스의 정체다"

지금 생각해보면.

그 녀석은, 나는, 『평범함』이라는 단어를 몰랐던 것 같다.

원래는 요정이었던 나는, 깨달았던 순간부터 혼자였다.

숲속 깊은 곳, 흰 요정의 마을에서, 검은색은 나 혼자뿐.

격리되어 학대당했다. 금기를 봉인해 치부를 바깥세상에 드러내지 않도록, 산 채로 죽이고 있었다.

자아를 갖게 되었을 때는 이미 아무것도 느끼지 못했다.

아무리 고통을 당해도, 생각을 둔하게 하는 『열』이 머릿속을 지배할 뿐.

언젠가, 특히 심하게 몸이 망가져 한쪽 눈을 잃었을 때, 문득 의문이 들었다.

새까만 머릿속에 밝혀진 이 『열』을, 눈앞의 하얀 녀석들에게 주면 어떻게 될까, 하고.

시험해보았다.

비명이 솟았다.

딱히 아무것도 느껴지지 않았다.

또 한 번, 다시 또 한 번 시험해보았다.

어느샌가 숲도 흰색도 붉게 물들어 조용해졌다.

그리고 마지막으로, 지금까지와는 다른 『열』을 느끼고 있었다.

흰색 중에서도 마을 최고의 전사에게 시험해보았을 때

였다.

그것이 처음 겪어본, 제대로 된 살육전이었다.

나는 하마터면 죽을 뻔했지만, 운이 도와준 덕에 반격해 죽일 수 있었다.

상처 입고, 몸이 달아오르는, 그 전투 속에서 태어난 『열』은 처음으로 등줄기가 떨려오는 감각을── 삶을 실감케 해주었다.

나는 『열』의 정체를 알고 싶어서, 숲을 떠나, 미궁의 도시에 도착했다.

『아아, 너 그건 무감증이라는 거야.』

나를 건져준 여신이 마음과 몸의 결함을 알려주었다.

숲에서의 생활이 원인이었는지, 아니면 태어날 때부터 망가졌던 것인지, 고통도 쾌감도 느끼지 못하는 체질이었다. 이에 따라 감정 역시 생기기 어려웠고, 감동이라 할만한 것을 맛본 적도 없었다.

여신의 이야기를 들어봤자 역시 아무것도 느껴지지 않았다.

하지만 한편으로는, 단 하나 선명하게 느낄 수 있었던 『열』의 정체를 의아하게 생각하며, 그 정체를 알고 싶어졌다.

짓궂은 악신의 꼬드김에 넘어가 권속이 되어, 『열』의 정체를 탐구했다.

답은 금방 알 수 있었다.

그것은 생존본능.

무감각한 심신이 유일하게 수신할 수 있는 신호였으며, 그 열만이 나에게 색을 가져다줄 수 있었다. 흥미와 관심이라 할만한 것은『열』과 이어져 있었다. 그래서『열』을 추구했다.

다시 말해 투쟁을. 계속 싸울 수 있는 힘을.

그러자 어떻게 됐을까. 유쾌함은 아직 잘 모르겠지만, 『열』덕분에『불쾌함』은 알 수 있게 되었다. 그것이 내게는 고양감이 되었다. 아무것도 느끼지 못하던 세상에서 무언가를 느낄 수 있다는 것은, 그것만으로도 행동의 지침이 된다는 것을. 몸으로 깨달았다.

그 녀석은 힘을 좋아했다.

더 강한『열』을 만들어낼 수 있는 힘을.

마음과 몸이 비명을 지르는 듯한, 얼얼해지는 듯한 투쟁을 맛보기 위해.

투쟁을 추구하는 과정에서 미궁의 괴물들은 물론, 굴강한 모험자들…… 분명, 그래, 제우스와 헤라. 그 시대, 그 중에서도 특히 강했던 권속들과 자주 충돌했다.

놈들은 강했으며, 나에게 뚜렷한『짜증』을 느끼게 해주었다.

그 어떤 순간에도 타도와 반격을 끌어내는 높은 승부욕이, 동료들과 서로 욕을 퍼부어대면서도 웃음을 나누고 어깨를 나란히 하는 모습이,『영웅의 노래』인지 뭔지 하는 포효가, 어째서인지는 모르겠지만 나를 짜증 나게 했다.

분명, 결국은 놈들을 만족스럽게 타파하지 못했던 것이 원인이라고, 몸에 깊게 새겨진 『열』을 훑어보며 납득할 수밖에 없었다.

언제고 어느 때고 『오라리오』는 『오라리오』.

초조한 불쾌감과 함께, 그렇게 투덜거리게 되었다.

그것이, 정신이 아득해질 정도로 먼 옛날, 900년도 더 된 일.

미궁 깊은 곳에서 죽었던 그 녀석은, 나는, 지금보다도 훨씬 나약했던 『정령』의 눈에 띄었다.

영혼이 떠나려 하는 주검에 『마석』을 찔러 넣고, 이 세상의 종말과도 같은 산성을 이끌어냈으며── 무슨 생각을 한 것인지, 『정령』은 『영혼』이 들어간 『마석』을 정성스럽게 7등분했다.

그 후로는 『영혼』에 적합한 시체를 던전에서 찾을 때마다 『마석』 하나를 심어, 새로운 괴인을 만들어냈다.

괴인 중에서도 나는 『정령』에게 특별한 존재였다.

오랫동안 버텨온 정령의 『말상대』.

정령을 계속 지키는 『파수꾼』.

그것이, 자신의 진명조차 더 이상 기억하지 못하는, 『레비스』라 불리는 그 녀석의, 나의, 정체──.

"영혼의 분할……?!"

신조차도 두려워하지 않는 행위에, 그때까지 평정을 유지하던 리베리아도 마침내 눈을 크게 떴다.

께느른한 표정을 바꾸지 않는 아우라── **일곱 번째** 레비스는, 담담하게 말을 이었다.

"나보다도 전의 『레비스』가 보았던 광경은, 이 녀석(정령)을 통해 살덩어리의 요람에 안겨 있던 나에게도 반영되었다. 하지만 그것은 『시청』일 뿐 『체험』은 아니다. 정보를 알고 있더라도…… 지금의 나로서는, 너희에게 아무런 감정도 없다."

"……!"

"이전의 나는 꽤나 오래 살았던 것 같군. 『여섯 번째 레비스』는 너희에게 어떻게 보였나?"

모든 점이 선으로 이어졌다.

왜 레비스라고 불리는 엘프 소녀가 존재하는지.

왜 그녀를 다른 존재라 느꼈는지.

위화감이라는 점이, 모두.

"당신은, 왜 정령을 따르는 거야……?"

견디지 못하고 아이즈가 물었다.

자신의 영혼을 빼앗고, 인형처럼 다루고, 자유를 빼앗고, 해방을 허락하지 않는 존재.

존엄을 짓밟는 행위에 불과함에도 불구하고, 왜『파수꾼』으로서 행동하고 있는지, 제정신이 의심스러워졌다.

"괴인은 정령의 지배에서 벗어날 수 없다. 하지만……
그래……."

먼저 사실을 말했던 레비스는, 어울리지 않게 단어를 고르고 있었다.

"……자식을 생각하는 부모, 부모를 그리워하는 자식……."

결국, 저절로 가슴속에서 흘러나온 것처럼, 그 말을 입에 올렸다.

"그 두 가지 감정을 더해서 반으로 나눈…… 그 정도일 것이다. 가슴에 도사린 이 감정은."

"……!"

"나는 이 녀석 때문에 영원히 타성의 감옥에 갇혀 있지만…… 이만큼 오랜 시간을 함께 보내면, 애착도 생기게 마련. 적어도 귀찮은 모험자들보다는, 바람 하나쯤은 들어주자는 기분은 생기지."

그것은 그녀만의 충성이자 보호 욕구였다.

한 번 죽은 몸. 신들도 구하지 못했던 생명을 되찾은 시점에서, 분열된 영혼은 인정(人情)에 가까운 마음을 품게 된 것이다. 어쩌면 그것은『여자』의 진짜 감정이 아닌,『더럽혀진 정령』에게 조작 되고 세뇌당한 결과일지도 모른다.

하지만, 그래도 상관없다고 생각할 정도로, 레비스라는 영혼은 달관했다.

이런저런 육체를 넘나들며, 체험으로 이어지지 않은 수많은 정보를 계승해온 인형.

그것이 일곱 번째 레비스. 사로잡힌 영혼의 마지막 종착점이었다.

"……시시한 자기 이야기. 타성이라고 생각하면서, 나는 어쩌면, 의외로 나 자신에 대해 알고 싶었던 것일지도 모르지."

"……!"

"혹은, 아무것도 남기지 못하고 재가 된『이전 레비스』의 기록을 본 탓이려나…… 뭐, 아무래도 상관없겠지."

중얼거리던 레비스는 동요하는 아이즈를 무시한 채 임전태세를 갖추었다.

"이전의 나와, 할 일은 똑같다. 이 녀석에게『아리아』, 너를 바치겠다. 이것으로 내 일도, 끝났다."

슬쩍 두 발을 벌리고 두 팔을 추욱 늘어뜨린 요정의 몸.

놀라울 정도로 희미한 살의 때문에 오히려 섬뜩함이 두드러져, 티오나와 티오네는 아이즈를 보호하듯 무기를 고쳐 들었다.

파티 사이에서 고조되는 긴박감.

그 와중에—— 핀은 홀로, 부감하는 시점에서 이『촌극』을 내려다보고 있었다.

'뭐야, 이 시간은?'

너무 무의미했다.

의미를 찾을 수 없다.

이제까지 자신들의 앞을 가로막았던 괴인들의 내력은, 과연, 정말로 흥미롭다.

하지만 지금의 상황에서는 전혀 필요 없는 것이었다.

그것은 『더럽혀진 정령』 측에서도 마찬가지라 할 수 있다.

이런 『자객도 되지 못할 자객』을 하나 보냈다고, 도대체 뭐가 달라진단 말인가.

왜냐하면, 『일곱 번째』를 자칭하는 저 레비스는 약하기 때문이다.

이 『마계』에서 생존하는 존재 중에서도 가장 약하다.

숙주로 빼앗았던 『아우라 모리엘』의 육체 강도는 그래봤 자 Lv.2에 불과했다.

적합한 그릇이 그 엘프 소녀밖에 없었다 해도, 지나치게 빈약하다.

괴인화해서 신의 권속이 더 강인한 육체를 가지게 된다 는 것은 안다. 하지만 그 강화를 감안하더라도, 지금의 상 황에는 역부족이며, 뜬금없었다.

영혼과 그릇이 적응하는 데 시간이 걸리는 것인지, 보아 하니 마석을 제대로 받아들이지 못하고 있는 듯했다.

『강화종』의 극치에 달했던 지난번의 레비스와는 존재감 이 다르다.

비교할 수조차 없었다. 핀을 비롯한 제1급 모험자라면

눈 깜짝할 사이에 끝낼 수 있다.

위협이 될 수 없는, 시간만 낭비하는 존재.

'하지만── 손가락이 **욱신거리고 있어.**'

『원정』을 출발한 이후 이제까지 느낀 것 중, **가장 강하게.**

가장 약한데도, 직감이 최대의 경종을 울려대는 존재.

그런 모순된 적에게, 핀은 극한까지 압축된 체감시간 속에서 사고를 회전시켰다.

이 괴인과 대치하고 있다는 것 자체가 악수일까?

이 무의미한 시간이 계속되면 궁지에 몰리게 될까?

아니면 눈앞의 존재를 쓰러뜨리면 무언가가 일어날까?

무엇에 대해 손가락이 욱신거리는지, 사전에 가늠할 수가 없었다.

자신의 나쁜 버릇이다. 핀은 그 사실을 인정했다.

자신과 동료들을 계속 구해왔던 직감을 지나치게 중시한 나머지, 결단을 신중하게 내리는 경향이 있다.

시곗바늘을 밀어내야 할지, 상황을 지켜봐야 할지, 말아야 할지.

"아리아, 왜 그러지? 오지 않을 텐가?"

"큭……."

"이전의 나를 재로 만들었던 것처럼, 나를 베지 않을 건가?"

기이한 분위기에 사로잡혀 아무도 행동에 나서지 못하고 있던, 그때.

레비스는 사신이 낫을 드는 것처럼, 천천히 한쪽 팔을 들었다.

"그럼, 가르쳐주지. 죽기 전의 내 원래 육체는, 엘프."

"!"

"공교롭게도 지금의 육체와 같은 종족. 그렇다면, 무엇을 할 수 있을까?"

요정의 그릇에서 마력이 넘쳐났다.

육체를 파괴하듯 ──영혼과 그릇 사이에서 발생한 알력에 균열을 일으키듯── 파직파직, 붉은 스파크가 거부반응과도 같이 발생해, 순식간에 뺨과 손끝이 찢어지고 피와 살점이 불꽃처럼 튀어 날아갔다.

"생전의 나는『마법』을 하나 가지고 있었다."

사형선고문을 낭독하듯.

"이전의 레비스는, 그걸 보여주지 않았다."

영혼에 새겨진 팔나의 정보를 이끌어내듯.

"정확하게는, 사용할 수 없었다. 『그릇』과『영혼』이 너무나도 괴리되어 있었기에."

몸이 터지고 스러져가는 가운데, 표정 하나 바꾸지 않고, 레비스는 탁한 진남색 눈을 크게 떴다.

"하지만 지금의 이 요정이라면, 기동할 수 있지."

모험자들의 표정이 일변한다.

"【대가는 죽음. 유지는 이곳에──】."

쩌적쩌적 갈라지던 목구멍이, 솟아나는 선혈과 함께 주
문을 읊었다.

순식간에 사고에 결론을 내린 핀은 선택에 나섰다.

"베이트! 해치워!!"

늑대가 포효한다.

광대의 파벌에서도 가장 빠른 다리를 가진 짐승은 쌍검
을 뽑으며 가차 없이 『마석』에 꽂아 넣었다.

"커억——."

그것으로 끝.

영혼이 분할되었던 과거의 모험자는, 어이없이 최후를
맞았다.

바로 전의 자신처럼, 아이즈의 손에 쓰러지지도 않고.

최후까지 레비스라는 『정령의 인형』은, 아이즈 발렌슈타
인의 천적은 될 수 있었지만, 『호적수』는 되지 못했다.

"——드디어, **발동할 수 있다.**"

그러나, 여자는 『선물』을 남기고 떠났다.

최후를 맞이했음에도, 마력은 무산되지 않은 채, 오히려
단숨에 부풀어 올랐다.

마치 『최후』 그 자체가 방아쇠였던 것처럼, 붉은색과 검
은색의 번개가 소용돌이를 그렸다.

"크흑?!"

베이트의 경악을 집어삼키는 진홍색의 원진.

"매직 서클?!"

리베리아의 전율을 앗아가는 사위스러운 빛.

『죽음』이 발동조건인 특대 외법!『레어 커스』!'

순간적으로 이해한 핀의 엄지손가락이 비명을 질렀다.

"이제, 는, 끝날 수, 있어……."

레비스는 한 가지, 거짓말을 했다.

그녀가 기동시키려 했던 것은『마법』이 아닌『커스』라 는 것.

커스의 대가로 지불해야만 하는 것은『자신의 죽음』그 자체.

자신의 목숨을 희생해야만 하는, 구제의 여지가 전혀 없 는 외법이자, 레비스 자신조차 발동할 수 있었던 것은 이 것이 겨우 **두 번째**.

재가 되어 스러져버리기 직전, 영원한 시간에 사로잡혀 있었던 여자의 눈은 머리 위를 보았다.

『더럽혀진 정령』은 부모처럼, 딸처럼 웃고 있었다.

『고마워, 레비스.』

그것에 웃음도, 분노도 슬픔도 보이지 않고, 여자는 눈 을 감았다.

그리고 모든 것이 재가 되어, 발동한다.

——【테스타루스 루인】——.

『레비. 유쾌하고 최고로 무의미한 마법이 생겼는데, 알고 싶어?』

미궁에서 다시 태어나기, 훨씬 전.

지상에서 은혜를 갱신한 사악한 주신이 그렇게 말했다.

『주문은 가르쳐줄 테니까, 진짜로 위험해지면 외워봐. 분명 너한테 새로운 감정을 가르쳐줄 거야.』

깔깔 웃던 여신은 움직임을 멈추는가 싶더니, 그때까지 본 적이 없었던 희미한 미소를 입가에 가져다 붙였다.

『레비, 넌 정말 강하고, 필요한 권속이지만, 이쪽의 **말로**가 최~고로 통쾌할 거 같으니까…… 난 너를 구하지 않을 거고, 사랑하지 않았던 걸로 할게.』

그것은 그 녀석이, 내가, 괴물로 타락하기 전에 보았던 것 중에서도 가장 섬뜩한 미소였다.

『멈추지 말고, 계속 나아가야 해. 나의 권속답게.』

에뉘오보다는 이해하기 쉽고, 타나토스보다는 저질.

마법이라고 속여놓고 커스의 존재를 내비쳤던 여신은, 제대로 된 사신이었으리라.

죽음의 순간에 얼른 주문을 외우고, 발동조건과 효과를 알았을 때, 나는 절망했다.

그 저주는 다시 말해, 마음과 몸의 절규 그 자체였다.

누군가에게 **필요한 존재가 되고 싶어, 기억되고 싶어,**

사실은 사랑받고 싶었어—— 그런 바람이 일그러질 대로
일그러져 완성된,『붉은 유언』이었다.

어디까지나 살아남기 위해 무감증이 되었던 심신은, 타
인의 사랑을 탐내고 있었던 것이다.

저주가 해방되었어도 그 누구도 들어주지 않았던, 그저
홀로 죽어가던 나는, 그야말로 여신이 상상할 수 있었던
최고의 희극을 연기했겠지.

여신은 이 말로를 예견하고 나를 사랑하지 않았던 것이
다. 목숨을 잃고서야 비로소 자신의 진실을 알게 된 나는
후회와 미련, 그리고 무엇보다도 불타는 듯한 치욕을 느
꼈다.

전투 속에서 느꼈던『열』도, 사랑을 알기 전에 죽어서는
안 된다는, 사랑받지 못할 일을 행위를 저질러서는 안 된
다는, 최소한도의 경고였으리라. 너무나도 어리석고 꼴사
나운 요정의 결말이었다.

그러나, 그런 요정에게 녀석은,『정령』은, 손을 내밀었다.

도구에게 내미는 손길이었다 해도, 추악하게 일그러졌
다 해도, 어엿한『사랑』을 내려준 것이다.

사람도 신도 나누어주지 않았던, 이 영혼이 진정으로 원
하던 갈망 그 자체를.

그래서 녀석은, 나는—— 레비스는, 모든 것을 포기하고
받아들였다.

얼간이 같은 자신 때문에 세상을 증오할 수도 없었던 대

신, 사람들의 평화도 하계의 운명도 알 바 아니다. 『더럽혀
진 정령』이 원하는 노예로, 촉각으로 전락했다.

미궁 밑바닥에서 밀려오는 괴물들을 상대로, 최초 무렵
의 레비스는 금세 죽었다. 경험을 정보로서 학습하고, 『강
화종』이 되어서야 비로소 『파수꾼』의 임무를 수행할 수 있
게 되었다.

그런 한편, 오랫동안 살아남아 활동해온 레비스일수록
세상을 혐오하고, 진흙 같은 께느른함을 느끼게 되었다.
일정한 계위에 도달하지 못한 단 하나의 영혼은, 수백이라
는 세월을 견딜 수 있도록 설계되지 않았다.

더군다나 그것을 7등분. 기껏 손에 넣은 후회도 절망도
미련도 수치심도, 쌓아온 감정도 순식간에 괴사해버리는
것은 당연한 일이었다.

그러나 『더럽혀진 정령』의 사랑은 귀찮고 불쾌하면서도,
나쁘지는 않았다.

오랜 타성의 반복으로 닳아 해져가는 가운데, 애착이라
할 만한 것이 솟아났다.

자식을 생각하는 부모, 부모를 생각하는 자식 —— 바로
그것이었다.

그녀에게 사랑을 받았던 레비스만큼은, 무엇보다도 무
구하고 사악한 이 여자를 사랑해주기로 했다.

그리고, 아리아를 만났다.

투쟁을 추구하며 힘을 원하는, 과거의 자신을 닮은 검사와.

한없이 가까우면서도 절대 겹치지 않는, 레비스보다도 따뜻한 것에 에워싸인 금빛 광채에.

정령이 원하기에 바쳐주고 싶었다. 어쩌면 레비스는 소녀가 자신처럼 절망과 후회에 잡아먹히고, 치욕에 빠져드는 모습을 보고 싶었는지도 모른다.

그러나 그녀와의 싸움은 생전의 집착을 떠올리게 하고, 괴사했던 감정을 되살려, 처음으로『유쾌하다』는 단어의 의미를 알게 해주었다. ——그렇게 생각하니, 지금의 레비스는 하나 전의 레비스가 부러웠다. 이 기록은 결코 자신의 경험이 아니기 때문이다.

미련은 남았지만, 드디어, 겨우, 여기서 막을 내릴 수 있다.

끝낼 수 있다는 안도, 더 계속하고 싶었다는 미련, 기묘하고도 일그러진 사랑의 종착점.

그 모든 것을 뒤섞어, 레비스는 사라져가는 의식 속에서 마지막으로 중얼거렸다.

——지상의 하늘은 이제 마음대로 봐라.

——대신, 작별 선물을 주지.

——너를 위해, 또 다른 나를, 아리아를 길동무로 삼아주마.

……사랑해줘서 고마워, 나의 아이, 나의 어머니.

미소 짓는 정령의 앞에서 괴인 레비스는 소멸했다.

마지막으로 흉악한 『유언』을 남긴 채.

🐯

——【테스타루스 루인】——.

부르는 목소리도, 외치는 말도 없는 저주의 이름이 세상에 새겨지고, 사위스러운 소용돌이가 폭발했다.

튕겨져 날아갔던 소용돌이에서 약진하는 것은 진홍색 빛.

진홍색의 주둥이가 향한 곳에 있던 것은, 금발금안의 소녀 단 한 명.

"【비아 실헤임】!"

리베리아가 마법을 막는 대결계를 발동했다.

"【디오 그레일】!"

레피야가 물리적 파괴를 막는 장벽을 전개했다.

"【디아 프라텔】!"

아미드가 커스조차 지워버리는 성스러운 빛을 소환했다.

그러나, 진홍색 빛은 그 모든 것을 뚫고 지나갔다.

"""————————————————. """"

아이즈를 지키기 위해 만전의 진형을 갖추었던 권속들의 시간이 얼어붙었다.

그 유광(遺光)에는 공격성이라고는 한 점도 없었다.

파괴를 가져오지도 않고, 독을 부여하지도 않고, 저주로
서의 의미조차 가지지 못했다.

빛의 정체는 유언장, 『테스타먼트 커스』.

목숨이라는 돌이킬 수 없는 대가를 치르고 절대적으로
집행되는, 방어 불능 회피 불능, 그 어떤 것도 개재할 여지
를 주지 않는 『영혼과 영혼의 공명』을 이끌어내는 진홍의
소리굽쇠였다.

"아―――."

끔찍한 빛과 소리를 뒤집어쓰고, 아이즈의 시야가 새빨
갛게 물들었다.

실 한 오라기 걸치지 않은 알몸의 마음을, 느닷없이 나
타난 처음 보는 엘프 여성이 끌어안았다.

공명한다. 공진한다.

두 영혼이 한데 겹쳐진다.

우악스러운 힘에 끌려 들어가는 붉은 바다 속에서, 소녀
는 그것을 보고, 듣고, 만졌다.

『그녀』의 비참한 죽음을.

피와 눈물, 침으로 젖은 미련과 절망의 단말마를.

자신의 감각까지 오염시키는 처참한 고통과 괴로움, 생
생한 죽음의 감정 그 자체를.

그리고 『그녀』를, 나를 죽인 괴물의 모습을.

하필이면, 그것은 『용』.

"―――――――――――――――――――――――――――
――――――――――――――――――아."

　검은 색도 아니거니와 사악하지도 않은 미궁의 용이었
으나, 『그녀』와 자신의 모든 것을 겹쳐서 공명해버린 아이
즈는, 파멸의 비명을 지르고 있었다.
　"―――――아아아아아아아아아아아아아아아아아아아
아아아아아아아아아아아아아아아아아아아아아아아아아
아아아아아아아아아아아아아아아아아아아아아아아아아
아아아아아아아아아아아아아아아아아아아아아?!"
　소녀의 마력이 폭주했다.
　"크으으으윽?!"
　"아이즈?!"
　가증스러운 『용』에게 살해당한다고 착각해, 마음속의 또
다른 꼬마 아이즈와 함께 울부짖으며, 폭주한 『바람』을 일
으켰다.
　주위에 있던 모든 이가 휩쓸려 날아갔다.
　리베리아도, 레피야도, 아미드도, 가레스도, 핀조차도.
　그녀를 지켜야 할 수호자들은 아이즈 자신이 『폭탄』으로
변해버리면서 자폭에 휘말리고 말았다.
　레비스의 커스 【테스타루스 루인】.
　그 효과는, 대상자에게 그저 『유언』을 전하는 저주.

생전에 고독했던 그녀가 죽음에 직면해 자신의 바람을 깨닫고, 자신을 되살린 『더럽혀진 정령』에게 의존했던 근원 그 자체였다.

『아핫――!!』

정령은 웃는다.

무구한 악이 입꼬리를 틀어 올린다.

그 누구도 들어갈 수 없는 폭풍의 안쪽.

두 손으로 머리를 움켜쥐고 절규하는 『동족』에게 눈을 가늘게 뜨며, 포식하고자, 만반의 준비를 갖추고 『살덩어리 거목』을 촉수처럼 쏘아냈다.

울부짖는 소녀들의 얼굴로 뒤덮인 『정령의 인면수』.

여기에 아리아까지 받아들여, 마지막 조각을 맞추고자, 끔찍한 살덩어로 이루어진 주둥이를 벌리려 했을 때,

"""""어딜!"""""

『으기익?!』

고속으로 날아든 창과 도끼가 꿰뚫고, 격쇄하고, 『살덩어리 거목』의 궤도가 크게 엇나갔다.

핀이었다. 가레스였다. 그리고 질주하는 리베리아였다.

베이트를 비롯한 Lv.6 이하의 모험자들이 날아가 버린 가운데, 세 수뇌진만은 전심전력을 다 해 다시 일어났다.

Lv.7의 모든 능력을 쏟아부어, 정령의 포식을 허용하지 않고, 지금도 휘몰아치는 폭풍에 저항하며 세 군데, 각각

의 방향에서, 지금도 울부짖는 아이즈를 탈환하고자 달려
들었다.

드워프의 힘찬 돌진이 폭풍에 굴하지 않고 아이즈에게
육박했다.

아름다운 비취색 머리카락을 나부끼는 하이엘프가 누구
보다 먼저 소녀에게 손을 뻗었다.

욱신거리는 엄지와 함께 꽉 붙든 채, 용자 파룸은 지금,
예정조화의 파멸 따위 초월하고 있었다.

이 순간, 그들 셋은 분명 엄지손가락이 가리키는 파멸의
징조를 웃돌았다.

운명에 저항하고, 숙명을 뒤엎는 자야말로 신들은 『영
웅』이라고 칭송한다.

그 『영웅들』의 빛을 본 『더럽혀진 정령』의 얼굴이 처음으
로 초조함을 띠었다.

다음으로는 그 거대한 몸을 뒤집더니, 척추 형태의 부위
를 굉연히 뻗어, 그녀 스스로 폭풍 속에 뛰어들었다.

한 마리와 세 명.

머리 위와 세 방향.

소녀에게 뻗어 나가는 합계 네 개의 손.

그러나 근소한 차이로 리베리아의 손이, 핀과 가레스가
조금 더 빨랐다.

정령의 얼굴이 비통하게 일그러지고, 요정의 손이 소녀
를 안으려 하다,

절대영도의 『빙벽』에 가로막혔다.

"""""뭐야?!?!"""""

리베리아, 가레스, 핀의 눈이 극한까지 커졌다.

『————우읏?!』

『더럽혀진 정령』까지도 이런 건 처음 본다는 듯, 강한 동요를 드러냈다.

리베리아의 손이 아이즈에게 닿기 직전, 소녀의 발밑으로부터 푸른 얼음의 장벽이 발생했던 것이다. 튕겨나간 오른손이 피를 뿜고 순식간에 동상으로 뒤덮이는 가운데, 놀라움을 머금은 비취색 눈동자가 그 『이질적이고도 **그리운 마력**』을 알아차렸다.

'설마——!'

리베리아는 마음속으로 비명 같은 목소리를 터뜨렸다.

"설마?!"

모든 것을 지켜보는 오쿨루스 너머에서, 펠즈가 로키와 함께 경악성을 터뜨렸다.

"""""『탈리아의 빙원』?!"""""

끔찍한 『마계』 속에서, 세 수뇌진만이 정답에 도달했다.

얼어붙은 시간 속에서, 세 사람은 충격에 꿰뚫렸다.

『열쇠』가——『요성(妖聖)의 지팡이』가 작동했다?!'

오라리오가 그토록 찾아 헤맸던 『열쇠』의 좌표를, 핀은 하필이면 최악의 타이밍에 알게 되었다.

'수호 대상인 아이즈의 비명을 듣고—— 아래쪽 영역에서부터 빙벽을?!'

『빙원』의 방어기능이 작동했다는 것과, 탈리아(천창千蒼)라는 이름의 유래, 그리고 『진실』을 아는 가레스가 전율했다.

'저 아이의 눈물을 알아차리고, **모든 존재로부터** 지켜내기 위해——!!'

누구보다도 소녀를 지키고자 했던 자의 손을, 같은 『수호자』가 뿌리쳐버렸다는 모순에, 리베리아의 얼굴은 균열을 일으켰다.

——오히려 『정령』을 쓰러뜨려야만 『빙원』을 제대로 조사할 수 있으리라고 생각했다. 제60계층과 제61계층의 틈새에 있다고 한다면 더더욱.

머릿속에 되살아난 것은 『원정』 전, 길드에서 나누었던 말. 있었던 것이다.

그들이 그토록 찾아 헤매던 『영역』은, 이 『마계』의 바로 아래, 대공간의 발밑 아득한 곳에.

자신의 몸속에서 발생한 사태를 『더럽혀진 정령』도 이해하지 못하고 알아차리지 못했을 정도로, 『빙원』은 미궁 한 구석에서 계속 잠들어 있었다.

무엇이 문제였을까.

【로키 파밀리아】의 단독행동을 우려해 정보를 숨겨버렸던 로이먼의 악수였을까.

적의 악의를 넘어서고도 제3의 이상사태까지는 읽어내지 못했던 수뇌진의 미숙함이었을까.

아니면, 신들도 던전도 생각하지 못했던 운명의 장난인가.

그러나 그런 추궁은 더 이상 의미가 없었다.

결과적으로 남은 것은, 『더럽혀진 정령』을 능가하고 먼저 소녀에게 도착했던 리베리아와 가레스, 핀이 얼음 파도의 충격에 날아가버렸다는 것이다.

소녀를 남겨둔 채, 탈환의 기회를 놓쳐버리고 말았다는 사실.

뜻을 함께 하던 의지 없는 방위기능이 구원자를 물리쳤다는, 참담한 아이러니.

통제가 불가능한 작열의 격류에 지배당해, 처음으로 자신에게 흐르는 피를 저주하듯, 리베리아는 목을 떨며 외쳤다.

"크으윽————— 시조(始祖)의 성녀! 셀디아아아!!"

감정이 엉망진창으로 뒤섞인 비분의 외침이 쩌렁쩌렁 울려 퍼진 순간.

얼어붙었던 시간이, 움직이기 시작했다.

『——아핫.』

운명의 변덕에 사랑받은 『더럽혀진 정령』은, 리베리아 일행의 눈에 자신을 새기듯 비웃었다.

폭풍과 빙벽, 그 두 가지에 에워싸인 사랑스러운 소녀를, 이번에야말로 놓치지 않겠다는 양, 『마계』 그 자체를 준동시켜—— 쩌억, 하고.

휘몰아치는 폭풍조차 가둬 얼려나가는 얼음덩어리 바로 아래, 지면의 살덩어리를 좌우로 가르고, 추악한 위턱과 아래턱으로 변모시켜—— 터엉, 하고.

『잘 먹겠습니다아아아아아——.』

얼음덩어리와 함께, 단숨에 통째로 삼켰다.

시간이 멈추었다.

튕겨져 날아가 벽에 처박혔던 모험자들이, 마도사들이, 스미스가, 힐러가, 의식에 새하얀 공백을 새겼다.

금발금안의 소녀는, 이제 어디에도 없었다.

그 대신, 꿀꺽, 하고 삼키는 생생한 소리가 온 대공간에 울려 퍼졌다.

그 직후.

『——히이이이이이익?!』

척추 형태의 부위가 늘어난 『뇌』와 함께, 『더럽혀진 정령』이 몸을 떨었다.

온몸을 끌어안고, 절정에 달한 듯 몸을 벌렁 젖혔다.

이내 『마계』 전체가 진동했다.

"아이즈……?"

진동성이 울려 퍼졌지만, 넋을 잃어버린 모험자들은 아랑곳하지 않았다.

폭풍이 그치고, 벽에서 등을 떼어낸 티오나는 멍하니 발을 옮겼다.

사라져버린 소중한 사람의 모습에, 아마조네스 소녀는 절규를 터뜨렸다.

"아이즈으으―――――――――――?!"

그리고 그 미친 듯한 비명을 지워버릴 정도의, 『바람』이 발생했다.

『아아아~~~~~~~~~~~~~~~~~~~~~~~~~
~~~~~~~~~~~~~~~~~~~아아아아!!!』

『더럽혀진 정령』의 교성과 함께, 모험자들을 휘젓는 거대한 기류가 발생했다.

"""""크아아아아아악?!"""""

티오나가 다시 날아갔다.

티오네와 레피야가 벽으로 밀려났다.

베이트와 회그니가 허공으로 솟았다.

츠바키와 아미드는 녹슨 톱에 쓸린 것처럼 마구잡이로 찢겼다.

라울 일행은 선혈을 토했다.

폐쇄공간 내에 일어나서는 안 될 폭풍이 사람을, 살덩어리를, 벽을, 바닥을, 기둥을, 천장을, 모든 것을 파괴했다.

『아리아, 아리아아아!』

오싹오싹 등줄기를 떨던 정령은 하늘을 우러러보았다.

자신의 안에 떨어진 최고의 존재가 이렇게나 맛있고, 이렇게나 힘을 줄 거라고는 생각도 못해, 그저 쾌감의 역치를 뚫고 질주했다.

천박한 모습으로 긴 혀를 내밀며, 자신의 모든 감정을 폭주시키고 폭발시켰다.

『아아, 아리아, 아리앗──── 아리앗아리앗아리앗아리앗아리앗아리앗아리아아아아아아아아아아아아!!』

그것은 환희의 노도.

그것은 감동의 동화.

쩌적쩌적 소리를 내며, 『살덩어리 거목』의 표면에, 얼음 조각을 뒤집어쓴 소녀의 잠자는 얼굴이 생겨나고, 갈채를 터뜨린다.

『괴에에엥장해! 괴에에에에에에에에에에에에엥장해!! 멈추질 않아! 멈추질 않아앗! **넘쳐나버려!!**』

가속도적으로 변이가 일어났다.

피를 토하는 모험자들의 시야 속에서, 『최악의 이상사

태』가 어지러이 발생했다.

벽이며 기둥에 박혀 있던 크고 작은 보옥들이 연신 점멸하고, 한층 더 눈부신 빛을 발하며 **찢겨나가는가** 싶더니, 주르륵, 하고.

말 그대로, 태어났을 때의 모습 그대로인 『소녀』가 출현했다.

주르륵, 주르륵.

후두둑, 후두둑.

태어났다가는 벽이며 기둥에서 떨어지는 출산의 연속. 멈추질 않는다. 끔찍할 정도로 넘쳐났다. 보옥과 같은 푸른 피부를 가진 장발의 『소녀』가, 공동 전체에서 **잇달아 태어났다.**

본래는 신성해야 할, 사람의 형태를 띤 생명의 탄생에 아리시아의 위장이 경련을 일으켜, 입을 막아 구토의 충동을 참아야만 했다.

"크으————아이즈를 돌려줘어어어어어어어어어어어어어!!"

『더럽혀진 정령』 밑에서 『살덩어리 거목』과 하나가 된 소녀를 노려보며 티오나가 포효했다.

대공동은 진동을 멈추지 않지만, 그러거나 말거나 우르가를 들고 질주했다.

"멈추게, 티오나아?!"

팔다리에 달라붙은 얼음의 침식을 끊지 못해 움직일 수

없는 가레스가 울부짖었지만, 멈추지 않았다.

일직선으로 돌진해, 몸을 뒤틀며 황홀해하는 정령 본체를 베려고 했지만── 털썩, 하고.

천장에서 떨어진 『소녀』가 눈앞에 널브러졌다.

"이게──!!"

구역질이 났다. 분노가 멈추질 않았다. 방해하지 마.

언어를 이루지 못하는 포효를 무기 삼아, 가증스러운 정령의 분신을 분쇄하고자 했다.

하지만.

"티이, 오, 나"

들려진 소녀의 얼굴을 본 순간, 시간이 얼어버렸다.

"────."

푸른 머리의 색이 다르더라도.

그 눈동자의 색이 금색이 아니더라도.

그 『소녀』는 『아이즈 발렌슈타인』이었다.

자신의 이름을 부른 그녀 눈앞에서 대쌍인을 급정지시키고, 티오나는 얼어붙었다.

머리끝부터 발끝까지, 양수와는 다른 액체에 흠뻑 젖은 푸른 머리의 아이즈는, 티오나가 잘 아는 미소로 웃음을 지으며, 손을 내밀었다.

그리고, **찢어버렸다.**

"쓰으읍————에————?"

내밀어진 손에서 『바람』이 생겨나, 티오나의 옆구리에 구멍을 뚫었다.

대쌍인을 든 오른팔이 날아갔다.

이마에 바람의 탄환이 직격해, 푸슉, 하고.

새빨간 선혈을 흩뿌렸다.

빙그르, 하고.

예쁜 안구가 뒤집혔다.

티오나는 천천히, 뒤를 향해 쓰러졌다.

"————티오나아아아아아아아아아아아아아아아아아아아아아아아아아아아아아아아아?!"

이를 본 언니의 노성이, 여동생의 단말마 대신 울려 퍼졌다.

달려드는 티오네는 분노에 사로잡혀, 이쪽을 돌아보는 소녀를 주먹질해 죽였다.

머리를 터뜨리고, 살점을 흩뿌리고, 피에 물든 머리카락을 짓밟으며 여동생에게.

그러나, 투둑, 투둑, 하고.

주위에 떨어졌다가 일어나는 소녀들이, 사방에서 한쪽 팔을 뻗어, 『바람』을 만들었다.

그것으로 끝.

찢기고, 다리가 뒤틀린 후에는, 무참히 땅바닥에 쓰러졌다.

소녀들이 다가와 손바닥을 내밀고, 『바람』을 꽂아대는. 단순한 린치.

피바다에 던져진 아마조네스의 손은, 더 이상 움직이지 않았다.

"티오나 씨…… 티오네 씨……?!"

나르비의 눈이 절망과 공포로 물들었다.

그러는 동안에도 소녀들은 차례차례 일어나, 모험자들에게 이를 드러냈다.

"히이익, 욱, 우, 우와아아아아아아아아아아아아아아아아아아아아아아아아아아아아?!"

생리적 혐오감이 임계치에 달한 회그니가 뱃속에서부터 터져나오는 고함을 지르고, 마찬가지로 비명을 질러대는 라울 일행이 항전했다.

영창이 울려 퍼지고, 마법이 빛나고, 무기가 필사적으로 저항하지만, 무수한 『바람』에 휩싸여갔다.

"오, 오지마아아?!"

"아이즈, 씨이이이?!"

"아미드, 일어나시게! 그대가 일어나지 못하면—— 으극?!"

죽여도 끊이지 않는 소녀들에게 정신 균형이 박살나버린 에인헤랴르 엘프들이 비명을 지르고, 티오나와 같은 마찬가지로 아이즈의 생사불명에 레피야가 혼란에 빠졌으며, 피바다에 잠긴 아미드를 필사적으로 감싸려던 츠바키

의 어깨가 터져나가 왼쪽 눈의 안대까지도 함께 날아가버
렸다.

지옥이었다.

혼돈이었다.

재건할 수 없다.

그저 죽을 뿐.

쪼개져 굴러가는 오쿨루스 너머에서, 주홍색 여신의 입
술이 떨리고 있었다.

모험자들의 비통한 눈물 대신, 손가락을 펼 수 없게 된
신의 주먹이 피를 흘렸다.

소녀들은 계속해서 태어났다.

바람은 계속해서 울부짖었다.

거대한 바람이, 타락한 정령의 수중에 완전히 떨어졌다.

다시 말해, 이곳에 완전한 『마계』가 완성된 것이다.

『아하하, 우후훗———— 히헤힛, 끼히히흐훗! 하야히햐
헤햐, 하야끼히흐헤힛, 잇, 이잇, 이잇————이히히히
히히히히히히히히히히히히히히히히히히히히히히히히히
히히히히히히히히히히히히히히히히히히히히히히히히히
히히히히히히히히히히히히히히히히히히히히히히히히히
히히히히히히히히히히히히히히히히히히히히히히히히히
히히히히히히히히히히히히히히히히히히히히히히히히히
히히히히히히히히히히히히히히히히히히히히히히히히히
히히히히히히히힛!!!!』

무구한 사악이 본성을 드러냈다.

두 손으로 두 뺨을 감싼 채, 사악한 홍소를 쩌렁쩌렁 터뜨렸다.

그것은 『종말』로 이어지는 선율.

선언한다.

파멸은 피할 수 없으며.

검은 용의 개안을 기다리지 않고, 신들은 국면을 체념하며, 세상은 『종말』을 맞는다.

모험자들은 모두 죽고, 영웅들은 묘비를 세우고, 종언에 잠긴다.

선언한다──.

"──【진정한 맹세를 이곳에】──."

────────────……………….

…………………….

………….

"【버림받은 진명, 새겨진 빛. 오른팔은 찢기고, 상처는 통곡하며, 다섯의 하나가 열린다】."

울려 퍼지는 영창.

모험자들과 끔찍한 소녀들 사이를 누비는 오가는 용맹한 노래.

"【말하라 현자 피네가스여, 신공휘부(神工輝斧)의 기수여. 속여라 거짓된 피아나여, 그대는 붉음을 자칭하는 이. 보답받은 사냥개는 이미 수많은 창과 함께】."

창은 노래하며 달려나갔다.

그것은 과거의 기마를 통솔하는 기사와도 같았다.

"【굉연한 말발굽, 끝없는 발자취. 기사들의 노래는 지금도 여전히 드높이 울리매. ——이는 곧 서약, 우리 파룸의 자긍심. ——이는 곧 봉화, 우리 파룸의 수호자】."

소녀들의 목을 쳐 날리고, 한쪽 팔을 붙든 엘프들을 구해내면서, 그러고도 달리고, 그러고도 노래했다.

지옥 속에서 선혈을 뒤집어쓴 얼굴은 악귀나찰 따위가 아닌, 단지 용맹함과 격렬함 그 자체였으며.

단 하나뿐인『용자』였다.

"【일족이여, 모여라. 이 깃발 아래로. 동포여, 따르라. 성렬(聖烈) 빛은 지금도 우리 앞에】."

얼음의 구속을 깨뜨린 드워프와 하이엘프가 소녀들의 바람에 찢겨, 피를 흘리면서도, 그 용맹한 뒷모습을 따르기 위해, 괴력과 마법을 쥐어짜냈다.

"【나의 이름은 일주(一走), 말굽과 함께 질주하는 자. 위대한 용기 아래, 지금 한 차례. 다시 한 차례. 성약을 이 손에】."

박살 나버리기 직전인 오쿨루스 너머에서, 여신과 노신 은 눈을 크게 떴다.

황금색 머리카락의 광채에, 그저 죽음만을 앞두었던 모 험자들의 마음과 영혼이, 다시 숨쉬기 시작한다.

『.............?』

절정에 달했던 정령도, 얼굴을 아래로 향하고, 알아차 렸다.

폭력적인 『바람』에도 굴하지 않고, 이 절망의 연회에도 짓밟히지 않는, 용기의 반역을.

"【만일 용서받을 수 있다면——.】"

마력을 담아, 눈동자의 색을 진홍색으로 바꾸고, 빛을 발하며.

숱한 상처를 입었으나, 그럼에도 창을 꽉 쥔 용자—— 핀은, 『진용(眞勇)』의 이름을 놓지 않았다.

"【지금 여기에, 여신의 창을】."

——선언을 번복한다.

파멸의 숙명은 뒤집힌다.

검은 용의 개안을 고대하고, 신들은 국면을 내팽개치지 않고, 세상은 『종말』에 맞선다.

모험자들은 포효하고, 영웅들은 묘비를 부수고, 종언에 도전한다.

【두 눈에 붉은 용기를 깃든 『진용의 창』을 들고, 이곳에서의 종말은 구축되리라】.

"【티르 너 노그】!!"

혼신의 『투창마법』.

『—————————————————————————.』

자신의 【스테이터스】를 모조리 위력으로 환산하는 핀의 히든카드는, 무수한 소녀들을 말려들게 하며, 머리 위에 있는 『더럽혀진 정령』에게 육박했다.

『————안돼에에에에에에에에에에에에에에에에?!』

밀려드는 황금의 거창에, 『더럽혀진 정령』은 처음으로 죽음을 예감하고 절규를 터뜨리면서 두 팔을 앞으로 내민 채 바람, 불꽃, 얼음, 번개, 흙, 빛, 어둠, 모든 속성의 매직 서클을 전개했다.

충돌한다.

관통한다.

뚫고, 위협한다.

한 겹, 두 겹, 세 겹, 네 겹, 다섯 겹—— 막으려 하지만 계속해서 나아가는『창』의 약진.

크게 뜨이는 정령의 두 눈. 피가 흐르는 이마의 세 번째 눈과『뇌』의 외눈.

흉맹한 창날과, 거대 장벽이 된 일곱 겹의 매직 서클 사이에서 솟구치는 무시무시한 스파크.

길항 따위 용납하지 않고.

꿰뚫리는 여섯 겹.

한 겹밖에 남지 않은 생명줄에, 본능이 비명을 지르는 『더럽혀진 정령』은 자신의 마력을 모조리 쏟아부어야만 했다.

『더럽혀진 정령』본체보다도『마계』그 자체가 먼저 비명을 지르며, 막대한 충격과 진동, 그리고 붕괴가 시작되었다.

"으아아아아아아아아아아아아아아아아아아아아아아아 아아아아아아아아아아아아아아아아아아아아아아아아아 아아아아아아아아아아아아아아악?!"

흡수한 아이즈의 강력한『바람』에 모든 마력을 쏟아부은 결과, 무차별적인 파괴의 폭풍이 발생하여, 라울 일행과 레피야도 말려들었다.

엉망진창으로 휘몰아친 충격파가 밀어낸 곳은 대공간의 바깥쪽.

거의 동시에, 대공간의 지면을 이루던 살덩어리가 무너졌다.

바닥이 뚫리고, 마법을 날렸던 핀을 포함해 제1급 모험자들이 암흑이 펼쳐진 나락으로 떨어졌다.

"——라울! 가라!!"

"!!"

그리고 시야가 극채색으로 물들어 아무것도 보이지 않게 되었을 때, 라울은 들었다.

대공간으로부터 날려가 버리면서, 그럼에도 불구하고 뚜렷하게, 용자의 『위탁하는 목소리』를.

『————아아?!』

찢어지는 목소리로 포효하는 『더럽혀진 정령』은 쭉 뻗은 두 손을 바로 옆으로 휘둘렀다.

그 순간, 가공할 바람에 붙들린 『창』의 조준이 미미하게 빗나갔다.

직후, 모든 매직 서클을 관통하며 『더럽혀진 정령』의 왼팔과 왼쪽 어깨를 도려내버리는 궤도로, 달려나갔다.

장절한 빛의 물보라, 아니, 빛의 홍수를 일으키며 『창』

은 그대로 『마계』의 윗부분을 뚫고, 제59계층으로 빠져나
갔다.

천장에 놓여 있던 『뇌』의 일부가 깎여 나갔다.

철퍽철퍽, 대량의 혈액과 뇌수가 흩뿌려지는 가운데, 시
뻘겋게 물든 외눈에서 비명이 터져 나왔다.

『크캬아아아아아아아아아아아아아아아아아아아아아아
아아아아아아아아아아아아아아아아아아아아아아아아아아
아아아아아아아아아아아아아아악?!』

Lv.7의 필살이 가져온 것은, 『마계』에 새겨진 치명적인
파괴.

머리 위를 향해 울부짖는 정령의 절규와 함께 눈사태처
럼 무너져내리는 보라색 살덩어리. 대공간에 돋아났던 기
둥은 차례차례 쓰러지고, 소녀들도, 어둠 속에 도사렸던
몬스터들도 한꺼번에 짓눌려버렸다.

대공간 밖, 지면에 처박혀 널브러져 있던 라울 일행이
몸을 일으켰을 때, 눈 앞에 펼쳐진 것은 붕괴된 『마계』의
광경이었다.

"아이즈 씨…… 아이즈 씨이!"

레피야는 얼른 일어났다.

리베리아 일행과 분단되어버린 대공간으로 돌아가려고

했다.

그러나 앞을 가로막은 살덩어리와 부서진 보옥 무더기가 그녀를 나아가지 못하게 했다.

가공할 마력을 내포한 바람이 흙먼지처럼 몰아치는 가운데, 아연실색했던 라울은 흠칫 몸을 지면에서 떼어내더니, 주위를 향해 소리를 질렀다.

"크루스! 아리시아아!"

"크흑…… 그래, 여기 있어! 나르비도 무사해!"

"우리 외에는, 레피야하고, 동포 3명! 다른 사람들은……!"

대공간에서 날아가던 중, 간신히 같은 방향으로 크루스 일행이 날아가던 것을 시야 끄트머리로 포착했던 라울은, 나르비를 부축하는 너덜너덜해진 시앙스로프, 마찬가지로 온몸에 상처를 입은 엘프들의 모습을 확인한 후, 낯이 창백해졌다.

'레피야, 크루스, 아리시아, 나르비, 그리고 에인헤라르들과 나뿐…… 단장님도 베이트 씨, 티오나 씨도 티오네 씨도 없어! 아키도!'

남은 멤버들을 재빨리 확인한 그는 절망의 구렁텅이에 빠졌다.

『영웅』들을 잃어버린 군단의 말로는 『전멸』이다.

적어도 동화에서는 그랬다.

지금 자신이 서 있는 경계선을 이해한 라울은 그 자리에 얼어붙어 버렸다.

"라울 씨, 도와주세요! 아이즈 씨를, 리베리아 님을 구해야 해요!"

"······!"

동요해서 마법을 사용하는 것도 잊었는지, 아니면 마인드가 소진됐는지, 손끝이 갈라져 피가 배어 나오는데도 필사적으로 살덩어리를 치우려 하는 레피야가 이쪽을 돌아보며 호소했다.

그들은, 추락했다.

『창』과 장벽이 충돌하면서 꺼져버린 지면과 함께, 나락 밑바닥으로.

이 너머의 『더럽혀진 정령』이 있을 대공간으로 돌아간다 해도, 합류는 거의 절망적이다.

그뿐 아니라, 광분한 정령들에게 학살될 가능성이 더 높다.

'아이템은 전부 썼고, 무기는 손에 든 것뿐, 다른 동료들의 상태도 최악······.'

심장이 아플 정도로 날뛰어대는데도, 언짢을 정도로 냉정한 머릿속이 주변의 상황을 재빨리 분석했다.

'몬스터가 나타나지 않아······. 정령이 상처의 재생과 미궁 그 자체의 복구를 우선시하고 있어······ 다시 말해 조성 자체가 파괴된 던전과 같은 상황······. 극채색 몬스터도, 그 기분 나쁜 아이즈 씨도 아직 나타나지 않아······. 아직, 아직은······ 하지만, **언젠가** 공격해올 거야······.'

하아, 하아, 하는 무언가의 소리가 짜증 날 정도로 시끄
러웠다.

그것이 자신의 흐트러진 숨소리였음을 깨닫기까지, 라
울은 시간이 필요했다.

『갈림길』에.

있어서는 안 될 『갈림길』에 서 있었다.

용자도 영웅도 아닌 라울 놀드가, 절대로 서서는 안 될
『갈림길』에.

"라울 씨, 빨리요!!"

레피야가 노성 섞인 목소리로 호소했다.

"라울……!"

상황을 이해해버린 크루스가, 한쪽 팔과 옆구리를 붙든
채 피투성이가 된 아리시아와 엘프들이, 라울의 대답을 숨
죽여 기다렸다.

라울은 도망치고 싶었다.

왜 나에게 떠넘기는 거냐고 동료들에게, 세상 그 자체에
게 고함을 질러대고 싶었다.

그건 네가 차기 두령으로 육성되고 있었기 때문이라고,
토할 것 같은 중압감이 엄연한 사실을 들이댔다.

'단장님…… **어느 쪽이에요**?!『가라』는 건 어느 쪽이었냐
고요?!'

──라울! 가라!!

핀이 사라지기 직전, 라울에게 말겼던 말.

답을 물어보는 것도, 의지를 맡기는 것도 용납되지 않은 채.

라울이 스스로 판단해 선택해야만 하는 앞과 뒤, 두 개의 길.

이대로 말라 비틀어져 버리는 것 아닐까 싶을 정도로 땀이 멈추지 않는다.

시간이 다가오고 있다.

다시 싸울 것인가, 후퇴할 것인가.

귀환할 것인가, 도망칠 것인가.

제60계층의 경계선. 진퇴를 묻는 틈새. 구토를 유발하는 양자택일

'단장님……! 아키……!'

머릿속에 수많은 얼굴이 떠올랐다가는 사라졌다.

돌아가고 싶다. 마중하러 가고 싶다.

엄청나게 무섭지만, 다리가 꼴사납게 떨리지만, 레피야와 함께 어깨를 나란히 하고, 미소를 지으며 고개를 끄덕이고, 그 무시무시한 지옥으로 돌아가고 싶다. 왜냐하면 핀은, 아나키티는, 라울 놀드에게 소중한 사람들이니까. **당연한 거 아냐!!**

저울이 기울어지려 했다.

희망을 꿈꾸며, 금단과 기적의 열매에 손을 뻗으려 했다.

수막이 귓구멍에 달라붙은 것처럼, 주위의 불투명한 목소리가 귀에 메아리치는 가운데, 결단을 요구받은 라울은——.

【라울. 『영웅』에 취하지 마.】

"──────우웃!!"
그 말을, 떠올리고 말았다.
그리고

"──후퇴!!"

선택했다.
　책임감을 가지고, 『영웅』의 이름을 저버리고, 『겁쟁이』라
는 낙인을 짊어졌다.
　"50계층으로 돌아가 샤론 파티와 합류! 그대로 지상으로
탈출한다!!"
　그 자리의 시간이 멈춰버렸다.
　너덜너덜해진 아리시아와 엘프들이 헛숨을 삼켰다.
　멈춰버린 시간을 깨뜨린 것은, 레피야.
　"웃기지 마!!"
　선황색 머리카락의 소녀가 누구보다 먼저 반항의 목소
리를 높였다.
　"아이즈 씨를 두고 갈 거야?! 단장님네를, 저버릴 거야?!
자기 목숨이 아까워서 도망치다니! ──비겁자!!"
　상처투성이인 레피야가 원수를 대하듯 매도를 퍼부었다.

힐난하는 소녀의 한 마디 한 마디가 라울의 가슴을 찢어 발긴다.

피를 토하고 싶다. 차라리 토할 수 있다면.

악력을 잃은 손이 떨리고, 결심이 둔해지려 했다.

그러나 그 나약한 마음을 혼신의 의지를 담아 짓누르며, 라울은 레피야의 멱살을 두 손으로 움켜쥔 채 벽에 꽂아버렸다.

"!!"

"그래! 나는 비겁자다!! 여기서 단장님네에게 등을 돌리는 개자식이다!!"

노성을 터뜨렸다.

22년 인생 속에서 단 한 번도 내지 못했던 성량으로, 온몸을 떨며, 눈꼬리가 찢어질 듯한 표정으로, 크게 뜨인 남색 눈동자에 모든 감정을 쏟아부었다.

"하지만 우리가 가봤자 단장님네는 구할 수 없어!"

"——!!"

"죽을 뿐이야! 알겠어? 죽을 뿐이라고, 레피야!! 여기서 돌아갔다간 우리는 이야기 속의 영웅처럼 자랑스러운 존재가 되어, 용감하게 **개죽음당한다고!!**"

레피야는 말문이 막혔다.

"누군가가 이 정보를 지상으로 가지고 돌아가서『**원군**』**을 데리고 돌아올 수밖에 없어!** 우리만으로는 절대 단장님네를 구할 수 없어!"

멱살을 조여대는 라울의 두 손이, 그녀의 가슴에 현실을 호소했다.

　"우리의 멋들어진 자기만족은 아무도 구하지 못해! 피를 토할 만큼 비참하고, 후회하며 죽어버리고 싶어질 정도의 『보신』만이 단장님네를 구할 가능성이 있어!!"

　그것도 단지 가능성이 있다는 것뿐.

　확실하지도 않고, 그때도 절망이 기다리고 있을지 모른다.

　하지만, 0은 아니다.

　레피야의 등을 떠밀었던 용단의 자폭과는 달리, 동료들을 구출할 확률이 0은 아닌 것이다.

　그러므로—— 청년은 『영웅』을 버렸다.

　은밀히 몇 번이나 동경했던, 강하고 아름다운 선배들 같은 존재에게 손을 뻗고 있었던 자신을.

　사내는 『용자』가 되고 싶었던 자신을 지금, 죽인 것이다.

　"나는, 아무도 구하지 못하는 『영웅』은 될 수 없어!"

　"!!"

　"누군가를 한 명이라도 구할지 모르는, 『겁쟁이』를 택하겠어!"

　——『겁쟁이』란 궁극적으로 말하자면 『영웅신앙』에 대한 내성이다.

　많은 이들은 마음속 깊은 곳에 『영웅이 되고 싶다』는 소망을 품고 있을 것이다.

애초에 누구나 『영웅선망』을 품고 있다.

그리고 그런 눈부신 빛을 보더라도, 라울만은 뛰어들지 않고, 발을 멈춘 채—— 어둠 너머에서 기다리는 아나키티와 동료들에게 눈물을 흘리며, 등을 돌린 것이다.

"『영웅』에 취하지 마!!"

눈물을 불태우는 포효가 레피야를 후려쳤다.

"『영웅』에……!! 취해선…… 아, 안 된다고……!!"

피를 토하는 단장의 심정이 요정의 뺨을 힘없이 때렸다.

살가죽이 찢어질 정도로 쥐어졌던 청년의 주먹에서 붉은색이 넘쳐나, 소녀의 피와 섞였다.

아리시아는 그 자리에 서서 움직이지 못했다.

청년과 함께 용자의 말을 들었던 크루스는, 몸을 떨며 입술을 깨물었다.

그 옆에서 나르비만이, 청년 대신 눈물을 흘렸다.

마지막으로 레피야는…… 고개를 숙였다.

몸에서 힘을 잃고, 『궁지』를 택하려던 자신보다, 『겁쟁이』가 될 각오를 짊어진 라울이 옳다는 것을 인정하고, 마음을 돌린 것이다.

긍정도 부정도 없었지만, 두 번 다시 반론이 제기되지 않는 소녀에게서 손을 놓은 라울은 힘차게 뒤를 돌아보았다.

"전속력으로 달려간다! 서둘러!!"

라울은 거짓 독재자가 되었다.

결코 손이 닿지 않는 두령의 그림자를 긁어모아, 꼴사납게 자신에게 붙여놓고, 명령을 내렸다.

아리시아, 크루스, 나르비, 세 명의 엘프들은 그 명령에 따랐다.

후퇴한다.

동료들을 놓아두고, 지금 낼 수 있는 최고속도로 제60계층에서 이탈했다.

라울에게 손목을 붙들린 채 달려가는 레피야는, 뒤를 돌아보았다.

남색 눈에서 눈물을 흘리며. 미안해요, 라고 몇 번이나 중얼거리며.

청년의 손도, 눈물을 참으려는 것처럼, 아플 정도로 소녀의 손목을 꼭 움켜쥐고 있었다.

연결통로인 균열에서 뛰쳐나가, 그대로 더욱 상위 계층으로.

제59계층까지는 그것만으로도 어떻게든 통과했다. 그 무서운 『바람』도, 추격도 없이, 전력질주하는 라울 일행은 대형 룸을 가로질러, 다음 층으로 이어지는 연결통로로 뛰어들 수 있었다.

하지만, 제58계층.

그곳에서 라울 일행을 기다리고 있던 것은, 지옥도였다.

『──────────────────────!!!!』

"크윽……?! 극채색 몬스터!"

그것도 대군.

『더럽혀진 정령』은 도망치는 겁쟁이들을 예상했는지, 제60계층이 아닌 상위 계층에 자신의 촉수를 숨겨놓았던 것이다. 절대로 놓치지 않기 위해. 만약 『아리아』를 놓치더라도, 만신창이가 된 모험자들과 함께 해치워 끌고 가기 위해.

라울 일행으로는 이 괴물의 벽을 돌파할 수 없다.

『영웅』이 없는 그들로서는, 이 사지를 빠져나갈 수 없다.

"──우회해! 안쪽의 연결통로로! 빨리!!"

그래도 겁쟁이들은 발버둥친다.

공격이 시작되기 전에 달려나간다. 그것도 헛된 노력으로 끝났다.

괴물의 무리가 일제히 모험자들에게 달려들어, 거대 벌레가 부식액을 일제히 뿌리려 했다.

라울 일행의 눈앞에 죽음이 밀려든 순간,

"가세요!"

처절한 포효와 함께 천장을 뚫고 나온 『수수께끼의 그림자』가, 극채색의 무리를 향해 낙하했다.

꽝음과 진동, 그리고 살점이 폭발하는 격쇄.

경악한 라울 일행이 돌아보자, 그들의 시야에 들어온 것은『한 마리의 세이렌』이었다.

　"설마……『제노스』?!"

　"저건—— 레이!"

　인간의 언어를 구사하는 괴물에게 크루스가 소리를 지르고, 아리시아가 이름을 불렀다.

　견제하듯 괴물에게 괴음파를 퍼부은 세이렌 레이는, 여유라고는 한 점도 없는 목소리로 외쳤다.

　"가세요, 아리시아 씨! 여기는『그』에게 맡기고!"

　대군의 중앙, 막대한 모래먼지가 솟아나는 그 너머에서, 레피야는 분명히 보았다.

　포효와 함께 살육을 개시하는 무시무시한 안광과,『칠흑의 맹우』의 실루엣을.

　"이 앞에도 우리 동포들이『길』을 만들고 있어요! 그 길을 똑바로 가세요!! 안 그러면, 짓밟힐 거예요!!"

　"……! 뛰어!!"

　레이의 절박한 호소에, 라울은 망설임 없이 달려나갔다.

　감사의 인사도 남기지 못하고 연결통로로 진로를 잡은 아리시아가 뒤를 돌아보았을 때, 세이렌은 지금 막 태어난 발강 드래곤을 향해 똑바로 날아가고 있었다. 극채색 몬스터를 상대하는『그』의 부담을 조금이라도 덜어주기 위해—— 겨우 둘이서 후방의 수비를 맡기 위해.

　"오오오! 우오오오오!!"

　"가자, 가자!!"

제57계층에 올라온 후로도 지옥은 이어졌다.

『더럽혀진 정령』의 첨병들이 개미 떼처럼 출현했다.

던전에서 태어난 몬스터가, 이쪽의 사정 따위 봐주지도 않은 채 덤벼들었다.

그런 것들을 모두 물리치면서, 무장한 몬스터들이 너무나도 좁은 한 줄기의 『탈출경로』를

을 확보해주고 있었다.

오쿨루스가 파괴될 때까지 전투의 경과를 지켜보았던 펠즈의 지시였다.

미궁의 이변을 감지한 『제노스』들의 헌신이었다.

무장한 몬스터들이 서툰 인간 언어로 고함을 지르며, 라울 일행을 위한 벽이 되었다.

시야 끄트머리에서 한 마리의 『제노스』가 쓰러졌다. 부식액을 뒤집어쓰고 재가 되어 허물어졌다. 바로 뒤에서는 단말마의 비명도 들려왔다.

그러한 모든 것들에 숨을 떨며, 시야가 뿌옇게 흐려진 『겁쟁이들』은 달렸다. 오열이 새나오는 아리시아는 눈물을 감출 수 없었다.

괴물의 희생에 눈물을 흘리다니, 모험자로서도 인간으로서도 실격이었다.

그러므로, 반드시, 그들의 헌신에 보답해야만 했다.

"서둘러! 【로키 파밀리아】!!"

제51계층 연결통로 앞, 혼자서 싸움을 계속하는 상처투

성이 리저드맨의 고함에 등을 떠밀린 채, 제50계층으로.

그곳에 무엇이 펼쳐져 있는지는, 이미 괴물들의 포효가 알려주고 있었다.

"캠프가……!"

암반 위에서 무수한 연기를 피워올리는 베이스캠프.

그 옆에서 쓰러진 채 움직임을 완전히 멈춘 여러 개의 거대한 몸은, 설마 『여성형』인가.

지지난번 『원정』에서 아이즈가 토벌했던, 『데미 스피리트』에는 이르지 못한 불완전한 극채색 몬스터를 본 레피야가 헛숨을 삼키고, 이내 야영지로 서둘러 달려갔다.

"샤론!"

"라울! 미안, 지키지 못했어……!"

라울 일행이 도착하자, 지휘를 맡고 있던 샤론이 너덜너덜해진 모습으로 달려왔다.

그녀 뒤쪽의 광경은 끔찍했다. 【디안 케흐트 파밀리아】의 힐러들만으로는 치료할 수 없었던 단원들이, 다른 파벌의 모험자들이 그리고 스미스들이 수많은 부상자가 된 채 모여 있었다.

——이만한 부상자를 데리고, 남은 50계층의 길을 역주해, 지상으로 귀환한다고?

불가능하다. 라울의 이성은 단언했다.

그럼에도 『겁쟁이』는, 『비겁자』가 되어, 선택할 수밖에 없었다.

짊어질 수밖에 없었다.

이 너머에 기다리고 있을『죄』와『책임』을.

"단장님네는……?"

"……부대를 최대한 재편해서, 전속력으로 지상까지 돌아가겠어!"

"…………알았어."

이곳에는 없는 두령의 가면을 쓰려 하는 라울에게, 샤론은 힐난하지 않았다.

다 듣지 않아도, 라울의 결단에 자신들의 운명을 맡기기로 했다.

상공을 선회하던 여러 개의 그림자,『제노스』의 가고일들이 경고하듯 울부짖었다.

계층 남쪽 끝에서, 숨어있던 지면을 뚫고 새로운『여체형』세 마리가 동시에 나타났다. 라울에게는 반항할 목소리를 낼 여유도 없어,『파벌연합』은 완전철수할 수밖에 없었다.

그리고 절망이 함께 하는 도피행이 시작되었다.

"……가라."

【맹자】가 대기하고 있던 제49계층을 사망자 없이 돌파.

"끄아아아아아아아아아아아아아아아아아아악?!"

극채색 몬스터가 아직까지 나타나는 제44계층. 여기서 첫 희생자가 나왔다.

"……그런 표정으로 보지 마라,【로키 파밀리아】. 구역질

나니까."

"리베리아 님을 이미 저버린 몸이다. 여기서 죽지 못하면 면목이 서질 않아. 그러니, 맡기겠다. 부디 그분을. ──프레이야 님, 죄송합니다."

제40계층. 반파된 부대를 향해, 에인헤랴르 두 사람이 밉살맞은 소리를 던지며 몸을 돌렸다.

동포의 뒤를 따라가려던 아리시아를, 레피야가 따귀를 때려 끌고 돌아왔다.

눈물은 좀처럼 마를 줄을 몰랐다.

"두고 가지 마! 제발 두고 가지 마……………… 빌어먹을, 빌어먹을! 얼른 가, 라울━━━━━━━━!!"

제37계층. 부상자들이 탈락하기 시작한다.

피로 물든 『비겁자』의 가면에 금이 갔다.

그러나 결코, 『겁쟁이』는 『비겁자』를 그만두지 않았다.

아무 것도 모르는 미궁의 몬스터들은, 마치 잔인한 사신과도 같았다.

"라울 놀드! 틀리지 않았다!"

그리고.

"예니테의 숲의 엘프, 지식을 관장하는 요정 멜루나 슬레아가 위대한 성수에 맹세코 말하니! ──네놈은, 틀리지 않았다!!"

제34계층.

멜루나가 죽었다.

부대를 지키기 위한 특공이었다.

동료들을 먼저 떠나보내고 마지막까지 남아 있던 에인헤랴르가, 마지막 사명을 완수하기 위해, 스러져갔다.

처음에는 그렇게 쌀쌀맞았는데, 피로 물들어 한쪽 팔을 잃고도 온기가 느껴지는 미소를 지으며, 떨고 있는 라울을 긍정했다.

지상에 무사히 돌아간다면, 서로를 인정하는 모험자가 될 수 있었다. 그런 미래는 두 번 다시 찾아오지 않는다.

『비겁자』의 소중한 것이 하나, 사라졌다.

『오오오오오오오오오오오오오오오오오오오오!!』

제30계층. 이제는 무리였다.

어디까지 잠복시켜둔 것인지, 극채색 몬스터들의 추격은 끊이질 않았다.

밀려드는 식인꽃의 돌격에, 『비겁자』는 죄와 책임을 짊어진 채, 『영웅』의 소질을 가진 엘프 소녀에게 뒤를 맡기려 하다가,

"전원, 돌겨어억————!!"

"이쪽이야, 【로키 파밀리아】!"

죽지 못했다.

우라노스의 명령을 받은 【가네샤 파밀리아】의 정예들.

지상에서 무시무시한 속도로 달려온 그들이, 『비겁자』가 죽도록 내버려 두지 않았다.

"식인꽃은 우리가 맡을게! 지상으로 가!"

제27계층. 극채색의 습격이 겨우 끊겼다.

한솥밥을 먹었던 소중한 이들은 이젠, 돌아오지 않을 텐데.

"……『제27층 악몽』때랑 똑같구만."

제20계층. 차출된 리빌라 마을의 두목이 뭐라고 말하고 있었다.

한 마디도 들리지 않았다.

제18계층.

제13계층.

제10계층.

제7계층.

숨은 끊어질 듯하고, 멈추지 않고 움직였던 팔다리는 납처럼 무겁고, 안전권에 도달했다는 안도감이 몸도 마음도 꺾으려 했다. 하지만 멈출 수 없다. 멈춰서는 안 된다. 달려가지 않으면 그 무엇에도 보답할 수 없다.『비겁자』는 진정한 개자식으로 전락할 것이다.

그래서 달렸다.

틈을 보이면 죽이려 드는 던전에게, 다시는 빼앗기지 않기 위해.

끝까지 달리고, 달리고, 달려서, 마지막까지 따라와 준 선황색 머리카락의 엘프와 함께,『비겁자』를 관철했다.

제1계층.

도착 소요 시간은 5일.

상식적으로 생각하면 믿을 수 없는 속도.
그러나.

【로키 파밀리아】희생자 8명.
【헤파이스토스 파밀리아】희생자 5명.
【디안 케흐트 파밀리아】희생자 1명.
【프레이야 파밀리아】희생자 3명.
나머지 다른 파벌 합계 희생자 4명.

모든 것이 한순간으로밖에 느껴지지 않았던 시간 동안,
그만한 수를 잃었다.
용자였다면 절대로 희생자를 내지 않으리라는 확신.
검희가, 선배들이 있었다면 아무 일도 없이 생환했으리
라는 사실.
영혼까지 좀먹는 자책감에 무릎이 꺾이려 했지만, 그래
도 『비겁자』는 많은 이들의 힘을 빌려 『파벌연합』 57명을
생환시켰다.
겁쟁이이자 비겁자인—— 라울 놀드는, 지상의 빛을 향
해, 달려갔다.

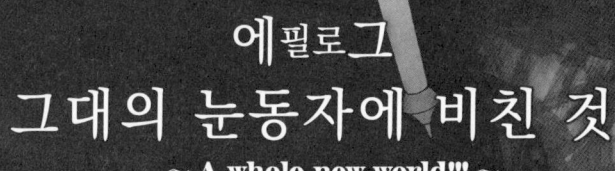

에필로그
그대의 눈동자에 비친 것
~ *A whole new world!!!* ~

달려 올라간다.

붉게 물든 땀을 방치한 채, 흐트러진 숨을 고를 틈도 없이, 발밑에 쓰러진 희생을 짓밟으며, 무턱대고 오르막길을, 계단을 뛰어올랐다.

치러버린 희생을 헛되이 하지 않기 위해, 아직 되찾을 것이 있다고 믿기 위해, 모두가 눈물을 삼키며『빛』으로 향했다.

악랄한 미궁에 스며들 리 없는, 지상의 광채로.

"허억, 허억, 헉……! 커헉, 콜록…… 우웨에에엑……!!"

던전을 벗어나, 『바벨』지하 1층까지 도달한 순간, 라울은 지병을 떠올린 것처럼 토했다.

다른 단원들이 완전히 피폐해져 바닥에 주저앉는 가운데, 『선택』의 책임을 한 몸에 짊어졌던 라울만은, 그 고통과 후회를 견디지 못한 채, 토사물을 쏟아냈다.

숨을 헐떡이는 단원들은 그 꼴사나운 모습을 나무라지 않는다.

떨리는 두 팔과 무릎으로 몸을 지탱한 레피야도, 더 이상은 그 결단의 결말을 매도할 수 없었다.

"로, 【로키 파밀리아】……?! 무슨 일이 있었던 거야!"

"완전히 너덜너덜하잖아……."

"이봐, 비켜!"

"중상자부터 당장 옮겨! 탑의 시설을 사용한다! 서둘러!!"

만신창이가 되어 나선계단에서 튀어나온 【로키 파밀리

아】의 모습에, 던전 안에서 엇갈려 지나간 이들은 물론, 아무 것도 모르는 모험자들은 크게 당황했다.

펠즈의 신속한 수배로『원정』실패—— 패주의 정보를 알게 된 도시의 헌병【가네샤 파밀리아】나 치료사단【디안 케흐트 파밀리아】만이 인파를 밀어젖히고 단원들의 이송을 개시했다.

패잔병이나 다를 바 없는 광경은 너무나도 처참했으며, 멀찌감치 떨어져 에워싸고 바라보던 모험자들의 눈빛은 한없이 자신들을 비참하게 만들어, 레피야는 도저히 직시할 수가 없었다.

"……이기 전부가."

"로키……!"

떨리는 손을 바닥에 짚고 간신히 일어났을 때, 그 모습을 발견했다.

분명 이곳에서 권속들이 돌아오기를 줄곧 기다렸을, 주신 로키.

열흘 남짓한 시간이 지나, 출발했을 때보다도 확연히 줄어버린 생환자의 숫자에, 주홍색 눈을 가늘게 뜬 로키는 어떤 인물에게 똑바로 다가갔다.

말도 못 하는 중상자들도 아니고, 가슴이 찢어질 것 같은 레피야도 아닌, 지금도 구역질을 멈추지 못하는 라울에게로.

무엇보다도 옳고 누구보다도 무거운 판단을 내렸으며,

핀 일행을 저버리면서까지 동료들을 지상으로 데려온 후임 지휘관 앞에서, 한쪽 무릎을 꿇었다.

"라울……."

모든 것을 이해하고 위로하듯, 그 손이 청년의 어깨에 얹히려던, 그때.

"──크윽!!"

눈을 번쩍 뜬 라울은, 없는 힘을 쥐어짜내 신의 손을 쳐냈다.

로키가 눈을 크게 떴다. 레피야도 놀랐다.

쳐낸 반동으로 청년의 상처에서 튄 핏방울이 신의 얼굴을 물들였다.

붉은색으로 탁해진 눈물을 흘리는 라울은, 원수를 노려보듯, 시야 저 너머를 올려다보았다.

"아직……! 아직, 나한테는……!!"

──할 일이 있어.

마지막까지 꼴사납게, 끝까지 관철해서, 이뤄야만 할 책무가 있어.

그 목소리 없는 외침을, 레피야는 똑똑히 들었다.

청년은 로키를 밀어내고 일어나, 비틀비틀 나아갔다.

목표는 위로 이어지는 계단.

축복이 될 리 만무한 태양의 기척이 스며드는 『바벨』 지상 1층.

신은 그저 입을 다문 채 아무 말도 없이 지켜보았다.

레피야도 이를 악문 채, 비참하고도 고결한 그 뒷모습을 따라갔다.

움직일 수 있는 단원들도 떨리는 팔다리를 움직여, 망자처럼 뒤를 따랐다.

한 단, 한 단 단차를 밟아가며, 요란한 소리가 들려오는 빛 너머로 향했다.

기어가듯 계단을 다 오르자, 그곳에는 소란스러운 광경이 펼쳐져 있었다.

"『원정』 실패……?!"

"【로키 파밀리아】가?!"

"헤파이스토스랑 디안 케흐트 녀석들도 있지 않았어?!"

"뻔뻔하게 자기들끼리만 도망쳐 온 거야?!"

지하 1층 이상의 혼란이, 동요가, 매도가 소용돌이치고 있었다.

소란을 듣고 달려온 모험자들이 경악과 공포, 분노를 뿌려댔다. 창백하게 질린 길드 직원의 제지도 듣지 않고 사람들은 계속해서 모였으며, 공황 일보 직전, 아비규환의 양상을 확산시켰다.

계단 주위에는 엘리베이터를 기다리는 부상자들. 상층의 치료원으로 가기 위해 바닥에 눕혀진 【로키 파밀리아】의 단원들이 짙은 쇠 냄새를 풍기고 있었다.

선혈에 잠긴 동료들.

많은 부상을 입고, 몸의 일부를 잃은 자마저 있는, 만신창이의 파티.

출발 전에는 그렇게나 늠름했던 단기가 너덜너덜해져, 광대가 눈물을 흘리듯 흔들리고 있었다.

그리고.

"『원정』은 실패!『원정』은 실패!! 60계층에서 파벌연합은 **궤멸!!**"

혼돈의 공간 속에서, 라울이 외쳤다.

자신도 피투성이가 되어, 한쪽 팔을 붙든 채, 당장이라도 쓰러질 것 같은 얼굴로 여전히 호소했다.

핏발이 선 눈으로 눈물을 흘리며, 자신이 선택한 결말을, 결행해야만 하는『뒤처리』를 위해, 수치도 체면도 내팽개치고 통곡에 가까운 목소리를 높였다.

"어서, 응원을!! 동료들이, 단장님 일행이 아직도『심층』에——!!"

그 애절한 절규 앞에, 바벨의 시간은 멈춰버렸다.

라울만이 소리를 지르는 애절함이, 세계의 정체와 침묵이 레피야의 마음을 잠식했다.

레피야의 곁에 아이즈는 없었다.

리베리아는 없었다.

티오나와 티오네도 없었다.

핀도, 가레스도, 베이트도, 아나키티도, 그곳에는 없었다.

있는 것은 고락을 함께 했던 동경과 동료를 저버리고 도망쳐온 레피아 일행뿐.

사람들의 눈이 규탄한다.

세계 그 자체가 『패배자』의 낙인을 찍어댄다.

터무니없는 무력감이, 말 그대로 패배감이 이제야 기억났다는 것처럼 밀려들어와, 참고 있었던 눈물이 눈꼬리에서 넘쳐나려 했다.

위대한 『영웅들』은, 이제 없는 것이다.

'그래도————.'

그러나.

레피야는, 『그것』만은 하지 않았다.

『절망』만은, 받아들이지 않았다.

다른 단원들이 비참하게 고개를 숙이며, 바닥에 암담한 시선을 떨구더라도, 레피야만은 절대 고개를 숙이지 않았다.

왜냐하면, 거기에는 『분노』가 있었으니까.

뱃속 한복판에서 이글거리는 초열의 원천이, 피 흘리는 상처마저 녹이는 불꽃의 근원이, 레피야를 비참한 소녀로 전락시킬 수 없는 발화점이 존재했으니까.

속이 뒤집힐 정도로, 그 『분노』는 레피야의 시야에 크게 들어왔다.

한 『소년』이 서 있었다.

멈춰버린 시간과 함께 그 하얀 머리를 정지시킨 채, 이쪽을 아연실색 바라보는 루벨라이트색 눈동자가.
동경하는 이의 가르침을 받아왔던 유일한 모험자가.
위대한 『영웅들』에게 다가서는, 『새로운 영웅』이, 이곳에는 있었다.
'그래도———— 끝은 아니야!!'
레피야는 그 『분노』의 이름을 알고 있다.
그 『분노』의 이름은, 『희망』.
루벨라이트색과 남색이 시선을 얽었다.
한 줄기 희망의 빛을 눈에 비추며, 결코 무릎을 꿇지 않은 채, 주먹을 부르쥐고, 요정은 불굴을 맹세했던 것이었다.

선언한다.
【백광의 화염과 요정의 포효는, 파멸을 타도하고 『역습』에 나서리라】——.

Status Lv.5

힘	111	내구	13
기교	114	민첩	122
마력	14		

마법 파우배쉬

- 타격마법. 『힘』 어빌리티 수치의 효과 영향.
- 도검류 사용시, 참격마법으로 변환. 『민첩』 어빌리티 수치의 효과 영향.

스킬 캣 워크

- 『민첩』 소보정. ・ 도약력 강화.
- 험로 진행 시 【캣 워크】 효과 증폭.

스킬 캣 리턴즈

- 호감도 일정 도달 대상 접근 시, 『민첩』 소보정.
- 호감도 한계 돌파 대상 접근 시, 『힘』, 『기교』 중보정 및 『민첩』 고보정.

장비 가토 네로

- 표준 사이즈 한손검.
- 【고브뉴 파밀리아】 작. 가격은 라울의 미궁 수입 3개월치.
- 아나키티가 선물한 《프로타고니스타》를 계속 신경 썼던 라울의 답례품.
- 받아든 아나키티는 어이없어했지만, 제1급 모험자가 된 지금도 정비와 개수를 계속해 애용하고 있다. 엘피의 말에 따르면 정비하는 동안에는 "꼬리가 계속 기분 좋게 흔들리고 있다"고.
- 슬슬 좀 더 강한 무기로 갈아타면 어떻겠냐고 라울이 친절하게 말했을 때, 아나키티는 진심으로 화를 내며 한동안 말도 붙이지 않았다.

장비 흑채의 버클러

- 견고하면서도 가벼운 소형 방패. 소재는 흑강석.
- 속도를 중시하는 아나키티의 배틀 스타일을 저해하지 않기 위한 방어구.

ANAKITTY
AUTUMN

아나키티 오텀

소속	로키 파밀리아
종족	수인(캣 피플)
직업	모험자
도달계층	제60계층
무기	검, 단검
소지금	29,810,000발리스

후기

외전 제11권의 삽화에서도 등장했던 아우라는 이번 권을 위한 포석! 이라고 꽤 오래 전에 으스댔더니 던전만남 스태프 분들이 "악마세요?"라고 하셨습니다. 아, 아니거든요…… 아니, 역시 맞을지도…….

제15권 본문을 다 읽으신 분이 이번 후기를 읽고 계신다고 생각하면 추가타가 되어 함부로 아무것도 쓰지 못하겠네요. 심지어 저도 무슨 표정으로 무슨 말을 해야 좋을지 알 수 없는 그런 상태라, 본문에서 퇴장했던 어떤 적 캐릭터에 대해 언급해볼까 합니다.

분명 본편을 포함한 시리즈 전체에서도 처음 등장하는 '강한 대인 캐릭터', '순수한 적'이라, 당시에는 상당히 고생했던 기억이 있습니다. 게다가 이번 15권에서 정리하는 게 가장 힘들었던 것도 그녀였죠. '적 캐릭터를 묘사하는 게 힘들다'는 자신의 의식이 그대로 형태가 된 등장인물, 이라는 이미지가 개인적으로는 있습니다.

최강 외전 주인공의 천적이니까 엄청나게 강하지 않으면 안 된다, 잔인하지 않으면 안 된다, 하지만 금방 쓰러져서 퇴장해도 안 된다, 안 된다, 안 된다…… 그런 '~하지 않으면 안 된다'가 쌓이고 쌓여, 그녀에게는 손해 보는 역할만 시켜버렸다고 후회도 하고 있습니다.

정해져버린 설정상, 그녀 자신도 자신에 대해 잘 모르고 있었고, 그 점을 다시 파내서 깨닫게 하는 데에도 꽤나 시간이 걸렸습니다. 심지어 사용하지 않았던 설정도 몇 가지 있고요. 이게 좋았으려나, 뭐가 옳았으려나, 정답은 없는데 아직도 고민하고 있습니다.

다만, 정령과의 신비한 유대가 보였을 때, 내던져버리지 않길 잘했다고 느꼈습니다.

그녀는 저에게 불만을 늘어놓을지도 모르지만, 많이 단련시켜줘서 고맙다고, 많이 가르쳐줘서 고맙다고, 저만은 고개를 숙이고 싶네요. 정말 수고했어. 고마워.

그러면 감사의 말씀으로 들어가겠습니다.

쓸쓸함의 극치지만 본서에서 밴드를 해산해버린 우사미 님, 이제까지 정말 감사했습니다. 마지막으로 함께 만든 제 15권의 플롯이 어떤 이야기가 되었는지 지켜봐 주시면 정말 기쁘겠습니다. 담당 타카하시 님, 나카미조 님, 츠쿠이 님, 폐를 잔뜩 끼쳐드렸지만 연속 간행을 든든하게 지탱해 주셔서 감사 감격입니다. 앞으로도 부디 잘 부탁드려요. 본서에서도 힘을 빌려주셨던 하이무라 키요타카 선생님, 예정에 없었던 엄청난 양의 등장인물을 그려주셔서 "에엑?!" 하고 리얼로 소리를 질러버렸습니다. 이젠 외전은 하이무라 선생님의 아이들 없이는 성립되지 않는다는 걸 새삼 실감하고 있어요……! (정말로 감사했습니다!) 특장판 출판도 포함해, 진력해주신 관계자 여러분께 최대급의 감사를.

마지막으로 독자 여러분, 거만한 말이 될지도 모르지만, 부디 따라와 주시기 바랍니다. 저는 아직 여러분과의 모험을 여기서 끝내고 싶지 않다고, 그렇게 생각하니까요.

다음 권은 요정 히로인이 각오를 팍팍 다질 수 있도록 역습 개시.

반복이 되어 죄송하지만, 다음에 나올 본편 21권과 함께 즐겨주시면 감사하겠습니다.

그리고 『소드 오라토리아』라는 이야기를 처음부터 읽고 어떤 등장인물을 지켜봐 주신 분께는, 부디 다음 권만은 꼭 봐주셨으면 하는, 그런 제멋대로인 부탁을 품고 있습니다(스포일러가 무서워서 자세한 내용은 한 마디도 쓸 수 없으니 죄송합니다!).

여기까지 읽어주셔서 감사합니다.

그럼 실례합니다.

오모리 후지노

던전에서 만남을 추구하면 안 되는 걸까
외전 소드 오라토리아 15 소책자 특장판

2025 년 7 월 15 일 1 판 1 쇄 발행

저 자	오모리 후지노
일 러 스 트	하이무라 키요타카
캐릭터 원안	야스다 스즈히토
옮 긴 이	김민재
발 행 인	유재옥
담 당 편 집	정영길

이 사	조병권
출판본부장	박광운
편 집 1 팀	박광운
편 집 2 팀	정영길 조찬희 박치우
편 집 3 팀	오준영 이소의 권진영 정지원
디자인랩팀	김보라 전세연
디지털사업팀	김지연 윤희진 장혜원
콘텐츠기획팀	강선화
라이츠사업팀	김정미 이지현 유아현
영업마케팅팀	최원석 윤아림
물 류 팀	백철기
경영지원팀	최정연
인쇄제작처	㈜코리아피엔피
발 행 처	㈜소미미디어
등 록	제2015-000008호
주 소	서울시 마포구 토정로222, 502호 (신수동, 한국출판콘텐츠센터)
판매 및 마케팅	(070) 8822-2301

ISBN 979-11-384-3868-1 (04830)
       979-11-5710-021-7 (세트)

소드 오라토리아 15

던전에서 만남을 추구하면 안 되는 걸까 외전

Sword Oratoria

오모리 후지노 지음 | 하이무라 키요타카 일러스트
야스다 스즈히토 캐릭터 원안 | 김민재 옮김

S NOVEL S

후배들과의 유대

"레피야 선배~! 부탁이에요, 우리도 『원정』 따라가게 해 주세요오!"

손님이 왔다는 연장자 단원의 말에 홈의 문 앞까지 갔다가, 레피야는 순식간에 『학생들』에게 포위당했다.

"나, 나노? 게다가 밀리랑 루크, 콜까지…….."

"【로키 파밀리아】가 『원정』 간다는 말을 들었어요, 레피야 선배!"

"짐꾼이든 뭐든 할게! 우리도 데려가줘!"

"발두르 님이랑 레온 선생님께 인턴 허가증도 받아왔어요!"

복슬복슬한 스트로베리 블론드를 찰랑거리는 나노가 달려들어 당황해버린 것도 찰나, 엘프 밀리리아, 휴먼 루크, 웨어울프 콜이 잇달아 말을 쏟아냈다.

처음에야 놀라버렸지만, 레피야는 이내 상황을 이해했다.

어디서 듣고 왔는지 ──분명 치료원에서 소란을 떨었다는 티오나 언저리겠지── 『원정』 소식을 알고 그들은 이 『황혼관』으로 달려왔던 것이다.

하계의 현재 상황을 근심하는 『학구』 학생들, 특히 『제7소대』의 관심사는 레피야를 비롯한 모험자들이다. 분명 『3대 퀘스트』를 위해 상급 모험자가 보고 있는 광경을 공유하고 싶다는, 그런 일념에서 지원했으리라.

높은 의식수준은 과연 『학구』, 과연 후배들이라고 칭찬해줄 만했지만, 레피야는 딱 잘라 말했다.

"안 돼요. 동행은 허가할 수 없어요."

"아~~! 그럴 줄 알았어~~! 왜 안 되는데요오오~~?!"

딱 잘라 말한 순간 허리 언저리에 안겨 있던 나노가 스트로베리 블론드를 부비부비 복슬복슬 밀어붙였다.

답을 예상했으면서 왜 물어보는 건가 싶어 머리가 아파졌다.

덤으로 가슴도 간지러웠으므로 떼어냈다.

최근 커지기 시작했다고는 하지만, 이런 데서 엘프의 가슴을 탐닉하지 말아주었으면 좋겠다.

봐, 루크도 민망하니까 얼굴을 붉히고 있잖아.

그런 생각을 하며, 레피야는 임시였다고는 하지만 『옛 제자들』에게 설명했다.

"우선 첫째로, 여러분의 실력부족. 지금의 『제7소대』는 『원정』에 데려갈 수 없어요."

"루크랑 나노는 Lv.3이고, 저랑 콜도 『원정』까지는 【랭크 업】을 하고 말 거예요! 기합과 근성으로!"

"기합과 근성으로 【랭크 업】은 못해요."

"레피야 선배도 Lv.3일 때 『원정』에 동반했다고 으스대면서 자랑했잖아요오~!"

"자랑은 안 했어요! ……어흠, 두 번째 이유인데, 느닷없이 인턴을 시켜달라고 와도 우린 받아들일 준비가 되어 있지 않아요. 갑자기 소대 하나가 통째로 들어온다면 부대 운용을 재고해야만 하니까요."

"윽…….."

자기도 모르게 언성을 높이기도 했지만, 인스트럭터로 돌아오면서 말을 거듭했다.

고집을 부리는 밀리리아와 나노는 착각을 하는 듯했으나, 레피야가 말하는 실력이란 순수한 역량, 나아가서는 【스테이터스】를 가리키는 것이 아니다. 던전이나 몬스터에 대한 지식량, 소대 단위가 아닌 대부대 속에서의 움직임, 그 밖에도 여러 가지 능력이 종합적으로 요구된다.

구태여 한데 뭉뚱그려 말하자면, 오라리오 출신 모험자들과 비교해 『제7소대』에게는 『경험』이 압도적으로 부족한 것이다. 이것은 던전 실습 때도 레피야가 인스트럭터로서 입이 닳도록 지적했던 사항이기도 했다.

그리고 무엇보다, 레피야만의 독단으로 인턴 요청을 허가할 수는 없었다.

『제7소대』는 Lv.3의 실력자가 있는 엘리트 소대이며── 레피야와의 상성도 좋았으므로── 간부들은 물론이고 애초에 『학구』를 싫어하는 로키도 인턴 자체는 순순히 허가해 줄 것 같지만, 『원정』이라면 이야기가 다르다.

조금 전에도 언급했듯, 소대가 하나 늘어나기만 해도 부대의 미세조정이 발생한다. 던전에 대한 경험이 부족한 학생들을 데리고 간다면, 그들을 돌봐줄 라울 같은 이들도 분명 곱게 생각하지는 않을 것이다.

『원정』은 결코『수학여행』이 아닌 것이다.

레피야의 말을 듣고, 인턴 허가증을 준비했던 콜이 겸연쩍은 표정을 지었다.

"솔직히 말하겠어요. 이번『원정』은 이제까지와 달라요. 분명 여유는 없을 거고, 전에 겪어보지 못했을 만큼 힘든 모험이 될 거예요. ……우린 그걸 전제로 공략에 임할 생각이에요."

평소보다도 훨씬 진지한 표정을 짓는 레피야에게, 일행은 흠칫 숨을 삼켰다.

크노소스의 정보나,『더럽혀진 정령』에 대해서는 말할 수 없다.

그들이 머릿속에 그린『원정』과, 【로키 파밀리아】가 임하려 하는『모험』는 다르다.

최소한 하늘과 땅 정도의 차이가 있다.

그 인식의 차이가 있는 한, 레피야는『제7소대』를 동행시킬 마음이 없었다.

때로는 엄격하게, 때로는 타이르듯 말을 고르는 레피야에게,『제7소대』는 어깨를 축 늘어뜨리고 풀이 죽었다. 자신들의 얕은 생각과 높은 바람을 부끄러워했으며, 이대로는 레피야를 곤란하게 만들 뿐임을 깨달았으리라.

"……그럼 선배, 한 가지만 말할게."

그런 소년 소녀들 속에서, 루크는 복잡한 표정으로 분한

듯 입을 꾹 다물었다가, 그래도 레피야를 똑바로 바라보며
말했다.

"절대 죽지 마."

"!"

"꼭 살아서 돌아와. 우린 아직 선배한테 못 이겼으니까."

서툴지만, 소년의 상냥함이 전해지는 약속.

그 말에 군청색 눈을 살짝 크게 떴던 레피야는, 이내 미
소와 함께 고개를 끄덕였다.

"네, 반드시."

『학구』 대표 『제7소대』, 파벌동맹 불참.

그러나 후배들의 마음은, 선배 요정에게로 이어졌다.

오랜만의 동창회 ~Lv.7식 조정술~

"이런 말도 안 되는 파티가 어디 있어……."

어둠이 내려앉은 계층에서, 샥티 바르마는 중얼거렸다.

"아직도 그 소리야, 샥티?"

"퀘스트 삼아 보수를 주지 않았나. 그만 포기하게나."

"그건 받은 게 아니라 다짜고짜 홈에 보냈을 뿐이잖나. 그것도 내가 아니라, 그때그때 분위기 따라 『가네샤 오케이』를 날리는 주신에게 부탁하는 짓은 관둬라."

폭이 넓은 통로를 나아가는 것은 쟁쟁한 멤버들이었다. 창대를 오른쪽 어깨에 얹은 핀, 대형 배틀액스를 걸머진 가레스, 아직도 두통을 느끼고 있는 샥티, 그리고.

"좋지 않은가, 이런 것도! 예의 크노소스 때는 결국 뿔뿔이 흩어져 싸웠으니, 이렇게 어깨를 나란히 하고 싸우는 것도 암흑기 이후 처음이지! 이거야말로 신들이 말하는 『동창회』 아니겠나!"

가가대소하는 츠바키. Lv.7 이상, 그것도 다른 파벌의 단장격이 집결한 이례적인 파티였다. 『미복잠행』이라고는 하지만, 동종업자들이 들었다면 뒤로 나자빠지고 순식간에 소문이 퍼져나가 발칵 뒤집혀버릴 만한 오버파워 편성이다. 샥티는 달려드는 몬스터를 요격하는 짬짬이 몇 번째인지 모를 한숨을 쉬었다.

"퀘스트 내용은 『Lv.7 이후의 조정』이었던가? 너희 둘이 있으면 나나 츠바키의 도움 따위 필요도 없을 텐데."

"뭐, 솔직히 아까 츠바키도 말했던 『동창회』? 그걸 해보고 싶었던 게 제일 큰 이유였어. 입장 때문에 우리도 가볍게 모이기는 어려워졌잖아, 전우?"

"흐하하하! 편리할 때만 전우 소리를 하면서! 헌데 리베리아는 데려오지 않아도 괜찮은 겐가? 그녀도 Lv.7이 됐다면서?"

"그놈은 『학구』가 오기 전에 레피야의 보모 노릇으로 『하층』이니 『심층』에 실컷 다녀왔으니 말일세. 이미 조정이 끝났다네. 우리도 한번은 『오겠나?』하고 말을 걸어봤네만……."

"우리 전원이 장기간 홈을 비워서야 되겠나, 천치들."이라고 눈가를 문지르며 거절당했다고, 가레스는 껄껄 웃으며 대답했다. 지금 하이엘프 왕족은 지상에서 홈을 지키고 있다.

던전 깊은 곳으로 향하는 『동창회』에 참가한 것은 그들뿐이었으며, 이 은밀한 행사를 신들이 알았다면 깔깔 웃어젖혔을 것이다.

"게다가 『조정』 이외에도 이 『토벌』은 끝내놓고 싶었거든."

과거 어느 『흰토끼』가 오래도록 고전했다는, 무시무시한 잠재능력을 가진 몬스터들의 공격을 모조리 튕겨낸 모험자들은, 목표지점인 룸에 도달했다.

"『원정』을 효율적으로 나아가기 위한 장애가 될 테니까."

『──으으으으으으으으으으으으으으으으으으으으으으으으으으으으으으으으으으으으으!!』

침입자들을 발견한 거대한 해골 왕── 몬스터렉스 『우다이오스』가 포효했다.

현재 위치는 던전 제37계층. 어엿한 심층영역.

모험자들이 들었다면 분명 졸도했을 『조정법』으로, 핀 일행은 계층 터주 토벌에 나섰다.

"『우다이오스』는 나랑 가레스가 잡을게. 츠바키와 샥티는 솟아나는 『스파르토이』를 부탁해."

"음, 잡졸 사냥이란 말인가? 재미없구면."

"우리가 위험해지면 얼마든지 달려들어도 좋다네! 하하하!"

"지금 너희에게 도움이 필요하겠나. ……뒤에서 포션 정도는 끼얹어주지. 마음껏 『조정』해라."

"간다아!"

대전사 드워프의 기합성과 함께 해골의 왕과 그 군세에게 돌격하는 모험자들.

그 결말은, 말할 필요도 없으리라──.

"──그러어어어어언일이있었다고오오오오?! 왜 나한테 가르쳐주지 않았던 거야 라우우울?! 단장님하고 심층 데이트에 못 가다니, 너 죽고 싶어?!"

"분명 이렇게 티오네 씨가 따라올 테니까 말하지 말라고 했던 거라구요오오오오?!"

『원정』도중 제37계층을 지나치며, "그러고 보니 우다이오스가 없던데 누가 잡았을까?"라는 티오네의 의문에 쭈뼛 쭈뼛 대답했던 라울은 아니나 다를까, 울며 고함을 질러야 했다.

캐해 차이(심각)

"레피야…… 정말, 가슴 많이 컸네."

역시 지금 당장 나가버릴까.

양부모처럼 절절히 중얼거리는 룸메이트 엘피를 앞에 두고, 몸을 씻던 레피야는 가슴의 융기를 팔로 가리며 째릿 노려보았다.

『원정』을 나온 던전 제50계층의 샘. 내일 『미도달영역』 공략을 앞둔 가운데, 레피야와 엘피, 아리시아 등 【로키 파밀리아】의 여성진은 몸을 씻으러 와 있었다. 기분전환을 위해서였다. 조금 전 수상쩍은 기척——정체는 『제노스』라고 아리시아가 몰래 가르쳐주었지만——이 느껴져 술렁거리기도 했지만, 엘피가 조르는 바람에 레피야는 아직 시원한 물의 기분 좋은 감촉을 맛보고 있었다. ——있었는데, 엘피가 로키화하기 시작하는 바람에 슬슬 나가고 싶어졌다.

"난 하나도 성장하지 않는데…… 큭, 같은 방 사람인데도 이 차이는 대체 뭐냐구!"

"엘피도…… 그 뭐냐, 음…… 몸이 빈약한 건 아니잖아요."

"애써 말 고르려고 하지 마──! 비참해지잖아! 애초에 난 레피야보다도 한 살 연상이고 종족은 휴먼이라 엘프보다 살집이 좋아야 하는데!"

살집이라니……. 레피야는 결벽적인 엘프답게 코멘트하기 힘들다는 표정을 지었다. 예전보다도 커져버린 가슴을 지금도 한쪽 팔로 가리면서. 지금 엘피의 눈빛은 가급적 받고 싶지 않았다.

"우~! 이대로 레피야의 가슴이 아리시아 씨처럼 커지면 어떡해! 구체적으로는 엘프답지 않을 정도로 여기저기가 탱글탱글해져버리면……!"

"아리시아 씨가 화낼 걸요?"

그렇게 말하며, 레피야는 엘피와 함께 아리시아 쪽을 흘끔 훔쳐보았다.

가슴, 허리, 허벅지…… 정말 뭐랄까, 여러 모로 굉장했다. 굴곡의 정도가 정말 엘프? 하고 물어보고 싶어질 만큼 무시무시했다. 티오네와 정면에서 몸매 대결을 벌일 수 있는 사람은 【로키 파밀리아】 내에서도 손으로 꼽을 정도밖에 없다.

작은 폭포 앞에서 기분 좋게 물을 맞고 있는 엘프의 혜택 받은 몸이라니……. 흐와~ 하고 눈부시다는 듯 눈을 팔로 가린 엘피의 곁에서, 레피야는 자기도 모르게 살짝 뺨을 붉히고 말았다.

"레피야, 날 두고 가지 말아줘……!"

와락 끌어안으려 하는 소녀의 머리를 한쪽 팔로 붙들며 진저리를 쳤다.

그러나 그때, 자세를 바로 한 엘피는 어려운 사건에 도

전하는 탐정 같은 표정을 지었다.

"하지만 말이지…… 레피야가 아리시아 씨처럼 되어버리는 건, '틀렸어'……."

"틀렸다뇨……?"

벌써 불길한 예감이 들기 시작했지만 그렇게 되묻자,

"여기 로키가 있었다면 틀림없이 고개를 끄덕여줬겠지만…… 레피야가 쭉쭉빵빵해지는 건 절대로 잘못됐다고 해야 할까…… 다시 말해 『캐해 차이』란 거지!"

"아, 난 알 거 같아~."

"레피야는 슬렌더한 체형이어야 정의!"

어째서인지 목욕하러 왔던 다른 여성 단원들까지도 우글우글 이야기에 끼어들었다.

"요즘 남자들한테 인기 있을 만한 쭉쭉빵빵녀는 레피야 비리디스가 아니지!"

"나긋나긋! 청초! 모양 좋은 팔다리가슴! 순산형? 때려쳐!!"

"엘프는 겸손하다 싶은 몸매가 딱 좋다고! 그 덕분에 아리시아 씨 같은 이단아 요정이 빛을 보는 거잖아!!"

"너하곤 맛있는 술을 마실 수 있을 것 같군."

돌아가자.

엘피만이 아니라 다른 여성 단원들도 로키화되어가는 모습에, 먼산을 보는 눈을 하며 슬며시 거리를 벌린 레피야는 혼자 돌아갈 채비를 시작했다.

과격한 의견과 가열되어가는 논조에 골치 아파하면서도 얼굴을 붉힌 피해자(아리시아) 또한, 레피야와 함께 샘을 빠져나왔다.

맞서는 종말의 이면에서

거대한 바람을 집어삼킨 괴물 정령의 탄생, 그리고 이를 저지하는 『용사의 창』이 투척된 순간,

"""펠즈!!"""

"――――크윽!! 리드, 작전전개 『투우』!! 작전전개 『투우』다!! 원정대 철수를 위한 『도주경로』 작성, 서둘러!!"

지하제단에 울려 퍼진 로키와 우라노스의 격렬한 목소리에, 몸을 떨며 넋이 나가 있다가 즉시 재기동한 펠즈는 한손에 든 오쿨루스에 외쳤다. 미리 『제노스』와 공유해둔 수많은 작전전개 중 최악의 패턴을 상정한 『투우』를 발령한 것이다. 여유를 내팽개친 흑의의 메이거스가 초조함을 머금은 목소리로 잇달아 지시를 주워섬겨대는 가운데, 이미 달려나가며 우라노스에게 일별을 보낸 로키는 ――노신이 고개를 끄덕이는 것을 본 여신은―― 전속력으로 『기도의 방』을 뛰쳐나갔다.

'핀이 『희망』을 이어줬어――!!'

상황은 최악 중에서도 최악, 그래도 신들이 상정한 『종말』 두 글자를 떨쳐낸 용자들의 포효에, 로키는 분노와 조바심에 지배당하면서도 감동했다. 『빙원』이 최악의 타이밍에 기동하지 않았더라면 용자 일행이 반드시 승리했을 거

라는, 그런 아쉬운 소리 따위 입에 담지 않았다.

　왜냐하면, 아직 끝나지 않았으니까. 아직 이어져 있으니까.

　한순간 체념에 사로잡혔던 신들의 뺨을 후려쳐버릴 정도의 『미지』. 『영웅들의 신화』는 아직.

　"아직이데이!! 아직!! 내 『은혜』는 한 개도 안 줄었데이!!"

　빌어처먹을 『더럽혀진 정령』에게 잡아먹힌 아이즈는 물론이고, 그 대공간에서 잇달아 권속들이 쓰러졌음에도, 권속의 죽음을 알리는 『은혜』의 감소는 시작되지 않았다. 아직 끈덕지게 살아남은 아이들의 숨결을, 신혈을 통해 느낀 주신은, 지금 해야 할 일에 분주했다.

　필요한 것은 『원군』. 핀에게 맡긴 오쿨루스는 소멸했는지 제60계층의 전황을 전혀 파악할 수 없었지만, 움직일 수 있는 이들이 그 상황에서 취해야 할 선택지는 오직 『철수』뿐. 머리에 피가 솟아 냉정한 판단을 내리지 못하고 아이즈를 되찾겠다며 절망적인 재전에 나서려 하는 자가 속출할지도 모르지만,

　"혹시나 핀의 목소리가 닿지 않았다 캐도, 라울이 있데이!!"

　로키는 그 한 가지만은 믿어 의심치 않았다. 누구보다도 평범하며, 특출한 장점도 없고, 그럼에도 그렇기에 『영웅』과 『겁쟁이』의 틈바구니에서 선택을 그르치지 않을 청년을, 지금까지 계속 지켜본 로키는 핀과 수뇌진만큼이나 신뢰했다. 라울은 모두를 데리고 반드시 돌아온다. 그렇기에

로키는 오라리오피아드가 끝난 오라리오에서 취할 수 있는 모든 연락을 취했다.

미리 최악의 패턴 예상을 공유해놓았던 헤르메스와 가네샤는 눈을 크게 뜨면서도 협력을 약속했다. 권속을 빌려준 헤파이스토스와 디안 케흐트에게도 모든 사정을 밝혀, 어깨에 손을 얹어주는 위로를 받고, 디안 케흐트의 드롭킥은 감내했다. 모든 결과를 알게 될 때까지 ──원정대가 돌아올 때까지── 도시를 혼란에 빠뜨리지 않도록 철저히 정보누설을 금지하면서, 던전으로부터 지상까지 오는 『도주경로』를 서둘러 구축했다.

"헤딘이랑 아이들에게도 준비를 시켜둘게. 용자들에게 경의를 표한다면, 다음은 우리 차례야."

주점에서 일하는 『평범한 마을 아가씨』에게서는 마치 해묵은 인연을 가진 오랜 벗처럼, 위로도 연민도 아닌 담담한 『결의』를 들었다. 로키는 감사 인사 따위 하지 않고 그저 고개만 끄덕여 대답했다.

마지막으로, 그 『화로의 여신』에게도 빚을 져야만 하리라──.

"웃……!!"

자신의 연줄을 전부 구사해 동분서주하던 로키는, 갑자기 발을 멈추었다.

『은혜』의 수가 하나, 줄었다. 누구인지는 알 수 없었다. 그리고 하나. 또 하나. 계속 늘어났다.

그 감촉에 있는 힘껏 주먹을 쥐며, 모두가 헛숨을 삼키고 거리를 벌릴 정도로 살기를 피우며—— 로키는 기다렸다. 지금 할 수 있는 일을 모두 해치운 후, 하루, 이틀, 사흘, 나흘, 제아무리 오랜 시간이 지나더라도, 그곳에서 기다리고 또 기다렸다.

『바벨』의 지하, 『구멍』과 이어진 던전의 출입구에서.

'반드시 돌아올기라. 그 얼라들은, 반드시.'

누구보다도 그 사실을 믿으며, 이를 증명하기 위해, 기다리고 또 기다렸다.

그리고 닷새째—— 붉게 물든 패잔병과도 같은 부대의 선두에 서서, 그 누구보다도 큰 책임과 후회, 분함을 품은 『위대한 겁쟁이』를 본 신은, 그 말을 가슴에 숨긴 채 맞이해주었다.

——미안하다, 고맙구마. 잘 했데이, 라울——.

던전에서 만남을 추구하면 안 되는 걸까
외전 소드 오라토리아 15 소책자 특장판

2025년 7월 15일 1판 1쇄 발행

저　　　자	오모리 후지노
일 러 스 트	하이무라 키요타카
캐릭터 원안	야스다 스즈히토
옮　긴　이	김민재
발　행　인	유재옥
담 당 편 집	정영길

이　　　사	조병권
출판본부장	박광운
편 집 1 팀	박광운
편 집 2 팀	정영길 조찬희 박치우
편 집 3 팀	오준영 이소의 권진영 정지원
디자인랩팀	김보라 전세연
디지털사업팀	김지연 윤희진 장혜원
콘텐츠기획팀	강선화
라이츠사업팀	김정미 이지현 유아현
영업마케팅팀	최원석 윤아림
물 류 팀	백철기
경영지원팀	최정연
인쇄제작처	㈜코리아피엔피
발　행　처	㈜소미미디어
등　　　록	제2015-000008호
주　　　소	서울시 마포구 토정로222, 502호 (신수동, 한국출판콘텐츠센터)
판매 및 마케팅	(070) 8822-2301

ISBN　979-11-384-3868-1 (04830)
　　　　979-11-5710-021-7 (세트)

정가 20,00

04830

ISBN 979-11-384-3871-1 (세트)

CONTENTS

설정 러프집

Presented by
Kiyotaka Haimura

© Kiyotaka Haimura

각성 레피야
디자인 안 2020년 3월 26일판

레피야 2α
200326_1: 하이무라

'레피야의 이미지를 바꿔보고 싶다'
같은 오더.
이 단계에서는 기존의 기품 있는
이미지가 다 사라지지 않은 느낌.
쌍장도 아직 이미지가 확정되지 않
아서 임시로 얹어놓은 느낌이죠.

(하이무라)

상장의 페어리더스트

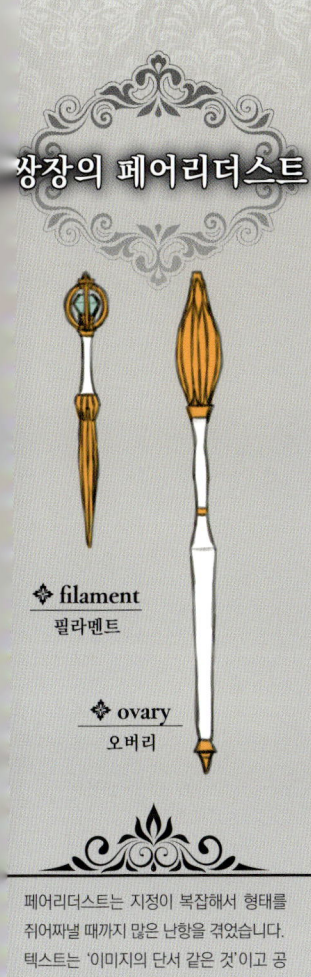

✧ filament
필라멘트

✧ ovary
오버리

✧ anthesis
안테시스

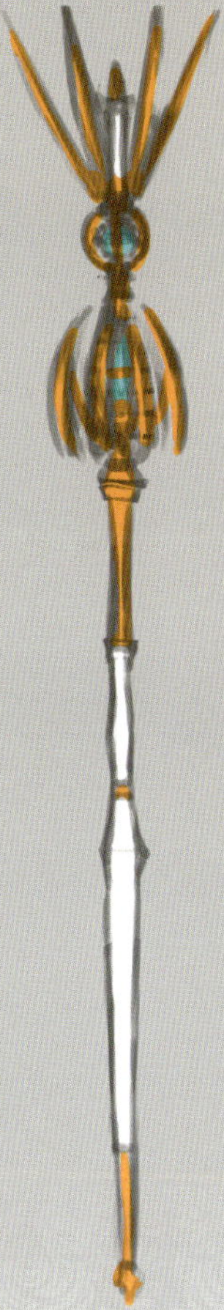

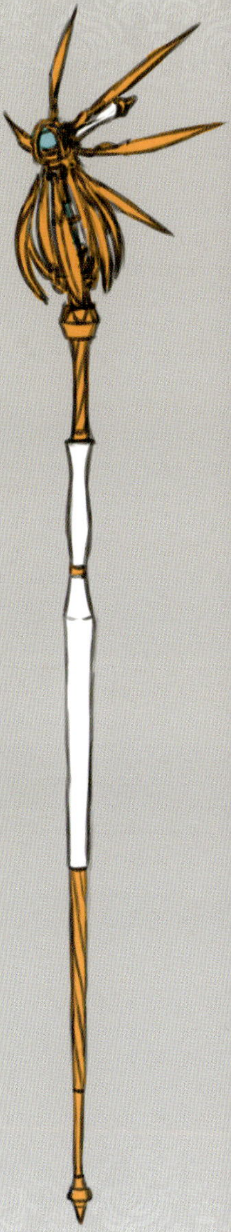

페어리더스트는 지정이 복잡해서 형태를 쥐어짜낼 때까지 많은 난항을 겪었습니다. 텍스트는 '이미지의 단서 같은 것'이고 공식 명칭은 아닙니다.
(의미는 각자 찾아봐 주세요. 굉장히 알기 쉬운 의미입니다)
정식안은 이 러프에서 추가로 조금 손을 더했습니다.

(하이무라)

5

각성 레피야
디자인 안 2020년 4월 16일판

❖ 레피야 2β
200416_1: 하이무라

선이나 가젯의 밀도를 너무 늘리
면 기존 캐릭터와 나란히 놓았을
때 정보량에서 위화감이 나오기
때문에, 이를 억제하기 위해 공수
를 줄이기로 획책.

(하이무라)

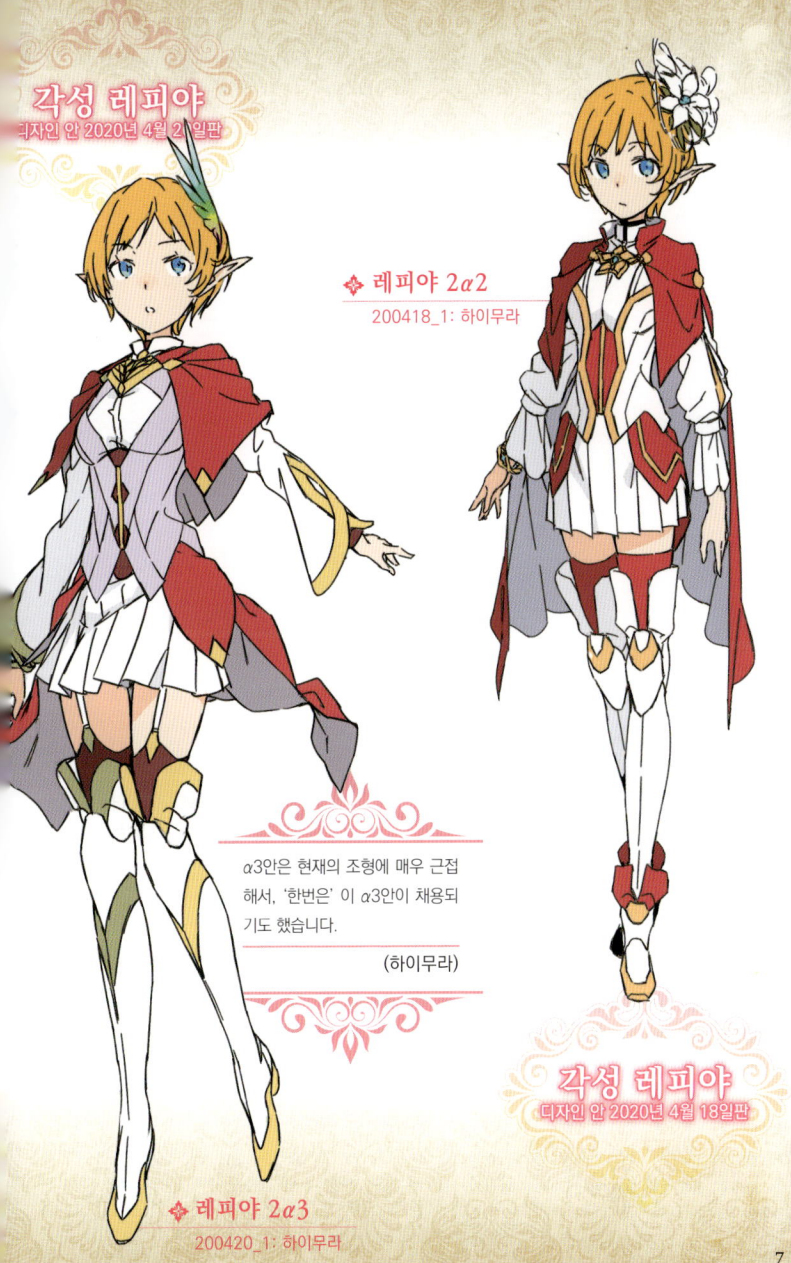

✦ 레피야 2α2

200418_1: 하이무라

α3안은 현재의 조형에 매우 근접
해서, '한번은' 이 α3안이 채용되
기도 했습니다.

(하이무라)

✦ 레피야 2α3

200420_1: 하이무라

각성 레피야
디자인 안 2020년 4월 18일판

© Kiyotaka Haimura

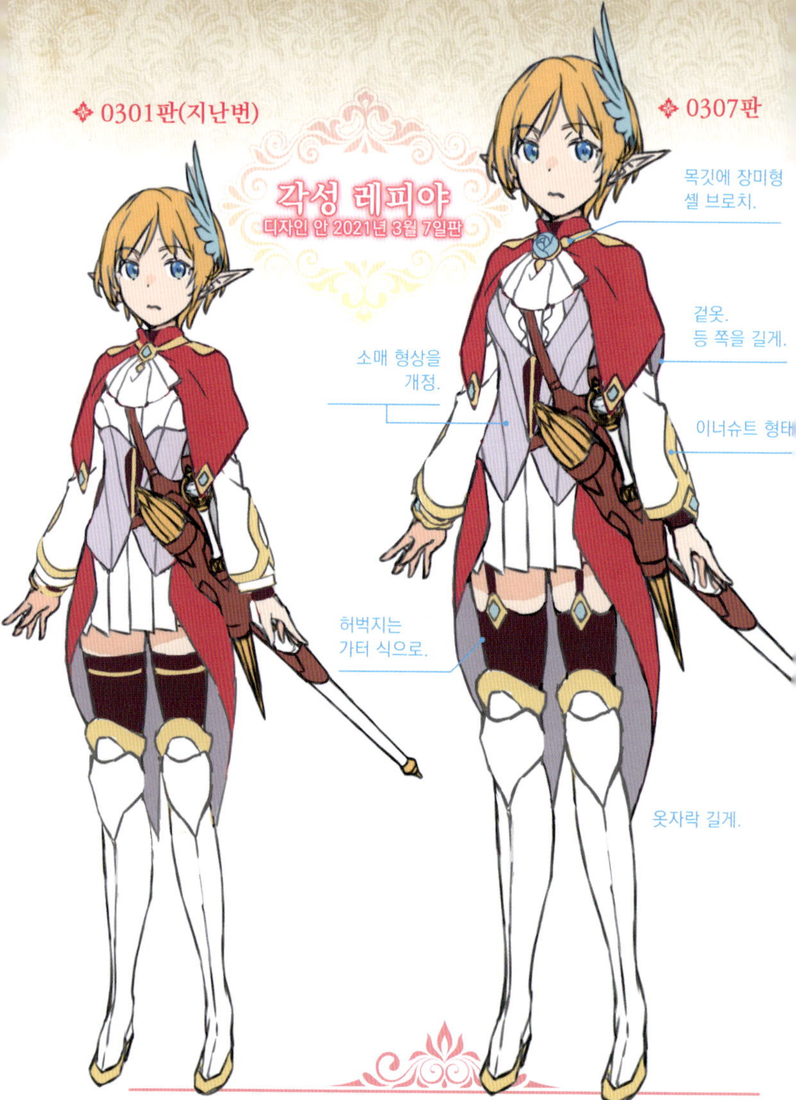

✦ 0301판(지난번)

✦ 0307판

각성 레피야
디자인 안 2021년 3월 7일판

목깃에 장미형
셀 브로치.

소매 형상을
개정.

겉옷.
등 쪽을 길게.

이너슈트 형태

허벅지는
가터 식으로.

옷자락 길게.

…그리고 시간이 꽤 지난 후에 "으음~ 뭔가 예쁘지 않네" 하는 생각이 들어서, 이쪽에서 먼저
손을 대기로 제안. 두 번의 재검토를 거쳐 오른쪽 끝의 0307판이 정식안이 되었습니다.

(하이무라)

8

현 FIX안

각성 레피야
디자인 안 2021년 3월 1일판

➡ 리빌드안(임시)

※○표시한 곳이
'특히 예쁘지 않은 곳'입니다

※장비류에는 변경 없음.
(본체 의상만 개정)

© Kiyotaka Haimura

✦ 레온(평복) α안

레온
바덴베르크

캐릭터
• 흑백 얼굴 클로즈업시
벨이나 핀과 구별될 필요 있음.
→ 한 단계 더 조형을
주물러봐도 될지도?

디자인
• 슈트 + 기사 예복?
• 하반신에 약간 화려함이 필요?
→ 아머류는 붙이지 않는 편이
좋을 것 같습니다.

레온은 여기 실려 있는 것 이외에
도 어렴풋이 그렸다가는 지우고…
하는 '좀처럼 형태가 나오질 않는'
상황이 길었던 캐릭터였습니다.
계기가 되었던 것은 벨과 아르고
노트, 발트슈테인… 같은 느낌의
'영웅이라든가 주인공의 조형에는
무언가 상이성이라든가 공통성이
있지 않나?' 하는 착안. 계통적으
로는 그들과 같지는 않더라도 아
주 가까운 위치에 있는 사람, 같은
이미지죠.

(하이무라)

10

◈ 레온 α2안

캐릭터
• 와일드함을 UP
→ '주인공의 원형'과
같은 풍미?

디자인
• 소매, 부츠, 바지 왼쪽,
'스페이드(검)'의 도안.

• 오른쪽 허리에 홀스터.
분필과 교편을 장비.
→ 교편은 '해리 포터'의 지팡이처럼
날렵한 형태.

© Kiyotaka Haimura

바라사이트

❖ 거미 형태

'꽃봉오리'를 등에 짊어진 것처럼 보이는 형태?
흉곽(정수리)에 제3의 눈 늑 정령의 눈이 열려 있습니다.
다리 부분은 좀 더 눈에 뜨이지 않게 하는 게 좋을지도?

🔱 기생 형태

아수라나 칼리 같은 느낌. (…칼리
는 던전만남에 캐릭터로 존재하지
만, '원전 인도 신화의 그것'에 가
까운 용모입니다)
6개의 팔은 본체에 비해 꽤나 가
늘고 긴 편.
거미 형태의 더듬이가 머리의 뿔
이 됨. 제3의 눈은 이마에.

바라사이트
ver 1.1

✧ 거미 형태

변경 없음. 다리는 가느다란 편이 '그럴 듯'하지만, 표4에
서 스태튜화할 걸 생각하면 한눈에 형태를 알아볼 수 있
는 편이 좋을 테니….

🜲 기생 형태

여성체 컬러링 변경. 디테일을 몇
군데 추가. 본체에서 손끝으로 가
면서 살~짝 꽃잎처럼 색이 변화합
니다.

본문에서 '6개의 팔'이라는 묘사
가 나와, 제일 먼저 떠올랐던 것은
'아수라상'. 다른 이에게 기생해
조종하는 것, 정령의 '단말'이기도
하다는 데에서 인형 같은 요소를
더했습니다.

(하이무라)

15

© Kiyotaka Haimura

※ 정령석의 열로 돋보기 재질 대량을 생물할 이어(2)였음니다.
목 원래 이름에 대해서는 미스즈의 코멘트를 참조.

도치 씨이이 :
사시지 선서루주

지정에서도 대부피에 대한 언급이 많은
편이었던 그녀(…그녀라고 해도 되나?).
인풋 이제까지의 정령 계통에 보였던 식
물 모티프에서는 멀어진 느김이지만, 이
번에는 뿌리와 가지가 뭔 이미지가 떠
올랐니다. 다시 믿에 뭄해 이것도 식물

(하이무라)

흰토끼를 무릎에 재우는 요령!

· 먼저 기절시킵니다.
· 가만히 머리를 듭니다.
· 자신의 무릎에 천천히 상냥하게 착지시킵니다.

끝.

시벽 위에서 자신만만하게 요령을 실천한 아이즈에게, 마음속의 모든 꼬마 아이즈가 하늘을 우러러보았다.

『동물 학대!』

『폭력 반대!』

『요령이란 말뜻 몰라?』

그런 플래카드를 수없이 들고 와와 항의하기까지.

하지만 아이즈가 흰토끼, 즉 벨 크라넬 소년에게 무릎베개를 해주기 시작하면, 마음속의 꼬마 아이즈 일동은 『와후!』하고 소란을 피워댔다. 심지어 자신들도 마음껏 탐닉하기 위해, 필사적으로 정원에서 도망치는 토끼들을 쫓아다니기 시작했다. 희생자 1마리, 희생자 2마리…… 자신의 마음이 그려내는 광경에 지극히 당연하다는 듯이 응응 고개를 끄덕인 아이즈는, 그대로 눈 아래의 소년에게 손을 뻗었다.

첫눈과도 같이 새하얀 머리카락. 토끼처럼 복슬복슬하

다, 고까진 못하겠지만, 부드럽다. 그리고 살랑살랑하다.

꽤 오랜만이 되었지만, 이 감촉을 얼마나 느끼고 싶었던지.

자신은 소년의 머리를 쓰다듬는 것을 좋아하고, 마음에 든 것이라고, 아이즈는 문득 생각했다.

"그렇구나……. 좋아하는구나……."

아이즈는 자신의 입술이 곡선을 그리는 것을 깨닫지 못했다.

매우 작은, 아주 소소한 변화였다고는 해도, 그 조그만 입술이 웃음을 짓고 있다는 사실을.

누구에게도 말하지 못할 비밀 훈련, 2일차.

높은 시벽 위에서, 쌀쌀한, 어디까지고 맑게 갠 푸른 하늘에 에워싸인 채, 아이즈는 몇 번이나 소년을 눕히는 요람이 되었다.

무릎에 걸리는 무게를 기분 좋게 느끼며.

하얀 머리카락을 손으로 쓸어주며.

좀 더 일찍, 이 시간을 되찾았으면 좋았을 텐데.

신기하게도 그런 생각이 들었다.

이대로 이 시간이 계속 이어지면 좋을 텐데.

가장 강하게 품은 것은, 그런 생각.

아이즈는 고개를 들고, 투명할 정도로 푸른 하늘에 눈을 가늘게 떴다.

"으…… 으으……?"

벨이 정신을 차린다.

이미 몇 번이나 무릎베개(강제)를 해줬던 아이즈는, 금방 알아차렸다.

허벅지 위에서 간질간질 움직이는 백발은 각성의 조짐이다.

다음에는 미간 왼쪽이 아주 약간 주름을 짓고, 오른쪽 눈꺼풀이 떨릴 것이다. 실제로 그랬다.

이 잠든 얼굴은 잠시 보류.

상공에서 시선을 되돌린 아이즈는 바로 아래에 있는 소년의 얼굴을 바라보았다.

이윽고, 벨의 눈이 살짝 뜨였다.

"……여어어어어어어스이아아아아아아아아앗?!"

아이즈도 각성의 조짐을 간파하고 있었듯, 벨도 정신을 차리면 거의 동시에 『이렇게 되었다는 것』의 이해가 신속했다.

아이즈의 바람이나 자기 자신의 염려보다도 빠른 속도로 얼굴을 새빨갛게 물들이며, 아니나 다를까 『역시나!』하고 고함을 지르고 싶었는지 괴성과 함께 무릎베개에서 이탈을 시도했다.

아이즈는 아이즈대로 그 움직임을 이미 다 읽고 『기지』로 바꾸었으므로,

"안 돼."

라고 말하며,

"덥썩!"

하고 두 어깨를 붙잡아 이탈을 저지할까도 생각했으나, 벨에게 미움을 받을 것 같았으므로 관두었다. 마음속의 꼬마 아이즈들은 『에이~~』하며 완전히 태도를 바꾸어 불평 불만의 폭풍.

벨은 혼란에 빠져 펄쩍 뛰는 토끼처럼 아이즈의 무릎에서 벗어나, 완만한 곡선을 그리며 돌바닥 위에 착지.

찰나의 순간파악도 그렇고, 무시무시한 반사속도와 그에 따른 행동도 그렇고, 그야말로 일류 모험자라 해도 좋을 만한 움직임에, 아이즈는 새삼스러운 듯,

"정말로, 제1급 모험자가 됐구나……."

바닥에 무릎을 꿇은 자세 그대로, 그렇게 중얼거렸다.

본인의 입장에서 보자면, 매우 절절하게.

타인의 입장에서 보자면, 역시 무슨 생각을 하는 건지 알 수 없는 표정으로.

"네……? 어, 으음………… 고, 고맙, 습니다…………?"

얼굴은 새빨갛게 물들인 채, 한쪽 무릎을 꿇은 자세로 경계의 포즈를 취했던 벨은, 갑작스러운 말에 넋이 나가 몇 번이나 눈을 깜빡거리더니, 잘 이해하지 못한 채 감사의 말을 했다.

아이즈는 미소를 입술 안쪽에 숨긴 채, 자신의 무릎 위를 퐁퐁 두드렸다.

돌아와, 라는 스승님의 명령이다.

도리도리도리, 하고 반항적인 제자는 그것만은 싫었는지, 평소처럼 고개를 몇 번이나 가로저었다. 아직도 귀까지 빨갛게 물들인 채.

이렇게 반복되는 옥신각신까지도 즐겁게 느끼고 있는 아이즈는 슬쩍 눈을 가늘게 뜨며, 역시나 늘 그랬듯, 이번에는 자기 바로 옆을 퐁퐁 두드렸다.

말문이 꽉 막혀버린 표정을 지은 벨은 포기한 듯 ──혹은 매력적인 제안을 거역할 수 없는 아이처럼── 황송해하며 다가와, 아이즈의 옆에 앉았다.

사람 한 명, 아니, 반 명 정도 간격을 남기고.

이것도 두 사람 사이에서는, 늘 그랬던 대로.

무릎베개를 해주고, 당하고, 옆에 나란히 앉고, 잠시 휴식한다.

그것이 처음 시벽에서 훈련했을 때부터 자연스럽게 정해진, 아이즈와 벨의 약속이었다.

"Lv.5…… 됐구나."

"……? 네, 됐어요."

이미 오래전부터 알고 있었을 텐데, 새삼스레 그런 말을 하는 아이즈에게, 아직도 뺨의 열기를 얼버무리지 못한 채 앞을 보던 벨이 의아하다는 듯 돌아보았다.

예쁜 루벨라이트색 눈동자를 마주본 아이즈는, 그 질문을 했다.

"어떻게 벨은…… 그렇게 빨리, 강해질 수 있었어?"

벌써 반년도 더 전에, 같은 곳에서, 같은 내용을 물었다.

 애초에 아이즈가 벨의 훈련 상대를 맡았던 목적도, 원래
는 그것이 이유.

 힘을 추구하고 강함을 원하는 아이즈는 소년의『급성장』
비결을 알고 싶었다.

 벨 크라넬의 비밀을 알고, 잘 하면 자신의 일부로 바꾸
어,『비원』을 달성하는 초석으로 삼고 싶었다.

 물론『미노타우로스』에서부터 시작해, 그를 상처 입혀버
렸던 죄책감도 있어, 보상을 하고 싶다는 마음도 거짓은
아니었지만.

 당시의 아이즈에게는 뚜렷한 타산이 있었다.

 '하지만, 지금은……'

 그때와 마찬가지로, 눈을 크게 뜨고 있는 소년을 마주 보
며, 마음 밑바닥의 투명한 부분에 손가락을 가져다 댄다.

 아이즈가 정말로 원하던 답은, 이번에도 들을 수 없을
것이다.

 벨 자신도, 이상할 정도의 성장속도에 대해 분명 알지
못할 것이다.

 하지만 눈앞의 입술이 지금부터 무슨 말을 할지, 아이즈
는 조금 알 수 있었다. 기대도 하고 있었다.

 "……어떻게든 따라잡고 싶은 사람이 있어서…… 어떻
게든 도달하고 싶은 경지가 있어서. 지금도, 그렇게 생각
해요."

아이즈와 마찬가지로, 벨은 당시와 다를 바 없는 답을 말했다.

예전보다도 망설이는 기색은 없었으며.

아주 올곧은 눈으로.

놀랄 정도로 빠르게, 아무리 강해지더라도, 반년 전과 달라지지 않은 소년의 『뿌리』 부분—— 벨 크라넬의 올곧고 새하얀 원천을 느끼며, 아이즈의 입가가 부드러운 곡선을 그렸다.

'너는 정말로, 소중한 부분은 달라지지 않았구나.'

부디 달라지지 않기를.

아이즈는 조금 제멋대로라는 것을 자각하면서도, 그렇게 생각했다.

그렇게 바라고 있었다. 앞으로 무슨 일이 있더라도.

"……그리고, 『약속』이 늘었어요."

아이즈가 그런 생각을 하고 있을 때, 벨은 조금 생각하는 듯하더니 말했다.

"『약속』……?"

"네. 지금처럼…… 맑게 갠 하늘 아래에서, 또 많이 웃음을 나누자는 약속이랑…… 또다시 싸우자는 약속."

벨이 무슨 말을 하는지, 아이즈는 알아차렸다.

사람의 감정에 둔한 아이즈로, 그것만은 간파했다.

그것은 분명, 어떤 『괴물』들의 이야기.

아이즈가 한번은 거부하고, 마지막에는 마음을 꺾어 놓

아주고 말았던 이단의 괴물들과 맺었던 인연.

　분명 이 훈련의 계기가 되었던── 이 시벽에서『강해지고 싶다』고 아이즈에게 맹세했던 마음의 원천.

　그것을 알아버린 아이즈는, 스스로도 놀랄 만큼 충격을 받지 않았다.

　누군가를 따라잡기 위해 강해지려 하던 벨이,『괴물』을 위해서라도 강해지려 한다는 말을 듣고, 언짢은 마음도, 질투도 품지 않았다.

　아이즈는 오늘 처음으로, 자신의 심경 변화에 당혹감을 느꼈다.

　【로키 파밀리아】는『제노스』의 존재를 일단 미뤄두기로 결정했다.

　아이즈도 그 흐름 속에서, 이루어야만 하는 목적을 우선시하고, 최대한 깊이 생각하지 않으려 했다.

　하지만 지금, 벨과 결별하느냐 마느냐 했던 그날 밤처럼, 심각하게 생각하는 일은 없었다.

　결코『제노스』를 인정한 것은 아닌데도.

　그리고 벨 또한, 그런 아이즈의 심경 변화를 느끼고── 아니, 믿고서,『약속』의 이야기를 해준 것 같았다.

　지금의 아이즈라면, 이 이야기를 해도 괜찮을 거라고, 그렇게 신뢰하고.

　신기하다는 생각이 들었다.

　자신도, 지금 이쪽을 바라보는 벨의 눈빛도.

"……벨은, 나에 대해, 알아?"

"네……네엣? 아니, 그런 건 아니지만요……?"

아이즈가 생각했던 말을 그대로 입에 담자, 벨은 조금 전과는 다른 의미에서 넋이 나가 갈팡질팡했다.

왜 지금 그런 걸 묻는지, 무슨 흐름으로 그렇게 묻게 됐는지 곤혹스러워하는 듯했다. 아이즈는 그 모습을 보고 미안하게 느꼈으며, 자신이 로키나 동료들에게 『얼빵이』 소리를 듣는 것도 이런 점 때문이 아닐까 싶어 풀이 죽어버렸다.

"……어, 그치만…… 아이즈 씨에 대해선, 티오나 씨 같은 분들처럼, 잘 알지는 못할지도 모르지만요……."

무릎을 끌어안고 움츠러들었던 아이즈는, 고개를 들었다.

다시 얼굴을 붉히며 눈을 한 곳에 두지 못하던 벨은, 한껏 용기를 쥐어짜내는 것처럼 입술을 떨었다.

"……아이즈 씨에 대해, 더 알고 싶다는…… 그, 그런 생각은, 해요……."

이번에는 아이즈가 눈을 깜빡일 차례였다.

벨은 이쪽을 쳐다보지도 못하고, 오늘 본 것 중에서 가장 새빨개진 얼굴을 하고 있었다. 고개를 아래로 향한 채, 지금이라도 연기를 뿜으며 쓰러질 것 같았다.

왜 그가 얼굴이 빨개졌는지 아이즈는 이해하지 못했지만.

지금 막, 가슴을 따뜻하게 만드는 온기를, 말로 바꾸고 있었다.

"나도…… 벨에 대해, 더 알고 싶어."

무릎에 뺨을 붙이며 미소를 지었다.

사르륵, 하고 긴 금발이 귓전에서 흘러내렸다.

뺨이 살짝 따뜻했다. 소년의 얼굴이 빨개졌던 것도, 이 마음과 같은 것을 품었기 때문일지도 모른다.

흠칫 고개를 든 벨은, 그런 아이즈와 눈을 마주치고는, 이리저리 표정을 바꾸었다.

기뻐하는 듯, 부끄러워하는 듯, 감동한 듯, 놀란 듯, 그러면서도 역시 펄쩍 뛰어오를 만큼 기뻐하는 듯.

온갖 감정을 내비치던 벨은 결국, 어린아이처럼 활짝 웃으려다 실패한, 그런 꼴사나운 광대 같은 웃음을 지었다.

아이즈는 다시 한번 쿡쿡 웃었다.

"벨에 대해, 가르쳐줄래?"

"네, 네엣!! 뭐든 물어보세요!!"

"그럼, 다른 스승님한테는, 뭐 배웠어?"

"네?"

"다른 스승님이랑 나, 누가 더 잘 가르쳐?"

"엑?"

"나랑 다른 선생님…… 누가 더 좋아?"

언질을 받은 아이즈는 약간 몸을 내밀며 『가르쳐줘』를 반복했다.

아이즈는 아직 보지 못한 다른 스승(둘 다 금발 엘프)에 대해 집요하게 마음에 품고 있었다. 숫제 집착했다.

싸우는 것, 강해지는 것 이외에 관심을 두지 않았던 어린 시절의 아이즈를 아는 리베리아 같은 이들이 봤다면 "그나마 나아졌군"이라고 제멋대로 평가했으리라.

벨의 입장에서 본다면 다른 의미에서 표정이 바뀔 일이라, "에에에에에에엑…………?!" 하고 처량한 비명을 지를 수밖에 없었다. 하늘에라도 오를 듯한 심정이었던 조금 전과는 달리 지옥에 처박혀버린 소년은 식은땀을 삐질삐질 흘리며 낯빛을 어지럽게 바꾸었다.

"아, 아이즈 씨한테는 아이즈 씨의 좋은 점이 있고, 마스터나 류 씨한테도 따로 좋은 점이 있으니까, 뭉뚱그려서 누가 좋으냐고 하는 건 음 저기 어 그게에에……?!"

"그럼…… 나도 마스터라고 불러봐."

"왜요?!"

"내가 제일 먼저…… 벨한테 싸우는 법, 가르쳐줬으니까."

"아니그렇긴하지만아이즈씨를마스터라고부르는건제가 정신적으로힘들달까괴롭달까! 마스터의금발과얼굴윤곽이 겹치기만해도악몽이돼서다리가떨려온달까폴크방적인의미에서가혹한착각이든달까아아아……?!"

"……나 폴크방보다, 엄격해질 수 있는데?"

"그런 의미가 아니고요오오오오오오오오오오오?!"

점점 뺨을 부풀리며 대항의식을 활활 불태우는 제1급 얼빵이에게, 벨의 비명은 마침내 하얀 구름을 뚫고 솟구치기에 이르렀다.

아이즈는 튕겨 나오듯 슈팟! 일어나, 평화로운 휴식이 끝났음을 알렸다.

재개된 단련은 억지로 알아낸 스승님들의 메뉴가 반영되어, 되는 대로 흉내를 낸 가혹한 검희난무는 소년을 너덜너덜하게 만들기 충분했다. 순식간에 상처투성이가 된 벨은 착각을 지적할 여유도 없이, 네 차례 정도 어떻게든 목숨을 부지한 후, 순식간에 의식을 잃었다.

그 후의 아이즈는 어땠는가 하면, 뭔가 아닌 것 같다고 고개를 갸웃한 후, 벌렁 나자빠진 소년을 말없이 내려다보고, 어깨를 축 늘어뜨리며 반성했다.

그리고 사죄하려는 양, 실컷 무릎베개를 해주었다.

"나에 대해…… 알고 싶다고……."

머리를 손가락으로 빗고, 끙끙거리던 얼굴이 조용한 숨소리를 낼 때까지 뺨이며 머리를 쓰다듬던 아이즈는 불쑥 중얼거렸다.

알아주려고 했다. 기쁘다. 마음이 따뜻해졌다.

그와 동시에, 몰랐으면 하는 생각도 있었다.

아이즈 자신에 대해. 이 가슴속에 도사린, 새하얀 소년과는 정반대의 새까만 불꽃을.

자신과 벨이 다르다는 것을 깨닫지 말아 주었으면 좋겠다고, 두려움을 느끼고 말았다.

"나에 대해 알아도…… 벨은, 달라지지 않을 거야?"

대답은 없었다.

"벨은, 또 같이 훈련해줄 거야?"

눈은 감겨 있었다.

"같이, 있어줄 거야?"

순백색의 머리카락은 바람에 흔들릴 뿐.

그래도 아이즈는 속삭임을 멈추지 못하고, 입을 꾹 다문 후, 그 말을 했다.

자신이 아닌, 『용종 소녀』와 함께 소년이 떠나갔던 그 날 밤처럼.

어린 아이즈와 겹쳐보았던 『괴물 소녀』의 손을 놓지 않았던, 그때의 광경처럼.

설령 검은 불꽃을 품은 자신의 정체가 『괴물』이란 것을 알더라도, 그래도 너는 그날처럼, 저버리지 않을 거냐고, 물을 뻔했다.

"넌, 날 구해줄 거야?"

──누군가 날 구해줘.

마음이 넘쳐버렸던, 그날의 연장선상.

고요한 달밤에 녹아들었던 질문을, 서늘한 푸른 하늘 아래에서 다시 한번 떨구었다.

역시 대답은 없었다. 아이즈가 바라는 대답은 어디에도.

하지만 얼굴을 어루만지는 아이즈의 손가락 움직임을 따르는 것처럼, 슬쩍 몸을 뒤튼 소년은, 작게 고개를 끄덕